迷失在

迷失在白垩纪

①

—— 林中之马的魔王　著 ——

浙江文艺出版社
Zhejiang Literature & Art Publishing House

图书在版编目(CIP)数据

迷失在白垩纪.①/林中之马的魔王著.—杭州:
浙江文艺出版社,2023.3

ISBN 978-7-5339-5961-6

Ⅰ.①迷… Ⅱ.①林… Ⅲ.①长篇小说—中国—当代
Ⅳ.①I247.5

中国版本图书馆CIP数据核字(2019)第294123号

图书策划 柳明晔
责任编辑 周 易
营销编辑 宋佳音
装帧设计 仙境 WONDERLAND Book design
版式设计 吕翡翠
责任印制 吴春娟

迷失在白垩纪.①

林中之马的魔王 著

出版发行 浙江文艺出版社
地 址 杭州市体育场路347号
邮 编 310006
电 话 0571-85176953(总编办)
0571-85152727(市场部)
制 版 浙江新华图文制作有限公司
印 刷 杭州印校印务有限公司
开 本 710毫米×1000毫米 1/16
字 数 261千字
印 张 15.75
插 页 1
版 次 2023年3月第1版
印 次 2023年3月第1次印刷
书 号 ISBN 978-7-5339-5961-6
定 价 49.00元

迷失在白垩纪 ❶

第1章 振　荡

眩晕袭来的时候，张晓舟正在电脑上看最新一期《自然》。

这是世界上历史最悠久，影响力最大，也最有名望的科学杂志之一。张晓舟从高中时候起就订阅这本杂志，这个习惯一直延续到了现在。对于张晓舟来说，这本杂志不但是他生物科学的启蒙老师，还进一步促使他最终选择了生物科学研究作为自己的终身职业。不同的是，之前他看到的是国内出版社翻译的科普版，而现在则是通过网络订购的英文电子原版。

他正在看一篇关于化石的新闻，华夏一个科考小组刚刚在晋安市郊的一个下白垩纪陆相地层中，发现了一批 7500 万年前的珍贵肉食恐龙化石，这批恐龙的数量和完整程度都令人惊叹，但更令人们惊讶的是，在这些化石上发现了某种疑似被弹丸击穿的痕迹。

这样的发现马上在科学界引发了一场争论，很多学者认为这只是一种巧合，那应该是某种动物的牙齿咬伤所造成的伤痕，但那些喜好花边新闻和不追求严谨的小报却已经开始以“一亿年以前的子弹”为题，进行了大量毫无科学根据、近乎幻想小说的猜测。

张晓舟对这个话题很感兴趣，正当他准备寻找资料进一步研究一下这个事件的来龙去脉时，地面突然震动了起来，伴随而来的是一阵强烈的眩晕感，他还没有来得及做出任何动作就彻底失去了知觉。

再一次醒来时,周围已经是一片漆黑。

习惯了电力时代照明便利的人们很难适应这种黑暗,周围什么都看不到,张晓舟第一次真正感受到了什么叫作“伸手不见五指”。他四下摸索着,发现自己倒在桌子旁边的地上,额头隐隐作痛,就像是曾经在什么地方狠狠地撞了一下。

发生了什么事?

跌跌撞撞的不知道撞倒了多少东西,他终于找到了放在茶几上的手机。

手机屏幕的微弱光线让他一下子安心了不少,但屏幕上一格信号都没有的情况还是让他隐隐约约感到有些担心,在张晓舟经历过的几次停电中,似乎还没有过这样的情况。他马上拉开窗帘,发现外面竟然也是一片深邃的黑暗。整个城市都笼罩在黑暗之中,就像是被一头巨兽给吞了下去。天空中的群星似乎比往日亮了不少,但遥远的地方却有一片低矮的云层正被巨大的闪电划过,使翻滚的云层看上去狰狞可怕。

对面的楼房里有光线一闪而过,张晓舟知道那应该是手电筒,这提醒了他,他开始到厨房去寻找很久都没有用过的应急灯。

“这是怎么了?”他听到楼下有议论的声音,似乎有很多人开始渐渐聚集在下面。

“手机怎么没信号了?”

“刘老师,您家里不是有座机吗?”他听到楼下有人问道,“能打通吗?”

“试过了,也断了,什么反应都没有!”被称为刘老师的老人答道。

“搞什么啊!这正看到精彩的时候,我的欧巴……”一个女人不高兴地嘟囔着。

“应该一会儿就会来电的吧?”另外一个人安慰她。

“水也停了……”有人说道。

“不会啊,我刚才还在用。”

“那是太阳能热水器管子里的水,开一会儿就没了。”

这样的话突然让大家都惊慌了起来。

“说起来,刚才你们有没有感觉到地震?”

“有啊有啊,就像是有人猛地推了你一把!”

“头昏得要命!我还摔了一跤!”

“我也是啊!”

几个人七嘴八舌地讨论着之前那阵蹊跷的眩晕感,大家唯一能够达成的共识仅仅是这应该不是地震。经历过之前那几次大地震之后,即使是没什么文化的人也知道地震之后应该还有余震,不会像现在这样一片死寂。但通信中断、停电停水这样的情况还是让很多人都感觉不妙。

“应该有人在抢修了。”有人在安慰着大家,可放眼望去周围都是一片黑暗,和以往发生过的任何情况都不同,这让很多人都有些怀疑。

“该不会是出什么大事故了吧?”终于有一个人小心翼翼地问道。

如果手机还有信号,事情想必早就弄清楚了,在这个资讯高度发达的时代,大家都已经习惯了通过手机、通过网络去寻找任何事情的答案。如果还有信号,这个时候微信朋友圈和微博里面早就应该是各种消息满天飞了,但这个途径一下子断了,这让大多数人都不约而同地慌张了起来。

即便是站在三楼,张晓舟也能感觉到他们心里深深的不安。

“出去打听一下呗!”不知道是谁说道。

但在这样的夜里,没有人愿意到外面去。

就在这时,远处突然有一幢高楼亮起了灯光,就像是黑暗中的一座灯塔,虽然对于他们这里没有任何实际意义,但却让很多人都兴奋了起来。

“那是什么地方?”

“是新洲酒店吧? 他们大概是有自备发电机。”

“那边呢?”另外一幢建筑物也亮了起来。

“那应该是汇通国际,3A 级写字楼,应该也是自备发电机。”

几幢高大的建筑物在黑暗中陆陆续续亮了起来,多多少少给了黑暗中的人们一些安慰,像是在告诉他们,一切都平安无事。

“一会儿大概就会来电了吧?”人们这样猜测着,渐渐地散了,只有几个老人还在下面的小花园里闲聊。

张晓舟终于找到了应急灯,但它自买来充过一次电之后就被扔在柜子里再也没有人管过,在这时也理所当然地派不上任何用场了。于是他只能继续一个人在黑暗中待着,他站在窗前看着许久都没有时间去看的璀璨星空,突然想起很久很久以前,曾经有一次也是这样的停电，但那时候，却有一个温暖的躯体陪在他身边，听他讲那些关于星座、关于宇宙奥秘的故事。

她现在在什么地方呢？他不禁摇了摇头。

很远的地方突然传来一阵凄厉的叫声，不像是狗，也不像是任何他熟悉的东西。

一个婴儿突然开始啼哭，过了一会儿，一个女人也哭了起来。

楼下的老人们不知道在什么时候散去了，就连远处那几幢亮着灯的楼宇中的光似乎也暗淡了下来，一种强烈的不安和危机感在蔓延着，就连空气也凝重了起来。

张晓舟忍不住极力地向外面看去，这时候一个东西突然在他面前的纱窗上重重地撞了一下，让他吓了一跳。

它卡在了纱窗的网格上，翅膀拼命地扇动着，却无力挣脱出来。

片刻之后，他才发现那是一只他从来都没有见过的巨大的飞虫。

张晓舟急忙跑回工作台那边，找了一个空的小白鼠养殖盒出来。

那个东西不断发出嗡嗡的声音，他戴上手套，小心地拉开纱窗，把它从上面取下来放进了盒子里。

它马上砰的一声重重地撞在了盒子上。

张晓舟用手机的灯光照着它，它再一次不安地撞在了盒子上，张晓舟惊愕地发现，它很像是一只蚊子！

一只体长超过五厘米的蚊子？

它在灯光下表现出了强烈的不安，拼命地挣扎着，想要从那个小小的养殖盒里逃出来，张晓舟只能关了手机灯，尽量不去刺激它。

他的脑子里一下子混乱了起来。

据他所知，世界上最大的蚊子应该是东南亚的金腹巨蚊，但它的成体只有三厘米长。

体长五厘米的蚊子？

这是一个新的物种吗？

他的心脏一下子猛烈地跳动了起来。

他忍不住又轻轻地把装着它的盒子拿了起来，刚刚平静下来的巨蚊再一次乱飞乱撞起来,让他不得不打消了继续进行观察的念头。

他下意识地拿起手机,想要把这个消息和自己的导师分享,但在寻找号码的时候才意识到,现在没有办法联络上他。

明天一早!

他对自己说。

第2章

欢迎光临

张晓舟是从燥热中醒来的，房间里闷热得就像是又回到了一年中最热的时段。

他随手抓起空调遥控器试了一下，没有反应，他又爬起来按了一下台灯的开关，同样还是没有反应。

供电还是没有恢复。

同样，手机还是没有信号。

这是怎么了？

从昨晚十点钟左右爆发的那次令人头晕目眩的震荡之后，一切就很不对劲。气温，空气中弥漫的味道，甚至还有周边的声音，一切好像都被切断了。

他走到窗口往外看，街上没什么人，也没什么车。

即便是长假的第四天，这样的冷清也显得极不正常。

他摇摇头，努力把那些负能量的东西从自己的脑海中驱走，穿好了衣服去看他昨天晚上睡觉前抓到的那只巨蚊。

如果不是它自己卡在了纱窗上，他说不定就挂彩了，被这样的庞然大物咬上一口，那滋味应该很不好受吧？

他这样想着，把那个盒子拿了起来。

让他意外的是，它已经死了。

怎么会!

张晓舟懊恼地用镊子把它取了出来。

在清晨的阳光下,终于可以仔细地对它进行一番研究。

它身体足有五厘米长,甚至比某些小型鸟类还要略大一些,看上去就像是一只从外星来的丑陋怪物。它身体的透明的鳞片几乎可以用肉眼一片片看清,缺乏消化的血液则让腹部呈现出暗红色,而它的胸部和六条腿则有着艳丽的紫红色条纹。张晓舟觉得它的构造看上去有些简单,甚至于有些原始,应该是一种从来没有被发现过的蚊子。

科学界偶然也会发生这样的事情,伟大的发现也有可能会源自某件毫不起眼的小事,但张晓舟不敢相信自己的运气会这么好,一个全新的物种就这样砰的一声直接撞在他面前。

可惜就这么死了。

一个活着的未知生物样本肯定比死掉的更有价值,但不管怎么样,张晓舟还是决定尽快把它带去给自己的导师看一看。

还是没有水,他用饮水机里最后一点儿矿泉水匆匆洗漱,然后吃掉了不知道是哪一天买的已经有点干的面包。

这时候,隔壁的门咚地响了一声。

那是隔壁的女孩出门了。

长假也要加班吗?

他站在自家门口,从猫眼里看着穿着蓝色的牛仔裤和淡粉色的衬衣的身影消失在楼梯间,心里突然有些惘然。

女孩是半年前搬来的,那天张晓舟刚刚被破格晋升为副研究员,却没有人为他庆祝。他一个人站在阳台上看着搬家公司的工人忙忙碌碌,突然想起很久以前,也是同一个搬家公司的车子从他这里拉走了所有属于前女友的东西。

而最令他惊讶的是,她的沙发与他的完全一样,就连茶几也一模一样。

人生真是充满了各种各样的巧合。

但他却从来都没有见过隔壁女孩的样子,更没有和她说过一句话。

两人很少有一起出门的时候,有时候张晓舟偶然会看到她的背影,苗条而又高挑，和那个抛弃了他的女人很像。

于是他经常会忍不住猜想，她们的样貌会不会也很像？

他经常会隔着阳台的隔墙听到她一边晾衣服一边唱歌，她的声音很好听，于是他往往会捧着一杯茶倚在墙壁的这一边静静地听，直到她晾完衣服进屋去。

这种感觉很微妙，对于张晓舟来说，就像是失恋后灰暗生活中的唯一一点绿色。

于是他开始小心地避开所有可能会正面碰到女孩的情况，因为他总是会担心，当他见到女孩的脸时，心里唯一的那一点点梦想就会随之破灭。

但此刻他却突然有一种强烈的冲动想要看到女孩的脸。

怎么回事？是天气太热的缘故吧？他自嘲地笑了笑，提着那个装了巨蚊的盒子，收拾好自己要用的东西，慢慢地走了出去。

早上八点半，大概是因为昨天晚上的折腾，大部分人都还没有出门，但张晓舟却有一种感觉，似乎有很多人正躲在窗帘背后，小心翼翼地观察着外面。

真是神经过敏了！

他再一次自嘲地笑了笑，走到地下车库，发动了许久都没有开过的车子，几个保安在远处激动地说着什么，其中一个向张晓舟这边跑了过来，但他急着把自己的新发现送去与专业人士分享，于是按了按喇叭，直接把车子开了出去。

街上空空荡荡，让人忍不住感觉有点凄凉。

这里本来就是远山市的一个高新技术开发区，建成还没有几年，人口密度不高，再加上是长假，大多数单位都放假了，这让人流和车流显得越发少了。

不过对于他这样没有女朋友只有工作的沉闷家伙来说，七天的假期根本就没有任何意义——不过是看着别人在朋友圈炫耀幸福生活的一个黑暗期。于是他每天都还是习惯性地去实验室看一看那些小白鼠，看看那些培养基里的细菌。

他伸手拧开收音机，想要听听政府对昨晚的事件有什么说明，但无论哪个台都是沙沙的杂音。

一种古怪的危机感突然让他的身体紧绷了起来，从昨天晚上开始，一切就显得相当不对劲。即使是发生了什么不得了的灾难，经过了整整一个晚上也应该解决掉一大半了，就算是水电没有办法恢复，通信和广播没有任何理由还是中断啊！

他不知不觉地减缓了速度，就在这时候，他看到有人从前面的街道疯狂地跑了过来。

怎么了?

他这样想着,脚忍不住踩了一下刹车。

一直跟在他后面的那辆红色的马自达轿车摆动了一下,按着喇叭从右边超了上去。

赶着去投胎吗?张晓舟没好气地想道。

就在这时候,地面突然剧烈地震动起来,一大群巨大的东西突然自西向东蜂拥而来,张晓舟下意识地死死踩住了刹车,车子发出一声尖锐的刹车声,猛地停了下来。

巨大的震动让车子激烈地抖动着,地面就像是沸腾了起来。

张晓舟脑海中一片空白,他死死地抓着方向盘,下意识地用力踩着刹车。透过挡风玻璃,他只能看到无数只灰绿色的巨大的腿在不远的地方仓皇地快速奔跑着,把挡住它们的一切碾为碎片。

那辆红色的马自达轿车也停了下来,但它的位置太靠前,一条巨腿踢了它一下,那些巨大的动物随即撞了上去,让它就像一个玩具那样翻滚起来,随即被随后而来的那些巨大的身躯迅速压成了扁扁的一团。

见鬼了……

不知道过了多久,那群巨大的动物终于全部从前面飞掠而过,只留下漫天的灰尘和一地的碎片。

张晓舟颤抖着手解开安全带,推开车门,他想要走出去,却摔了一跤跌坐在地上。

“我的天哪……”他忍不住说道。

刚才究竟发生了什么?那是什么鬼东西?开什么玩笑!

巨兽经过时发出的隆隆巨响似乎还在他的耳朵边回荡,嗡嗡地响着。大脑中一片空白,让他一时没有办法清晰地进行思考。

不远的地方有人尖叫着,张晓舟茫然地转过头,那是一个中年妇女,她双眼紧闭,鼻涕眼泪流了一脸。

她在叫什么?

就在这时,灰尘渐渐散去,张晓舟终于看到了她面前的东西。

那是一个硕大无朋的头颅,上面有如同岩石一般粗糙的绿色表皮,瘤状鳞片,还有短短的绒毛。但让人再也无法移开眼睛的，却是那微微张开的巨大嘴巴和利齿，以及那双黄褐色的细小而又可怖的眼睛。

中年妇女的尖叫声戛然而止，就像是被人捏住了脖子。张晓舟甚至可以看到她僵直的身躯在以一种肉眼可见的高频不断地颤抖着，下身的衣裙已经湿透了。

那头巨兽小心翼翼地俯下了身体，轻轻地嗅着。

它突然打了一个喷嚏，女人的衣服都被吹得飘了起来，她忍不住再一次尖叫了起来。

巨大的头颅快速地抖动了一下，只是一瞬间，女人就消失在了那堆利齿中间，血流从齿缝间流了出来，滴落到地上，衣服和骨肉的碎片四处飞溅。

张晓舟感到自己浑身的血液都凝固了，他忘记了自己还可以动，还可以逃跑，在这样的庞然大物面前，他就像是一只被猫看住了的老鼠，什么都想不出来，什么动作都做不出来。

眼睁睁地看着它转过身来，他缓缓地吸了一口气，却再也不敢呼出来。

那东西距离他只有不到十米，他躲在薄薄的车门后怔怔地看着它极度发达的双腿，上面的脚爪足有十几厘米长。

我要死了吗？

张晓舟的心里只有这样一个念头，但它却小心翼翼地嗅着，似乎是对这个陌生的地方和陌生的东西感到怀疑和警惕。

它缓缓地从张晓舟的车子前面走过，长长的尾巴像一条鞭子那样在空中挥舞着，差一点就打在他车子的挡风玻璃上。

它走到了那辆被压扁的马自达面前，用吻部轻轻碰了一下。

那里面似乎有什么东西吸引了它的注意力，张晓舟看到有血正从那团废铁里面流出来。

它的身躯一定有三层楼那么高，在这个位置看上去，它就像是一辆卡车，长长的尾巴在半空中来回甩动着，灵活得就像是一条蛇。

脱离了它的目光之后，张晓舟的身体突然又能够活动了，他终于意识到，自己应该做点什么。

巨兽开始用利齿和脚爪撕扯马自达的车顶，车顶已经扭曲变形，但在它的蛮力下却像是纸糊的，很快就被它扯开，张晓舟看到它用舌头舔着满身血污的驾驶员，随后卷住了他，把他撕裂，咬进了嘴里，发出咔嚓咔嚓的声音。

张晓舟强忍着惊恐，目光丝毫也不敢移开，身体却缓缓地移进了驾驶室里。

它津津有味地咀嚼着，甚至还用爪子在破烂不堪的车子里翻了翻。

张晓舟轻轻地转动着车钥匙，他不得不这么做，刚才急刹车的时候，车子已经熄火了。

发动机轰鸣起来，这个声音让那巨兽的身体突然扬了起来！然后马上向这边转过身来！

张晓舟猛地挂上倒挡，一脚将油门踩到底，车子如同遭到了重击那样跳动了一下，随后猛地向后腾跃了出去，前轮冒出一阵青烟。车门猛甩过来，重重地砸了一下，但张晓舟已经完全顾不上这些了，他甚至没有心思去看后面的道路情况，只是死死地瞪着那个庞然大物。

它突然消失了，下一个瞬间，一团巨大的黑影突然落了下来，张晓舟眼睁睁地看着那青黑色的布满了鳞片的双足重重地落了下来，强壮的条状肌肉扭曲着，带动着如同闸刀一样巨大的恐怖脚爪呼啸而来。

张晓舟的心一下子凉了，但幸运的是，就在那一瞬间，车子的速度已经提升了起来，爪子在车头上重重地蹭了一下，瞬间就产生了一条深深的凹槽。

车子在这一击之下猛烈地跳动了起来，下一个瞬间，它脱离了那头巨兽的攻击范围，急速向后冲去。

它追着车子跑了几步，但它的腿部构造并不适合快速奔跑，巨大的身躯也不适合进行这样的追击，车子很快就拉开了与它之间的距离，于是它很快就停了下来。

车子差一点就撞上了路边的电线杆，张晓舟疯狂地转动着方向盘，车子在原地猛地一甩，差一点就把他从打开的车门甩了出去。

前面又是一阵尖叫，巨兽似乎发现了新的猎物，转头往那边去了。

张晓舟用自己有生以来最快的速度掉了头，疯狂地往远离它的方向驶去。他的头脑里一片空白，路边似乎有人在对他大喊大叫，但他只是下意识地死死踩着油门，机械地绕开那些停在道路中间的车子。

他现在只想远离那恐怖的东西。

“危险！停车！”路边有人大叫着。

张晓舟几乎是条件反射般踩下了刹车，车轮发出一阵尖叫，带着青烟停了下来。

他呆呆地坐在驾驶室里，看着前面那一块看不到边际的绿色，直到提醒他停车的人敲了敲车窗，他才猛地推开车门，扑倒在路边呕吐了起来。

“兄弟，你……你没事吧？”那个人有些无奈地问道。

张晓舟无力地摇了摇头，刚才的那一幕幕如同电影一样在他眼前掠过，让他的胃再一次抽搐起来。

不知道过了多久，他终于再也吐不出任何东西，跌跌撞撞地站了起来。

眼前就像是电影里核难过后的场景，本来应当是街道和楼房的地方突兀地终止了，一片钢筋水泥的丛林似乎是被人恶意从中剪断，然后随手粘上了无边无际的原始森林。柏油路面在他车子前面不远的地方突兀地断掉，路边的房子也是如此，许多房子已经歪斜地沿着悬崖倒了下去。

陌生的、巨大的植物在一片雾气中摇曳着，发出沙沙的响声。这些类似松树的树木异常高大，有的甚至已经超过了悬崖的高度。那幽远的深绿之中毫不掩饰地透露着危险的信号。悬崖下面有几辆已经摔得严重变形的车子，距离太远，看不到里面是不是有人。

张晓舟一下子失去了全部力气，软软地瘫坐在地上。他的后背全都被冷汗浸透，一阵阵地虚脱无力。

“发生了什么事？”

“我在什么地方？”

“刚才那些是什么东西？”

“我该怎么办？”

这几个问题有如即将倒塌的摩天大楼，铺天盖地地向他压了过来。

“你还好吧？”刚才那个声音突兀地在他耳边响起，他才回过神来。

“多谢！你救了我一命！”张晓舟跌跌撞撞地爬了起来，对那个提醒自己停车的人说道。

他看上去还不到二十岁，个子不高，瘦瘦的，大概是个大学生。

他脸色苍白地摆了摆手：“别这么说。”

张晓舟一阵后怕，从那边逃过来时，他的脑子里一片混乱，根本就没有余力去观察前面的情况。他的车子距离悬崖边不到两米，如果这个年轻人不叫这么一声，或者是他刹车踩得稍微晚一点甚至是不那么坚决，他此刻或许已经在悬崖下面了。

“这到底是怎么了？”年轻人喃喃自语着。

张晓舟摇了摇头。

他们正在经历的事情就像是一个混乱不堪的梦境，但无论怎么掐自己，这个梦却都不会醒来。

“那下面有东西。”一个中年人一脸惊慌地告诉其他人，“昨天晚上我听到它们的叫声了！”

他大概住在这附近，张晓舟听他绘声绘色地向周围的人说起自己从昨晚到早上所听到的声音，但那下面的植物太过于高大茂密，他什么都没有看到，只是听到了它们的声音。

巨大而又诡异的叫声，沉重的脚步声，还有动物凄厉的惨叫。

“昨晚到底发生了什么？”有人在向他询问，许多人聚拢过来，但中年人的叙述却杂乱而没有条理，充满了他自己的臆测，没有任何实际意义。

眼前所发生的一切太过于匪夷所思，如果不是亲眼看到，有谁会相信这是真的？

又有谁能解释这是怎么回事？

“我们，我们大概是穿越了？”之前那个大学生摇着头说道。

经过了这么多年电影、电视和小说的熏陶，没有人对这个概念完全陌生，但真正面对这样的可能性，没有人能够笑得出来。

显而易见，他们所面临的这个世界并不友好。

“我们该怎么办？”有人问道。

没有人回答。

张晓舟举起自己的双手，发现它们还在微微地颤抖着，之前的那个巨兽让他知道，他们眼前面临着巨大的危险，随时都有可能死掉。如果那个巨兽追过来……他下意识地回头看了一眼自己过来的方向，距离这里大概只有四五个街区，直线距离不到两公里。但就是这么一点距离，在房屋和街道的阻隔之下，人们便根本不知道那里有一个巨大的怪物正在四处制造杀戮。

而他所住的小区与这里的直线距离也不会超过三公里，但从昨晚到现在，他们竟然对所发生的事情一无所知。

在这个人人都习惯了手机通信的年代，失去手机的便捷之后，信息突然就变得无法传递了。

“都回家吧！”他心里突然感到一阵烦躁和恐惧，于是大声地叫道。

站在这里似乎是安全的，高达三四十米的悬崖隔绝了他们和密林，让那里面的东西没有办法上来，但张晓舟知道这只是假象。之前那些东西的出现说明城市的其他地方一定有可以让它们自由进出的通道，如果那头巨兽真的追过来，地里根本就没有可以逃跑和躲避的地方，所有人都只能等死。

“回家？”有人茫然地摇起了头，“都已经这样了！回家有什么用？”

“总比待在这里好！”张晓舟说道，“如果你不想回家，那就尽可能和更多的人待在一起！想办法躲在安全的地方！”

冷静下来之后，他已经判断出刚才那是什么，一只暴龙，庞大的身躯，巨大而又短粗的头颅，特化到几乎已经成为摆设的前肢，这很容易就能判断出来。而此前被它驱赶的，毫无疑问是一群类似鸭嘴龙的动物。

我们回到了恐龙时代！

张晓舟闭上了眼睛。

这是地球漫长历史中的巨兽时代，是无数人心驰神往的野蛮时代，但对于他们这些身在其中的人来说，这却是最糟糕的结果！

“我们身边都是恐龙！”他把自己之前遇到的事情告诉他们，“要尽可能组织起来，现在这种局面之下，依靠个人力量根本就活不下去！”他继续大声地说道。

但人们却散乱了起来，也许十年前会有人不知道恐龙意味着什么，但现在，即便是老人也知道那是极其恐怖的吃人怪物。没有人怀疑，眼前的悬崖和一望无际的丛林就是最好的佐证，加上张晓舟车前盖上的爪痕，一切都变得清清楚楚。

还需要什么证据？

现实就这样以一种极度粗暴的方式摆在每一个人的面前，无论你是接受、抗拒，还是试图逃避，它就在你的面前。你接受它，并且尽快适应它，那你也许就能比别人稍稍多出一些生存下来的希望。

一些人跑向自己的车子，而另外一些人却向旁边的商店跑去。卷帘门被粗暴地撬开，还没等到它完全升起来，就已经有人开始往里面爬。

几个人为了水和食物扭打了起来，没有人劝阻他们，每个人都在拼命地往自己的怀里抓东西。

而那些跑向车子的人也醒悟了过来，开始向其他还没有被撬开的商店跑去。

这样的结果让张晓舟大吃一惊，他站在人群中大声地叫着，却再也没有人理睬他。所有人都只想着要弄到更多的食物，为了自己，也为了自己的家人！

只有那个救了他一命的大学生还没有加入到这场疯狂的抢夺当中去。

“你叫什么名字？”张晓舟问道。

“夏末禅。”

“我叫张晓舟。”他继续说道，“你准备怎么办？”

眼前的这些人是半点没有指望了，人只有在组织起来的情况下才是万物之灵长，只有使用了工具和武器之后才能被看作是食物链最顶端的生物。像这样一盘散沙的人群，不过是一群待宰的羔羊。

夏末禅摇了摇头。

“我要回家。”张晓舟告诉他，在这种情况下，这是他唯一能够想到的了。

虽然与邻居们从来都没有过什么交流，但至少几年来进进出出，相互之间都脸熟，在那个环境下，人与人之间更容易建立起相互信任的关系，更容易团结起来。

站在这里，没有人认识他，他也不认识任何人，什么事都不可能做到。

“我要回学校去。”夏末禅说道。对于他来说，这也是最好的选择。

“如果你遇到什么情况，可以到这里来找我。”张晓舟迅速地从车上找出纸笔留下了自己的住址，夏末禅也写下了自己的地址——地质学院，那是附近的一所大专学校。

“尽量和更多的人在一起。”这是张晓舟此刻唯一能够想到的建议，“尽可能收集食物、干净的水和可以防身的武器。你们学生应该可以聚集在一起，组织起来，这样会更有力量。”

夏末禅点点头，快步地走开了。

张晓舟发动车子，掉头向家驶去。

有了之前的教训，他把车速保持在了四十码以内，在这个速度下，如果前方有什么问题，他也来得及做出正确的应对。

刚刚驶过一个街口，右边突然传来一阵惊慌失措的叫喊声，一大群人蜂拥而出，把路整个挡住，车子只能停了下来。

侧面的街道传来凄厉的哀嚎，伴随着“昂昂昂昂”的奇怪声音，有人撞在他的车上，随即疯狂地拍打起来。

张晓舟打开车门锁，那人便慌慌张张地挤了上来。

更多的人哭叫着想要挤进来，张晓舟这时候才看到，不远处的街面上，几只一人多高的恐龙正撕扯着一具不断尖叫的躯体。而周边数以百计的人却丝毫没有搏斗或者是去救他的念头，一心只想逃走。

那些恐龙有着巨大的像镰刀一样的爪子，它们每一次高高跳起，便引发一片血肉模糊的尖叫。

恐爪龙！群体行动，恐龙时代最凶残的猎手之一！

“开车啊!”挤上车的人疯狂地叫着，用力地推着那些想要挤上来的人。

“你疯了吗?”张晓舟大叫了起来，车子周围全都是人，难道碾过去吗?

旁边的一辆车子确实是这么做的，但它在撞倒了几个人之后却再也没有办法前进，车上的人绝望地尖叫了起来。一只恐龙突然高高地跃起，随后重重地落在了那辆车的车顶上，车顶一下就被它压得凹了下去。周边的人们发出一阵尖叫，突然一下子散开了。

玻璃被它的爪子一下就打碎了，它的脑袋伸到了车窗里面，鲜血很快就飞溅了出来！

“开车！快开车!”张晓舟车上的几个人疯狂地大叫了起来。

张晓舟终于踩下了油门，一只恐爪龙从后面飞扑过来，它的爪子在汽车后备厢上重重地抓了一下，留下一条可怕的划痕，但它却马上摔在了地上。

眼前的人群开始向周边的小巷里逃去，张晓舟尽可能地绕开他们，就在这时候，张晓舟看到了一抹刺眼的淡粉色。

淡粉色衬衫，蓝色牛仔裤。

他一下子呆住了。

她慌不择路地逃向了一条小路，身边的人推了她一下，她踉跄一下，跌倒在了地上，就是这一下，让她陷入了危险之中！

“小心！”张晓舟疯狂地大叫了起来。

但在这样的混乱中，有谁能听到这样一声没头没脑的提醒？

一只恐爪龙快步向那边冲了过去，粉色衣衫被青黑色的躯体短暂地遮住，随后突然消失了。

“不要啊！”张晓舟感觉自己的心头也被狠狠地剜了一下。鲜血喷了出来，那件粉色的衣衫突然变得殷红。

就像是染红了他的眼睛。

张晓舟突然一脚把油门踩到底，车上的人都惊叫了起来。

“你干什么！”

但他们已经来不及阻止他了，车子突然加速，从侧面猛地撞上了那只正在肆意杀戮的恐爪龙，狠狠地顶着它直接撞进了路边的一家店铺。

安全气囊把张晓舟打得头昏脑涨，让他清醒过来的是车头与墙壁之间那只还在不断挣扎着的恐爪龙，它的一条腿露在外面，像镰刀一样的爪子不断地在车上抓着，发出极其刺耳的声音。

它的身体卡在已经严重变形的车头和墙壁之间，张晓舟推开车门，踉踉跄跄地下了车。

恐爪龙发出令人恐惧的嘶叫声，但张晓舟却丝毫也不觉得害怕了，他回头望去，从卷帘门的缝隙可以清楚地看到那个纤细的身躯，她倒在路边，几乎被切成两段，鲜血沿着路边的沟渠漫延了过来。

他的脑子里昏昏沉沉的，突然什么都想不起来了。

旁边有一根铁棍，不知道是从什么东西上断下来的，张晓舟把它捡了起来，避开了那还在不断动弹的爪子，狠狠地往恐爪龙的头上砸了过去。

一下！两下！

带着鳞片和羽毛的脑袋上就像是有一层盔甲，很难刺进去，但张晓舟却锲而不舍地用尽全身力气砸着。

三下！四下！十下！二十下！

恐爪龙不断发出尖叫，一开始是带有威胁的嗞嗞声，然后是尖锐而又刺耳的哀嚎，有气无力的嘶叫，到最后，只剩下越来越微弱的喘息。

“它已经死了。”有人在背后说道，张晓舟终于清醒了过来。

恐爪龙的脑袋已经被他硬生生砸成了一团骨头包裹着的肉酱，鲜血洒了一地，它的肢体还在条件反射般地抽动着，但肯定已经死了。

张晓舟把铁棍扔在了地上，瘫软地靠着墙坐了下来。

那第一个爬到他车上的男人小心翼翼地到门口去对着缝隙看了看外面，卷帘门被车子猛地撕开，但却正是因为如此，缝隙并不大，恐爪龙应该钻不进来。

他稍稍放了心，于是走了回来。

“抽烟？”

张晓舟摇了摇头。

嗒—— 一抹微弱的火光在窄小的空间里亮了起来，然后是烟草的气味。

平时张晓舟很厌恶这样的气味，但不知道为什么，现在他突然很想来一支。

“还有吗？”他问道。

男人笑了笑，递给他一支，还把打火机也递了过来。

辛辣的感觉让他忍不住咳嗽起来，男人紧张地站了起来，担心这样会把恐爪龙吸引过来，但张晓舟把头埋在大腿上，咳嗽一会儿就停住了。

“第一次抽烟？”

张晓舟点了点头。

“那就难怪了。”男人说道，“天杀的！那些都是什么鬼东西！从什么地方冒出来的！”

张晓舟没有回答，他突然想起了一首歌，那是隔壁的女孩晾衣服时最爱唱的歌。

“……我爱你世界末日来临以前……”

他还不知道她的名字，没有和她说过一次话，甚至还没有真正见过她的样子。

眼泪突然就流了出来。

第3章

战　斗

无言的沉默。

车子上的另外三个人也下来了，有两个人一直在卷帘门的缝隙那里看外面的情况，而剩下的那个则过来要了一支烟。

“刚才不好意思啊。”香烟男说道。

过来讨烟的这个人，白衬衫胸口处有个大大的脚印，是之前两人争先爬上车子时被香烟男蹬的。

“没事……大家都被吓坏了。”白衬衫说道。

烟头在黑暗中一闪一闪，烟草的气味掩盖了血腥味，在这样的环境下，突然变得可爱了起来。

“这到底是什么鬼？”香烟男捡起张晓舟丢下的那根铁棍，戳了戳已经死掉的恐爪龙。

“恐龙吧？”白衬衫说道。

“我他妈当然知道是恐龙！《侏罗纪世界》新片出来第一天老子就去看了！”香烟男说道，“问题是，这些杂碎是从什么鬼地方冒出来的？”

张晓舟突然笑了起来，他不知道这是为什么，但香烟男的话让他突然有一种很荒谬的感觉。

其他四个人都不解地看着他。

“嘘——”站在门口的其中一个人紧张地说道，他的眼镜裂了一条缝，看上去有些滑稽。

“不是它们从什么鬼地方冒出来，而是我们跑到了它们的地盘上。”张晓舟告诉他们。

“你胡说什么！”眼镜男神经质地说道。

“希谯路那边整个断掉了，外面都是原始森林。你明白吗？房子旁边突然就变成了原始森林。”张晓舟说道，“我在远清路那边遇到了一群鸭嘴龙，还有一只暴龙。”

“这不可能！”眼镜男说道。

“那些东西就在外面。”张晓舟说道。

“一定有办法解释的！”眼镜男说道，“附近不是有个什么生物科技研究所吗？说不定是他们搞的东西跑出来了！”

张晓舟摇摇头，懒得理他。

他就是远山生物科技研究所的副研究员，他们所从事的是牛、羊、鸡、鸭的育种和开发，张晓舟所负责的就是新型肉用牛的研究，他们从来都没有进行过那些危险而又不负责任的研究，眼镜男这样的猜测简直太可笑了。

“嘘！”一直没有出声的那个胖子突然急切地说道，“有两只恐龙过来了！”

大家瞬间都安静了下来，但却没有办法阻止，它们径直跑了过来。

“昂昂昂昂！”奇怪的叫声在卷帘门外面响起，它们似乎是在寻找着什么。

大家的目光都看向了那只死去的恐爪龙，是因为它的气味吗？

“昂昂昂！”外面的叫声急切了起来，它们开始用爪子挠卷帘门。

所有人都不敢出声，甚至不敢大声喘气，胖子和眼镜男慢慢地退了回来，躲在了缝隙看不到的死角。

“昂昂昂昂！”一个没有丝毫感情色彩的黄褐色眼睛出现在了缝隙那儿，叫声马上就变得激烈了起来。

张晓舟马上从地上爬起来，从香烟男手里把那根铁棍一把抢了过来。

“你要干什么？”白衬衫紧张地问道。

“当然是拼了，难道等着它们进来吗？”

“你疯了吗？它们进不来！”眼镜男低声叫道。

仿佛是为了反驳他的话，外面的恐爪龙突然猛地撞了一下卷帘门，被车子撕裂的地方一下子扭曲了，它的脑袋钻了进来。

“咯咯咯咯！”它马上叫了起来，声音很难听。

张晓舟双手抓起铁棍，冲过去对着它的眼睛狠狠地砸了过去！

一阵歇斯底里的尖叫，这一下没有刺中眼睛，但却在它的脑袋上砸开了一个口子，它拼命地挣扎着，突然退了出去。

“吓跑了？”胖子惊喜地说道。

回答他的是更加猛烈的撞击。

“它们都跑过来了！”眼镜男尖叫了起来，同时跌跌撞撞地从卷帘门旁爬了过来。

外面聚集的已经不仅仅是刚才的那两只恐爪龙，而是将近十只！

它们不断地用身体撞击着被车子从中间撕开的卷帘门，门已经从被撕开的那个地方扭曲变形了！

“别傻坐着！想想办法！”张晓舟一边用手里的铁棍攻击那些从空隙中伸进来的脑袋，一边大声地叫着。

眼镜男只会像个女人一样尖叫，而胖子则逃回了车上，死死地抱着脑袋躲在后排座上。

香烟男不知道从什么地方又找到了一根铁棍，鼓起勇气像张晓舟这样拼命抵抗，而白衬衫则慌乱地在房间里翻找着。

“什么都没有！”他哀叫了起来。

这是一家不大的服装店，地上都是碎玻璃，张晓舟和香烟男手里拿着的都是不锈钢衣架的残骸，地上还有一些倒落的衣架，但这些东西肯定是不可能把恐爪龙挡在外面的！

“点燃那些衣服！”张晓舟叫道。

香烟男跑回去点火，但那些衣服却根本没有办法形成足以驱赶恐爪龙的火焰。

白衬衫不知道从哪里找到了几本画报，慌慌张张地撕成纸片卷了起来，香烟男的手抖得厉害，他重重地给了自己一巴掌，终于把画报点燃了。

“丢在门口！”张晓舟大声地叫道。

缝隙已经很大了，他手中那可笑的武器完全没有办法阻止它们，它们冲进来只是时间问题了！

越来越多的东西被点燃，香烟男和白衬衫甚至把椅子、柜子和墙上的装饰木条都拆了下来，就在一只恐爪龙整个扑进来的时候，火焰终于猛地燃了起来。

张晓舟疯狂地从火堆上跳了进去，他的裤子被点燃了，他急忙用手拍灭，那只恐爪龙发出一声恐怖的嘶吼，却被火焰和烟雾呛了一下，随即掉头跑了出去。

“继续烧！”张晓舟大声地说道，他抓起一块板子用力地把火堆推到门口，恐爪龙们在外面叫了几声，终于停止了继续往里面钻的尝试。

“那边！”张晓舟将一块燃烧着的木板捡起来扔到了车子的另一侧，白衬衫抓着几件易燃的衣服跑了过去，把它们丢在火上。

烟雾猛地升了起来，把他们熏得睁不开眼睛，但这也刺激了恐爪龙，它们的攻击彻底停止了。

“它们走了？”香烟男不敢相信。

张晓舟一面继续寻找着可以烧的东西，一边透过缝隙观察外面：“还没有走远！”

“我们得控制一下。”眼镜男不知道什么时候恢复了理智，他把张晓舟扔进火堆的东西又挑了一些出来，“烧完了怎么办？”

浓烟熏得每个人都咳嗽起来，但他们不敢让火焰熄灭，香烟男和白衬衫开始爬到车顶拆店里用来吊顶的方木，这个小小的服装店里，真的是没有多少可以用来烧的东西了。

“汽油！”张晓舟突然意识到了这一点。

“没有管子！”眼镜男叫道。

“拆开后座！从里面舀！”

胖子还躲在车里，香烟男直接把他拖了出来。

“别吃我！别吃我！”他惊叫了起来，让其他人连气都生不起来。

白衬衫显然也稍稍懂一点汽车的构造，他帮着张晓舟把后座掀开，下面的油箱就露了出来。

工具不称手，但他们还是想尽办法把盖子拆开了。

“拿什么舀油？”白衬衫问道。

张晓舟爬到后备厢，那儿有一箱矿泉水，他把箱子抱了出来，纸箱用来引火，矿泉水每个人都喝了一瓶，然后剪开其中一个空瓶做成提勺，很快就装了两瓶汽油。

眼镜男冷静下来之后还是有点用处的，他把一件棉质衬衫的袖子拆了下来，撕成细条塞进瓶子，并留出一些布条在瓶口。

“汽油瓶?”张晓舟点点头。

但这种东西大家都只在电影里看过，这种弄法行不行？会像电影里那样炸开吗？

“我记得都是啤酒瓶之类的。”白衬衫表示了反对，“塑料瓶不会碎开，能有用吗?”

他们于是又满世界地找玻璃瓶，最后在角落里找到了一个不知道装什么东西的空瓶子，用同样的办法装了一瓶汽油。

门口的火焰已经开始减弱，那些恐爪龙游弋了一圈之后又回来了，聚在门口，但却因为火焰和浓烟没有过来。

店铺里已经没有什么可以烧的东西了，张晓舟看了看其他人。

“他妈的！干吧!”香烟男说道，“死活就看这一下了!”

于是张晓舟拿着玻璃汽油瓶，香烟男和白衬衫各拿了一个塑料的汽油瓶，小心翼翼地来到了门口。

恐爪龙群一下子兴奋了起来，一只恐爪龙向这边猛扑过来，白衬衫吓得往后坐倒，手里的汽油瓶掉在了火堆边，瓶口的布条一下子就被引燃了，张晓舟急忙一脚把它踢了出去。

它落在几只恐爪龙之间，把它们吓了一跳，但火焰却熄灭了。

“我来!”香烟男把手里的汽油瓶点燃，小心翼翼地向外面扔了出去，那个瓶子落在地上以后竟然弹了起来，塞在瓶口的布条掉了出来，汽油开始往外面流。

“你们就不能给力一点吗!”眼镜男脱口而出，香烟男一脸阴霾地瞪了他一眼，他不敢说话了。

只剩下张晓舟手里的这一个了，外面的恐爪龙站得离商铺更近了，里面接二连三地有东西飞出来，这显然激起了它们的好奇心，但弥漫着难闻气味的烟雾却让它们不愿意冲进去。

张晓舟在火堆上点燃了手中的汽油瓶。“哥们!”眼镜男忍不住叫了一声。

几年来长期进行精确定量试验的手在这一刻终于发挥了作用，张晓舟稳稳地让吸了汽油的布条燃烧了一会儿，才把手中的汽油瓶扔了出去。

一只恐爪龙好奇地看着这个东西飞出来，它高高地跳了起来，尖锐的脚爪猛地一挥，玻璃瓶哐啷一声在半空中碎裂，只是一瞬间，它就被烈焰包围了。

一声可怕的尖叫，它试图从这样可怕的打击中逃走，却随即重重地撞在路边的广告牌上，洒到身上的汽油彻底点燃了它身上的油脂，非但如此，落在地上的汽油引燃了之前洒落的汽油，不久之后，之前香烟男丢出去的汽油瓶突然爆炸，将更多的火焰散布到了周围。

所有恐爪龙都被吓到了，瞬间就消失得无影无踪，只有那个已经被完全点燃的家伙在挣扎了几下之后，倒在地上不动了。

变化发生得太快，让张晓舟他们一时反应不过来，但几分钟后，张晓舟还是第一个从商铺里跨了出来。

那只恐爪龙身上的火焰还在燃烧，发出刺鼻的焦臭味，街上到处是被撕得血淋淋的尸体。他忍不住又咳嗽了两声，终于把呕吐的冲动压制住了。

“它们走了？”香烟男在里面问道。

张晓舟没有回答，他跌跌撞撞地寻找着那个身躯。

“我们赢了！”眼镜男兴奋地在身后叫着。

但张晓舟却茫然地抱着头站在街头。

她不见了！

路边有很多尸体，他寻找着幸存者，却一无所获。

“你在找人？”香烟男走了过来。

张晓舟摇摇头，没有回答。

“我叫何春华。”香烟男向他伸出手，张晓舟心乱如麻，摇了摇头，什么都没有说。

何春华也不以为意，他以为自己死定了，没想到竟然可以从那些怪物的围攻中活下来，这让他对张晓舟充满了感激。

“我家就在那边的何家营，是个村子，我哥是村主任！你要是没有地方去，就跟我走！”他对张晓舟说道，“有我一口吃的就有你的一口！”

张晓舟摇了摇头：“我要回家。”

何春华以为他家里还有其他人，于是也不说什么了。

白衬衫看了看他们，从旁边一家被砸开的超市里捡了一把用来砍骨头的大刀，没有打招呼就走了。

何春华于是也进去翻找了一下，过了一会儿，他提着两把斧子走了出来。

“兄弟，你是个好样的！保重吧！”他递了一把给张晓舟，拍了拍他的肩膀，自己拿着另一把，折回了他们之前躲藏的商店，过了一会儿，他提着那个已经被张晓舟戳得稀烂的恐爪龙龙头走了出来。

“你要这东西吗？”

张晓舟摇了摇头，于是何春华提着它准备离开。

“你要这东西有什么用？”眼镜男问道。

何春华没有理睬他，对着张晓舟摇了摇手，把自己剩下的半包烟塞在了他的口袋里，转身走了。

“你们这些人，没听到我说话吗？”眼镜男气愤地说道，“你在找什么？”

张晓舟摇了摇头，不想和他说话。

但他心里很清楚，已经找不到她了。

“我要走了。”眼镜男说道，“这儿很危险，它们说不定还会回来！我是地质学院的，你要不要……”

张晓舟摇了摇头：“保重吧。”他对眼镜男说道，“我们应该还会再见面的。”

那个胆小的胖子这时候才从卷帘门的缝隙里爬出来，他们都没有理他，各自朝着自己要去的方向匆匆离开。

“你们……喂！等等我啊！”

街上的人明显更少了，恐爪龙袭击的事情这时候应该已经传开，这让人们都逃回了自己觉得安全的地方。

路边的房子里随时都可以看到正忧心忡忡往外面看的人，有人大声地对他叫着，但听不清他们在说什么，他也丝毫没有停下脚步的想法。

也许不是每个人都知道发生了什么，但显然，每个人都已经知道此刻在外面游荡是一件很危险的事情。

奇怪的是，街边真正被撬开的商店却并不多。也许不是每个人都有勇气或者是有足够的魄力冒险跑出来寻找食物，大多数人也许还不知道这座城市真正发生的事情，还在等待着别人的救援。

因为隔壁女孩的死而带来的愤怒和冲动渐渐冷却下来之后，张晓舟开始考虑自己下一步的行动。

在经历了一次与恐爪龙的战斗之后，他已经没有了多少慌乱。活下来，这当然是最根本的目标，但这并不简单。最大的危险永远都不会是那只暴龙和那群不知道已经跑到哪里去了的恐爪龙，一片区域理论上能够存在的猎食者一定是有限的，否则它们就不可能构成生态平衡。

像暴龙和恐爪龙这样的高级猎食者，也许方圆数十公里的范围内也就只有他所见过的这几只而已。

赤手空拳面对这样的对手当然是只有死路一条，但人类能够成为万物之灵长，从来都不是依靠蛮力，也从来都不是单枪匹马。他已经杀死了两只恐爪龙，只要能够集中足够的人力和工具，无论是霸王龙还是恐爪龙都不足为虑。

真正危险的其实是病菌和携带病毒的蚊虫，谁知道恐龙时代的传染病是什么样子的？现代的药品能不能治？

其次是饥饿、干渴、疾病和意外，某种程度上来说，也许人与人之间的问题所造成的威胁都要比霸王龙更大。张晓舟已经见识过了恐慌、混乱之下的抢劫和斗殴，如果不能形成有效的团队，未来因为争抢有限资源而发生的骚乱只会更多。

之前一心回家的想法简直就是大错特错，在这种情况下，必须和尽可能多的人在一起。

但这有一个先决条件，必须和有组织的人待在一起。作为个体的人类在这样一个危机四伏的属于巨兽的世界里也许是最弱小的生物之一，但张晓舟相信，只要大家能够以适当的方式组织起来，任何一种生物都无法与身为万物之灵长的人类匹敌；但反过来，没有组织的群体只会带来更大的灾难，就像他刚才所遇到的那群人，如果他们能够组织起来，寻找可以用来抵抗的武器，并且形成一定的阵势，张晓舟相信再多一倍的恐爪龙也不可能随意地就杀死那么多人，但每个人都只想着逃走，这让他们的战斗力甚至还远不如被困在小小商店中的张晓舟等寥寥几个人。

他不知道究竟有多大一块地盘，有多少人和自己一起到了这个本属于恐龙的世界，他们很像是被硬生生地从远山市的高新开发区里挖了出来，然后被随意地扔在了这个充满危险的恐龙时代。这样一来，这片区域的大小和规模就很成问题。但就他今天早上所见的区域，至少会有几千人，甚至有可能会有几万人。谁能把他们集中起来，形成团队并且带领他们求生，甚至是找到回去的办法？

他心里的第一选择当然是政府，这应该也是绝大多数人的第一想法，虽然平日里总有着这样那样的抱怨，好像很不满意，但每个人心里其实都很清楚，我们的政府无疑是这个世界上对于灾难响应速度最快、最关心普通民众生命安全，也最有执行力的政府。但事情在昨天晚上就已经发生，却直到现在都还没有形成应急自救的团队，这让他怀疑政府机构是否留在了原来的世界。

如果偏巧现在已经没有任何政府机构存在了呢？

这附近本来就不是远山市的什么繁华地带，只是一个城乡接合部最近几年才建设起来的高新技术开发区，人口密度并不大。加上事情发生在晚上，张晓舟想来想去，唯一能够确认代表政府机构而又有人负责的单位只有一个小小的弘昌路派出所。

如果事情真的有想象的那么糟糕，他们能肩负起这么大的责任吗？

地质学院是他的备选方案之一，学校天然就有着严密的组织关系。只要学校有足够的老师和有一定威信的学生干部，负责人不要太昏庸，口碑不要太差，以老师为基干，院、系、班这样的组织架构完全可以应对一般的问题。更不要说，这个年龄段的青年人正处于体力和脑力的黄金时期，略加训练就可以组成战斗力很强的队伍。

但学生也有学生的问题，他们很容易就会被煽动起来，也很容易就会受挫，在这样的时候，需要强有力的执行力和服从性。

周围可以看到的包括何家营在内的两个城中村也是他的备选方案，人口密集，本身就有书记、村主任及各个村民小组这样的组织架构，也很容易就能形成力量。以这种邻里亲缘关系形成的团队一般战斗力都不弱，但城中村的人口太杂，良莠不齐，文化水平多半不是很高，他们很可能会以亲疏关系来形成组织，把非本村的人排斥出去。

但不管怎么猜测，现在这种情况下，他也只能凭借自己的双脚和双眼去证实自己的猜测。于是他辨认了一下方向，小心翼翼地向着最近的那个派出所的方向快步走了过去。

但距离派出所大概不到五百米的时候，他突然听到了一声枪响，然后是另外一声。

他的行动马上停了下来。

怎么回事？他们遭到了恐龙的围攻？

张晓舟觉得发生这种情况的可能性并不大。

姑且不说这片区域会有多少杀戮者，一个完全陌生的世界，凭空地进入它们的地盘，它们不太可能迫不及待地就冲进来一阵乱杀。

越是聪明的猎手，行为也会越谨慎。很难想象，会有大量的猎食动物这么快就进入了城市。

另一方面，爬行类动物也很少会像猫科和犬科动物那样以杀戮为乐，在他的记忆里，无论是蜥蜴、鳄鱼、蛇类还是龟类，在吃饱之后都会懒洋洋地找一个温暖的地方休息。虽然越来越多的科学研究表明恐龙并非一般意义上的冷血爬行动物，但血缘上与它们最接近的鸟类也很少有进行无谓杀戮的时候，这也是张晓舟敢于一个人在这个时候上街行走的最大理由。

虽然这样想有些残忍，但无论是那只暴龙还是那些恐爪龙，他相信它们都应该吃饱了。

但这枪声是怎么回事？

他小心翼翼地沿着路边继续向派出所方向前进，很快，触目惊心的场面就出现在了他的面前。

派出所的大门被暴力破坏，玻璃碎了一地，钢网门也被扭得七零八落，大厅里的办公桌歪倒在地上，文件散落了一地。

地上有很多血迹，几个简易担架被粗暴地丢在墙角，上面同样是血迹斑斑。

只是这些血迹看上去并不新鲜，这让他镇定下来没有马上逃走。

张晓舟犹豫了一下，捡起一块石头向黑暗中扔过去，一群像鸡那么大的绿色蜥蜴突然唧唧叫着从里面飞快地跑了出来，把他吓了一跳。

它们很快就消失了，不知道跑到了什么地方。

里面再没有了任何响动。

“有人吗?”张晓舟小心翼翼地叫道。

什么回应都没有，于是他握紧了手里的斧头，慢慢地走了进去。

背面的窗户破了，阳光从那里透进来，让他可以看清大厅里的情况。

到处都是血迹，到处可以看到被撕破的衣服的碎片，还有可疑的被啃得光光的骨头，他大学时曾经学过人体解剖，有些骨头被他认了出来。

他突然有些反胃。

“有人吗?”他强撑着继续向里面走去，墙上可以看到很多弹孔，可以想象，这里曾经发生过一场激烈的战斗。

张晓舟的心重重地沉了下去，成功地杀死两只恐爪龙让他对这个完全陌生的世界有些轻视了，看到这里的惨状之后，他终于对自己面对的危险有了更清醒的认识。

如果不是在那样特殊的环境下，而是在这样的地方与它们狭路相逢，他还能活下来吗？恐龙一定是趁夜深人静时突袭了这里，虽然是派出所，但房间狭小，枪械室也有一定距离，对于突然入侵的恐龙来不及防备。派出所尚且如此，就更不用说别的地方了。

通往后面的停车场的门开着，停车场里全都是被扯得七零八落又被啃得精光的尸骨，一些小恐龙正聚在一起撕扯着什么，他不忍多看，拿着铁棍上了二楼。

一条长长的内走廊，墙上有很多巨大的爪痕，一些房间的防盗门上有明显被冲撞和爪子抓过的痕迹。有几个房间的门看上去还算完好，但现在却是打开的，应该是曾经在里面躲避的人已经自己出来了。

这里已经没有价值了，张晓舟这样判断着。幸存者应该已经把有用的东西都带走了。

但即便是找到了枪又有什么用呢?

派出所里应该不会配步枪或者是大口径的枪械，更不会有威力更大的武器，唯一能够找到的也许只会是那些在网络上被调侃为打光六发子弹未必能打死一只火鸡的警用小左轮。

张晓舟知道警用枪械本身追求的就不是杀伤力而是威慑力，它们对于人类来说或许还有一些杀伤力，但对于迅猛龙、恐爪龙这类行动迅速的怪物来说，很有可能还不如他们之前所制作的燃烧瓶。

更何况，他到这里来的目的并不是为了找到一点防身的武器，而是为了找到一个可以投靠的团队。

但显然，这里和他想象中的状况完全不同。

他决定离开，但就在这时，听到楼上传来了一个声音，就像是有什么东西掉在了地上，隐隐约约似乎还有什么人的叫声。

"有人吗？"他大着胆子问了一声。

没有回应。

他小心翼翼地向楼上走去，走廊里同样是一片狼藉，大多数房间的门都关着。

"有人吗？"他再一次叫道。走廊尽头的房间里突然响了一下，张晓舟抬起头看着那边，随后又响了一下，有什么东西在里面狠狠地向外撞着。

那绝不可能是人！

张晓舟迅速转身下楼，但就在这时候，他看到一个墨绿色的身影在一楼的楼梯口一晃而过。

激烈的脚步声从楼下直往上冲，那绝不是之前所看到的小蜥蜴，而是一个凶猛的猎食者！

他转身向着走廊里飞奔，冲进一间开着门的办公室，飞快地把门反锁了起来。房间里还有办公桌和椅子，他迅速跑过去，咬着牙把它们拖了过来。

或许是桌子在地上拖动的声音惊动了它，或许是他留下的气味吸引了它，几乎是在张晓舟把桌子顶到门口的同时，它重重地撞了上来。脆弱的门锁几乎在一瞬间就崩开了，木门重重地撞在桌子上，发出一声巨响，张晓舟急忙用尽全身力气顶住它。

"咯咯……嘎嘎——"那个墨绿色的身影在缝隙中晃动着，尖锐的爪子在门上不停地抓着，发出刺耳的响声。张晓舟看不清它的全貌，但这和他曾经杀死的那种恐爪龙绝对不是同一种东西！

该死！这个地方到底有多少猎食者？

他来不及思考这些问题，一只脚死死地顶着桌子，另外一只脚则伸出去把椅子钩了过来，塞在桌子下面形成一个牢固的支点，把门顶了起来。

墨绿色的猎食者在外面不甘地吼叫起来，尖锐的爪子在门上抓挠，不断发出令人心烦意乱的刺耳噪声。

这样的木门能够抵挡多久呢？

张晓舟又把角落里的书柜也搬过来堵在了门口，把它们和桌子椅子相互卡在了一起，这才终于坐在了地上。

他感觉自己全身都是汗，几乎一点儿力气都没有了。

那只恐龙仍在不屈不挠地坚持对房门进行着破坏，但至少，短时间内它是没有办法进来了。

唯一的出口是窗户，张晓舟定了定神，快步走了过去。

窗户正对着停车场，满地的血红让他心里一阵刺痛。

他强迫自己不要把注意力放在那些可怕的东西上，而是切实地思考自己的求生之路。

他所在的位置是三楼靠里的一间办公室，窗户没有安装防盗栅栏，距离地面大概有六七米的样子，他的目光在房间里一扫而过，没有发现任何可以用来当作绳索的东西。

用衣服和裤子？

张晓舟很快就打消了这个念头。

因为太热，他出门时只穿了一件短袖衬衫，即便是加上裤子，有效长度也不会超过两米，找地方固定，打了结之后，说不定只有一米多的有效长度，能有什么用？

直接跳下去？

那更不可能，从这样的高度跳下去不受伤是不可能的，而在现在这种情况下几乎就是必死无疑。

他的目光最终移到了窗外的低压电线上。

一排四根，沿着墙根整整齐齐地排列着，从这幢办公楼一直延伸到了隔壁的那幢六层楼高的居民楼那边。

应该能承受我的体重？

他强迫自己把注意力从门外的那个还在不停撞门的东西身上转移到眼前更重要的东西上。

他见过一些工人在街上安装这些线路，当时他们就蹲坐在这些线路上，这让他相信它们有足够强的承载力。唯一的问题是，低压电线并非直接在窗外，而是在建筑物的尽头。

张晓舟把头伸出窗外。楼下的窗户顶上有一道窄窄的窗檐，看上去有十厘米宽，勉强能够放脚，它一直延伸到建筑物的尽头。

如果踩着它，说不定能爬到那边去？

他所需要做的，就是跨越这将近十米的距离。

这在电影中不过是微不足道的场景，但真的要下这样的决心，对于他这样以实验室为家的宅男来说却是一个极大的挑战。

门外那只畜生再一次撞了上来，木门重重地撞在桌子上，发出哐当一声巨响，这让他下了决心。

电影里的主人公能做到，我也可以的！

他给自己鼓了鼓劲，小心翼翼地跨出了窗户。

冷风迎面扑来，这种脱离了安全区域的空旷感让他一阵眩晕，地面也像是突然旋转了起来，让他几乎没有办法继续后面的动作。他跨坐在窗户上，几分钟之后才终于强迫自己站了起来。

房间外面的那只畜生几乎不可能放过他，它甚至不用撞破房门，只要守在这幢楼附近就能把他耗死。没有饮水，没有食物，又处于这样极度紧张的环境下，只要几天时间他的精神就会彻底崩溃。

只有走出去才会有希望。

这样的动作如果放在地面上，对于任何人来说都很简单，但在这么高的地方，只要一个疏忽，失去平衡的结果就是死亡。他的潜意识抗拒着这种毫无安全感可言的行为，但他却用自己的意志强迫身体去忽略那显而易见的危险，把自己的注意力集中到墙面上来。

我只要先走两米多，就可以到隔壁的房间，那里有窗户可以拉，很安全，然后又是两米多。完全没有防护的距离总共不过六七米，很简单。

他对自己说道。

他开始小心翼翼地挪动自己的双脚，手则紧紧地抓着窗户，然后是墙壁上那些细细的用作装饰的条纹。

办公桌在那只恐龙的不断撞击下已经开始发出不祥的哀鸣，这让他不得不加快了自己的动作，一步，两步，就在这个时候，那张桌子突然发出一声脆响，从中间断成两截，后面本来牢牢顶住它的椅子和柜子一下子失去平衡倒在地上。

它冲了进来！

张晓舟向前跨出一大步，恐龙猛地向这边扑了过来，一头撞在玻璃上，发出一声惨叫。

张晓舟不敢去看它，而是趁着这个机会又向前挪了两步。

他已经彻底脱离了窗户的范围。

那只恐龙的脸上插了几块细小的碎玻璃，它尖锐地嘶叫了起来，低下头用爪子挠着受伤的地方，突然愤怒地嘶吼了起来。同样的声音在楼下不远的地方响了起来，很快，几个墨绿色的躯体便迅速从不远处的巷道里跑了出来，并且马上发现了爬在房子外墙上的张晓舟！

“咯咯——”它们发出的声音就像是某种鸟，但却低沉而又凄厉得多，其中一只恐龙突然跳了起来，它的牙齿在距离张晓舟不到三十厘米的地方猛地合了起来，发出咔的一声脆响，让他惊出了一身冷汗。

侧面的那只恐龙把头探出窗户想要咬住他，好在他一直没有停住自己的脚步，它已经够不到他了。

楼下的恐龙不断地试图跳起来咬住他，如果不是有墙挡着让它们没有办法充分起跳，它们一定已经得逞了。

怎么办？

以它们的弹跳能力，那些电线的高度根本就不成问题，这条路已经走不通了！

张晓舟一下子失去了继续向前的动力，他紧紧地贴着墙壁，终于感到绝望了。

“这边！”附近突然有人叫道。

张晓舟猛地睁开了眼睛。

一台电视机被重重地扔在地上，碎裂成无数的零件，那些在楼下不断跳跃着的恐龙被这个声音吸引，向那边跑了过去。

“快！”另外一个声音这时候小声地叫道，“快过来！”

他们就在张晓舟本来想要过去的那幢居民楼里！

一个戴眼镜的中年男子正急切地看着这边，而在房子的屋顶上，几个人正不断地大喊大叫着，向下扔着东西，吸引着那些恐龙的注意力。

力量一下子又回到了张晓舟的身体里，他不再考虑摔下去或者是被咬住的问题，而是重新紧紧地抓住墙壁上那些装饰条，以自己最快的速度向房子的尽头走去。

他很快就到了隔壁房间的窗外，房门关着，但这根本就不保险，他拉着打开的窗户，几乎是以小跑的速度通过了这个地方，而就在他刚刚跨过窗台的时候，这个房间的门也发出一声脆响，之后就被撞开了。

他抓紧时机继续向前走，“快！”中年男子一边看着那些恐龙的动作，一边小声地催促着。

张晓舟只用了不到一分钟的时间就跨越了之前十几分钟都没有完成的距离，然后他不得不面临另一个考验。

他所站的地方距离电线大概有一米多，而两幢建筑物之间的距离大概是四米。这一次，除了细细的电线，再也没有任何东西可以供他借力，也没有任何可以抓的地方了！

“跳过来，然后跨在两根电线上面爬过来！”中年男子对他说道。

说得容易，这可是三层楼高的地方！以他现在的姿势根本就发不出力来！

但张晓舟没有选择的余地，他小心翼翼地站在这个窄窄的、只有半只脚宽的平台上，把自己的身体转了个圈，调整为背靠墙壁的姿势。

“快！”中年人催促道。

张晓舟心一横，双脚猛地一蹬，向前扑了出去。

墙壁上的角钢支撑物发出嗡的一声，重重地抖动了一下，电线猛地振动了一下，让张晓舟的身体一滑，电线的橡胶外皮上全是灰尘和油脂，根本就没有办法借力，他的身体一下子落了下去，还好双手还死死地抓着电线没有松开。

中年男子一下子被吓住了，他看着张晓舟狼狈地把自己的身体拉上去，终于松了一口气。

“小心！”楼顶的年轻男子突然叫道，一只本来被他吸引的恐龙看到了张晓舟的行动，突然抛开他向这边跑了过来！

“快！”中年男子脸色大变。

张晓舟迅速向对面爬过去，那只恐龙高高跃起，身体在电线上撞了一下，张晓舟死死地用手拽着电线，身体在电线上滑了一下，但终于没有再一次落下去。

那只恐龙显然没有预料到电线会有这么坚韧，它重重地摔了下去，而张晓舟则抓住这个机会，疯狂地爬过了这最后的距离。

中年男子站在窗口把他拉了进去，然后马上把窗子关了起来。

张晓舟紧绷着的那根弦突然松了，这才感觉自己浑身湿漉漉的，手脚酸软，直接坐在了地上。

第4章

幸存者

“我还以为你过不来了。”中年男子站在远离窗户的地方看着下面那些恐龙的活动，小声地说道。

张晓舟累得一句话也说不出来，只是摇了摇头。

“你不应该来的。”中年男子继续说道，“这地方已经变成了它们的猎场，从昨天晚上开始就一直有人来派出所这边报案，结果全都被它们吃了。”

张晓舟这时才看到他的脸是灰色的，似乎已经不堪忍受这样的事情，他刚想和他聊几句，他突然用双手抓着自己的头发，疯狂地摇起头来：“这到底是怎么了！到底是怎么了！”

“老王，人平安过来了？”一个声音从外面传来，随后一个二十来岁的男子跨进了门，他看到了中年男子的样子，微微地叹了一口气，过去拍了拍他的肩膀。

“我叫钱伟。”他转头对张晓舟说道，“你呢？”

“张晓舟……多谢你们了。”

“别这么说，我只是帮了点小忙，能平安过来全靠你自己。”钱伟摆了摆手说道，“之前你从那个方向过来的时候我们曾经在楼顶上叫过你，你大概没有听到。”

张晓舟摇了摇头。

那时候他的全部注意力都集中在派出所里，真的没有注意过这边的声音。

“之前的枪声?”

“是老常开的枪,他本来想帮帮那个人……”钱伟的表情一下子黯淡了,这让张晓舟很容易就猜到了发生的事情,一个没有他这么幸运的人。

也许正是他的遇害才让自己没有在开阔的大街上遇到那些东西,幸运地逃过了一劫。

他暗自告诉自己,以后永远都不要再想当然了。

房间里沉默了一会儿,钱伟终于又抬起了头:“你从外边过来,知道发生了什么事情吗?”

张晓舟点点头。

也许他知道的并不是全部,但他相信自己所知道的东西应该会是他们急于想知道的。

“你等一下,我们去找其他人。”钱伟说道,“让大家一起听听。”

张晓舟跟着他走出去,但被称为老王的男子却在房间里没有动弹。

“老王?”钱伟叫了他一声,他却看着外面没有任何反应。

“不用管他了。”钱伟低声说道,“他老婆和儿子昨天晚上……”他一边说一边摇了摇头。

张晓舟点了点头,他看到通往一楼的楼道口被大量的家具阻塞了,一直堆到二楼楼顶的位置,堵得死死的。

“这幢房子里人多吗?”

“不多。”钱伟摇了摇头,“本来就没住满,又有好几户出去旅游了,现在这里加起来也只有十几个人。老常和李洪是隔壁派出所的警察,老王、张孝泉、刘姐他们几个是昨晚跟着他们一起从派出所逃过来的,剩下的就是像我一样原本在这里的住户。”

十几个人……张晓舟沉默了一下。

透过楼梯间的窗户可以看到楼下那些恐龙正在绕着房子跑来跑去,似乎还在寻找他的踪迹。十几个人,听起来里面还有女人,这样的力量在这样的世界里几乎可以说是微不足道,生存的压力一下子就变得沉重了起来。

五楼和六楼的房子里都有人,钱伟进去和他们说了几句话,让大家到天台上集中。张晓舟看到顶层有一个老式的翻盖入口,可以通过固定在墙壁上的脚钉爬上去。

他带着张晓舟先爬上楼顶，楼顶上面密密麻麻地竖着十几个太阳能热水器，还有两个大大的水箱。

几个人正趴在天台边向下观察。

“老常！”钱伟带着张晓舟向他们走了过去，“这就是刚刚从派出所那边逃过来的张晓舟！”

身穿警服的老常脸色有些憔悴，他对着张晓舟点了点头：“你的命真大！”

“要多谢你们。”张晓舟说道。

他们身后堆着一大堆电视机、洗衣机之类的电器，应该是准备像刚才那样扔下楼去吸引恐龙注意力用的。

老常摇了摇头，没说什么。

“张晓舟知道发生了什么事！”钱伟对他们说道，人一下子都围了过来。

“我去把其他人叫上来！”钱伟说道，随即匆匆地往另外一个单元的天台口下去了。

他们等不及其他人，马上开始七嘴八舌地问起外面的情况，张晓舟简短地回答了几句，反过来问他们这里发生了什么。

“发生了什么？”老常坐在一台老式的电视机上苦笑了起来，其他人也都坐了下来，“那些东西是昨晚三点多冒出来的。”

老常是弘昌路派出所的户籍警，停电的时候，他正在办公室里值班。

“当时和我一起的还有另外几个同事。”他黯然地说道。

通信突然中断，整个城市都陷入一片漆黑，没有人知道发生了什么，因为怕有人趁停电搞事，副所长马上安排两个组到外面去巡视，他自己也带着一个组出去了。

老常因为年纪大了，就留在所里值守。

很快就有附近的居民来问发生了什么事，但老常一直坐在办公室里，电话不通，对讲机也收不到外部的信息，这让他对发生的事情两眼一抹黑，只能凭借自己的经验把他们安抚了回去。

差不多十二点左右，副所长带着几个伤员匆匆赶了回来，脸色很不好看。

老常问他发生了什么，他只是摇摇头，把车上的伤员带下来让老常帮着做简单的处理，然后匆匆地开着车又出去了。

陆陆续续有伤员被送过来，他们大多数都是在停电的一瞬间因为那强烈的冲击和眩晕感而出了交通事故。

派出所里的急救包只能治疗简单的外伤，而且数量有限，面对那些伤势比较重的伤员完全无能为力，在副所长再一次送伤员过来的时候，老常忍不住问道："为什么不送医院？"

"医院？"副所长苦笑了一下，"先把今天晚上应付过去吧！"

"刘副，到底怎么了？你别吓我！"

"黑灯瞎火的，我也说不清楚，但愿是我想多了。"副所长摇摇头，"老常，你去把枪都取出来。"

"枪！？"老常吓了一跳，"刘副，这是违反纪律的！"

"有什么事情我负责，快去把枪都取出来。"

弘昌路派出所编制不大，因此只配了十几把被戏称为"小转轮"的 9mm 国产警用左轮手枪，子弹也不多，而且还有一半是橡皮弹。

这时候已经有被咬伤的人逃到这里，事情渐渐变得明朗了起来，有些巨大而又恐怖的动物正在城市里活动，四处伤人。这样的事情只有特警队才有能力处理，但问题是，现在电话打不通，对讲机也收不到信号。

副所长给所有警察和几个在场的协警都发了一把枪，每人配了十二发金属弹。

"枪发给你们不是让你们用来对付群众的。"每一次从外面回来，副所长的脸色都变得更难看一点，"外面很有可能已经发生了很严重的情况！人民群众的生命安全正在受到严重的威胁！我不强迫你们，但拿了这把枪，就要尽到警察的责任！"

他们最后一次出去，然后就再也没有回来。

老常带着剩下的两名协警在派出所里维持秩序，急救包里的东西早已经用完，只能尽可能找一些替代品来给他们止血。

"它们也许是跟着那些被咬的人来的，也许是嗅着血腥味来的，我不知道，反正三点多的时候，它们突然就冲了进来。"老常不愿多谈当时发生的事情，但张晓舟完全可以通过自己之前所看到的东西猜测出大部分的事实。

"我们在黑暗中乱跑，看到单元门开着就跑了进来。"旁边一个脸上有一条新疤痕的男子说道，"有一只恐龙从二楼的窗户里跳了进来，老常和我把枪里的子弹都打光了才把它赶出去，后来我们就把二楼堵起来了。三楼的窗户小，又高，它们跳不进来。”

这时候钱伟带着另一个单元的幸存者上来了，张晓舟于是开始向他们详细地说起自己今天早上的经历。

一开始还有人插嘴问话，但渐渐地，所有人都沉默了。

其实他们早已经知道了真相，这幢楼虽然只有六层，但站在楼顶也能看到远处的情况。四周本来应该有的那些建筑物全都不见了，隐隐约约只能看到一大片无边无际的绿色海洋。他们早已经有了不祥的预感，只不过，没有人愿意进行这样的猜测。

“你说城市的边缘突然就变成了原始森林？”一个戴眼镜的男子摇着头问道，“这根本就不可能！”

“事实如此。”张晓舟对他说道。

所有人再一次陷入了沉默，张晓舟带来的消息让他们一下子失去了所有的希望，片刻之后，几个女人开始小声地哭了起来。

“我们得从长计议。”张晓舟对老常和钱伟说道。经过他的观察，这一老一少的组合是这个小团体的主心骨。

钱伟更主动，更有行动力，但太年轻，而老常有着警察的身份和长期的经验积累，看上去却有些颓唐。

“你有什么建议？”钱伟马上问道。

“先把所有的太阳能热水器的阀门关好，按照计划用水。”张晓舟说道，“节省一点的话，这些水应该够我们喝很长时间。”

老常和钱伟都点了点头。

“然后是吃的。”张晓舟说道，“我们得把所有食物都集中起来，统一分配。每个人每天的量要算好，不能多吃，也不能浪费。”

钱伟的眉头皱了起来：“我倒是无所谓，家里还有两袋米和一些吃的可以匀出来，但其他人……”

“现在已经不是以前了。”张晓舟说道，“大家如果想活下去，就必须尽快适应改变，如果还抱着之前的想法，那根本就活不下去。”

老常沉默着，似乎是在考虑他的话，而钱伟则点了点头。

“都忘了问你了，你是干什么的？”他笑着说道，“看你的样子，应该是公务员吧？”

张晓舟知道这是决定自己在队伍中未来地位的时候了,他摇了摇头:“我不是公务员,我是搞科研的,今年刚刚升了副研究员,相当于副教授。”

老常和钱伟一下子对他肃然起敬,在普通老百姓眼里,副教授这几个字本身就代表着知识和权威。在这样突然发生了众人所不能理解的情况时,张晓舟的形象就越发崇高了。

“那我们现在就去把吃的东西都集中起来。”钱伟马上说道。

这时候,旁边负责瞭望的一个年轻人突然叫了起来:“又有人过来了!”

那是一个中年人,他穿着一件军绿色的 T 恤,小心翼翼地沿着街道一侧的绿化带向他们这边走过来,但他却看不到在距离他不到一百米的地方,两只墨绿色的恐龙正在撕扯着地上一具残缺的尸骨。

张晓舟的心一下子就凉了,道路两旁几乎看不到什么可以躲避的地方,如果他被恐龙发现,唯一的结果就是死亡!

他似乎看到了不久前的自己。

“喂！危险!”他忍不住大声地叫了起来,这样的声音马上引起了那两只恐龙的注意,它们抬起头,好奇地看着他们,但它们明显知道不可能攻击到他们,仅仅是站在原地咕咕叫了几声。

但那个走过来的人却根本就没有听到张晓舟的声音,他甚至没有注意到这边有人在用力地挥着手,眼睛一直紧张地看着街道周边的情况。

很显然,他的目的地也是派出所。

“喂！不要过来！这边危险!”大家一起用力地挥着手叫了起来,那个人终于看到了他们,但他却显然并没有听清楚他们在叫什么,他对着他们招了招手,反而加快了向这边走的速度。

“不要过来!”张晓舟一边喊一边回头望着那两只恐龙,它们的注意力已经完全被楼顶上的人吸引住了,其中一只偏着脑袋看着他们,似乎是在思考他们大声叫喊的意义。

但另外一只却开始向前走,似乎是注意到了什么。

“不行！我们要一起喊,不然他听不清楚!”张晓舟焦急地说道,“我喊一二,大家一起喊‘危险,不要过来’!”

“好！”钱伟说道。

但已经来不及了，那个人和恐龙的距离已经不到一百米，他还没有看到恐龙，而它们已经发现了他！

攻击在那一瞬间就开始了。

两只恐龙从缓慢行走到全速狂奔仅仅用了几秒钟时间，它们的爪子在柏油路面上跑得飞快，而且几乎没有什么声音。

“快跑！”张晓舟急忙大声地叫道，这种时候，已经来不及再说什么复杂的内容了。

“快跑！快跑！”所有人一起叫道，那个男子的脚步终于停下了，应该是听到了他们的话，但他还是有些犹豫，因为他什么都没有看到。

就在这时，一只墨绿色的恐龙突然绕过一个报刊亭，以极快的速度向他冲了过去。

男子吓得转身就跑，但却在地上绊了一下，踉跄了几步，但即使是没有这一下，他的命运其实也早就注定了。

人类脆弱的肉体在经历了上百万年进化才演变出来的终极猎食者面前显得不堪一击，站在天台上，张晓舟他们只看到两道墨绿色的影子以极快的速度从街面上掠过，那个人在奔跑中被恐龙抓了一下，马上就失去平衡摔了出去，一只恐龙高高跳起，落在他的身上，咬住脑袋用力一甩，他便彻底不动了。

张晓舟感觉自己浑身的寒毛都竖了起来，温暖的阳光下，却有一种如坠冰窖的感觉从每一个毛孔渗进来，让他几乎连呼吸都忘记了。

“咯咯咯——”那只恐龙踩在那个男子的身上，高昂着头对着空中大叫了几声，从旁边的巷子和派出所的院子里便又有四只大小不一的墨绿色恐龙跑了出来。

它们一拥而上，距离那么远，本来应该听不到任何声音，但张晓舟却感觉自己好像听到了它们撕扯肌肉、啃咬骨头的声音。正午炽烈的阳光下，新撕下来的血肉在它们长长的口器中间反射出刺眼的猩红色，张晓舟终于忍不住扑到旁边的下水管那里吐了起来。

但他胃里本就不多的东西早已经在之前就吐得干干净净，几分钟后，他终于缓过劲来。

“我们必须想想办法！”他对钱伟他们说道。

“有什么办法?”老常摇了摇头,或许是在短短的时间里已经看过了太多这样的惨剧,他看上去有气无力,一点精神也提不起来,“我们能保住自己就不错了。”

“一定会有办法的!”张晓舟说道,他看了看周围的人,大声地告诉他们,“这不仅仅是为了不再让人过来送死,也是为了让那些恐龙离开!你们想想,如果它们一直都在这里守株待兔,不断有落单的人送上门来,那它们还会离开吗?我们手上的东西能吃多久?到所有东西都吃完,我们怎么办?”

他的话终于让人们惊醒了,好几个人都站起来,但他们却很茫然,不知道该怎么办。

“床单!或者被套!要浅色的,还有颜料!”

他们很容易就找到了七八条床单,但却找不到足够多的颜料或者是油漆,这幢楼里就没有几个爱书法的人,也没有人在装修房子,正当张晓舟考虑着是不是弄点什么深色的东西溶化在水里当墨水用的时候,一直在旁边看他们瞎忙的大姐开口了:“还是拆几件红色的衣服或者是被子吧,我来把它们缝起来。”

红色的床单再好找不过了,401 室的那家人是一对新婚夫妇,他们的床上用品几乎都是大红色的,大家一起动手,把它们剪成一条条巴掌宽的布条,然后在浅色床单上缝上了“恐龙!危险”这几个字,又用布带把它们固定在了六楼的窗户下面。

足足挂了一圈。

每一个字都有一米多高、将近一米宽,即使是在很远的地方也能看到。

“这真的会有用吗?”之前在窗口迎张晓舟进来的老王怀疑地说道。

“一定会有用的!”钱伟等年轻人却很兴奋,“这么大的字,远远地就能看到了。”

虽然只是很简单的一件事,却解决了一个让他们很头疼的问题,大家一下子都变得士气高涨了起来。

“我们得把能吃的东西集中起来!”张晓舟又一次对他们说道。

这是之前就讨论过的事情,在眼前的情况下,集中管理才能保证坚持更长的时间。

但刚刚开始动手,住在 503 室的张元康却表示了强烈的反对,他也不开防盗门,隔着防盗门说道:“凭什么?我们收容你们进来避难就已经仁至义尽了,还要我们把吃的东西拿出来给你们?那我们吃什么?休想!”

“张元康，你说什么？”钱伟大声地说道，“都这种时候了，你还说这些？”

“就是这种时候才要说清楚！钱伟，你要当好人，那你去当好了，但别把我拉进去！”张元康大声地说道，随即砰的一声把门锁了起来。

钱伟愤怒地用力踢着他的门，另外几个年轻人也一起大声地骂了起来。

片刻之后，门打开了，但大家都愣住了。

张元康一只手拿着菜刀，另一只手拿着一把斧子。

“谁要闹？来啊！”他满眼血红地叫道，“大不了一命换一命！来啊！”

他的老婆和儿子都怯生生地躲在他身后，张晓舟叹了一口气，轻轻拉了钱伟一下：“算了，别勉强。”

防盗门又被重重地关上了，钱伟站在门口生了半天的闷气，终于咬咬牙下了楼。

但他们的肺马上就被气炸了，下面403室和404室的门都被人撬开了，厨房和冰箱里的东西早已经被洗劫一空。

“一定是他！”钱伟愤怒地说道。之前听张晓舟说情况的时候张元康还在，但等到他们忙着找材料做字幅的时候，他却不见了。原来竟然是在偷偷地做这种事情！

钱伟几个箭步冲了回去，狠狠地一脚踢在防盗门上：“张元康，你别太过分了！你这算什么？”

“给老子滚蛋！”张元康在门里面叫道，“当你的好人去啊！像个泼妇一样堵在我家门口干什么？”

“把你偷的东西交出来！”

“放屁！你哪只眼睛看见是我偷的？快点给我滚蛋！”

钱伟又是狠狠地一脚踹在他家的防盗门上，但这一次张元康没有再出来，只是在房间里面骂个不停。

几个年轻人跑到天台上把老常叫了下来。

“老常！你怎么说？”钱伟气冲冲地说道。

他没办法不生气，因为情况一点儿都不乐观。

整幢楼一共只有二十四户，但这幢楼本来也没有住满，将近三分之一的房子空着。现在二楼以下都用乱七八糟的家具堵住防止恐龙上来，一下子八户人家的东西没法利用了，他们只能动三楼以上那些房子的脑筋。

但三楼以上有人住的本来就只有十一家，还有四户年轻人住的房子除了一点零食和方便面之外几乎没有什么可吃的东西。除了钱伟单位过年时发的米和油还在，其他几个租房子住的年轻人平时都是在外面胡乱吃一点东西再回家，家里现存的东西还不够他们自己一顿吃的。

张元康在大家忙着制作那几个字幅的时候，把楼下403室、404室的东西洗劫一空。而这两家人，据钱伟所知，以前都是在家开伙的，这样一算，就他们三家人存的东西，也许比他们在其他人家能找出来的东西都多！

“如果他只是占着自己家的东西不拿出来也就算了，现在他们一家人就占了整幢楼一半的东西，这怎么行！”最令他愤怒的是，张元康所做的这一切都是在大家忙着制作字幅救人的时候干的，这简直就是在背后捅刀子！

“一定要让他们把东西交出来！”其他年轻人也叫了起来，虽然刚才被张元康的样子吓了一跳，但现在几乎所有幸存者都来了，他们不相信张元康还真敢冲出来把他们给砍了。

老常看了看义愤填膺的人们，心里多少有点谱了。

这幢房子虽然就在派出所旁边，但却不是他负责的片区，他对这里的住户一点儿也不熟悉，这个张元康是什么来头什么背景他一点儿也不清楚。但事情到了这个份上，张元康确实是过分了，惹了众怒，他不相信张元康还真的能硬顶着不把东西交出来。

于是他咳嗽了一下，让钱伟先从门口离开，自己敲了敲门。

“小张，我是弘昌路派出所的常磊，你开开门，我们大家好好谈谈。”

“都他妈给老子滚蛋！”张元康在房间里说道，“老子没工夫听你们瞎扯，弘昌路派出所？你搞笑吗？现在还拿派出所来压我？老子不怕你！”

这话让老常很没有面子，他的眉头也皱了起来：“张元康，我告诉你，你的行为很严重！现在是什么情况你知不知道？我告诉你，你再不配合，我就……”

里面的房门突然被拉开了，张元康手里拿着斧头出现在了大家面前，隔着防盗门冷笑着看着外面的人。

“你就怎么？我还就把话撂在这儿了，谁他妈敢进来，我就砍死他！”

“张元康你怎么能这样！”“太不像话了！”大家纷纷谴责，但他却冷笑着，一句句顶回去。

“你怎么这么自私!”

“你大方,那就别在这儿站着,该干什么干什么去!”

“你不懂同舟共济吗? 你以为凭你自己就能活下去了?”

“活不活得下去我不管,反正今天我看谁敢过来。”

局面一下子僵住了,老常和钱伟脸面都下不来,老常的手紧紧地握着包里的手枪,几次想掏出来吓吓他,但最终也没有这么做。

钱伟突然也冷笑了起来:“我看你能坚持几天!”他对其他人说道,“我们走!”

大家都不明白他是什么意思,他却带着大家把二单元这边剩下的屋子里的东西收拢一空,带着大家上楼去了。

“小钱,我那些东西你们都拿去没关系,可我这狗……”住在303室的薛奶奶支支吾吾地说着,她那条金毛犬呜呜地叫着,像是知道自己已经面临着巨大的危险。

“薛奶奶……”钱伟很想说现在人命都保不住了,谁还能管狗,但老人的儿女都不在身边,平日里就和这条狗相依为命,他也实在说不出让她难受的话,“您放心吧,只要有办法,我们一定保住它!”

张元康一直站在自家门里看他们在外面做什么,钱伟带着大家把所有吃的、喝的,所有工具和看上去有用的东西都搬上了天台,然后从上面把天台门关了起来,又招呼着其他人一起把一个装满了东西的柜子抬过来压在了上面。

“太阳能热水器的阀门都关了吗?”他对另外一个小伙子说道。

张晓舟马上就明白了他的意思。

“没有水,看他能坚持多久!”钱伟狠狠地说道。

张晓舟一点儿也不想看到这样的局面。

只要有人的地方就有江湖,只要有人的地方就有纷争,但在现在这个时候,还抱着那样的心态,这样的团队根本就不可能平稳渡过眼前的危机。

张元康的态度很成问题,典型的只管今天不管明天,也许他能比其他人有更多吃的,能够活得更久一些,但他真的认为凭借这么一点点优势就能活下去?

钱伟的态度也很成问题,他根本就没有想着去解决问题,而是想要逼着张元康就范,张晓舟现在就能想到问题爆发时这里又会乱成什么样子。如果双方各不让步,最终的结果很可能会非常糟糕。

但张晓舟到这里还不到一个小时，钱伟和张元康却都是这幢楼原本的住户，作为一个初来乍到者，他不可能站出来让大家听他的，更不能马上就对其他人的做法指手画脚，于是他只是沉默着，努力地思考着解决问题的办法。

张元康这么做的根本原因是他看不到希望，至少是看不到短期内解决问题的希望，所以他本能地去占有所能占有的一切资源，想要借此活下来。他的做法无疑是愚蠢透顶的，就算水不成问题，他把自己和其他人隔绝开，在这样一个世界里根本就不可能走多远。再多的物资都有耗尽的那一天，而凭他自己一个人，带着一个女人和一个孩子，又能获得多少让自己生存下去的资源？他难道不需要休息？永远也不会疲倦和生病？

在这个已经完全不同的世界里，他们所要面对的绝不仅仅是眼前所能看到的这些猎杀者，可以说步步都是危机，一个人或者是少数几个人绝不可能在这个世界里长久地存活下去，只有与更多的人抱成团，才真正有活下来的希望。

但这样的道理张元康肯定是听不明白的，他甚至不会有心情去听，而张晓舟也不准备去尝试着说服他，他的目光不停在周围寻找着，希望能够有解决问题的灵感。

如果是远山市区的繁华地段，解决问题也许会很简单，那里房子之间的间距非常小，大多数房子甚至干脆就是紧紧地贴在一起，人们大可以在空中筑一条连通许多建筑物的空中走廊来躲避恐龙的袭击。

但他们所在的却偏偏是地广人稀的高新开发区，这里最不缺的就是地皮，放眼望去，几乎每一幢房子都和周边的房子有着不小的距离，中间布满了各式各样的绿化带。平日里，这样的房子或许是大家喜欢的，但现在，这样的距离却成了难以逾越的鸿沟。

张晓舟的目光很快就停留在了那些错综复杂的电线上，既然他能够通过它们从派出所那边逃到这里，那他们或许也能通过电线转移到更安全的地方？

"我不同意。"当他把这个想法提出来时，老常却第一个表示了反对，"那些鬼东西跳得很高，通信线和大部分低压线肯定都不能用了，但高压线距离房子太远了，至少也有两三米，我们过不去的。而且那些电线杆……"他摇摇头，"我处理过车子把电线杆撞断的事情，那辆车子几乎没什么事，但电线杆却倒了。这些东西看着结实，里面根本就没有多少钢筋，都是空的！”

大家都想象着他们爬在上面，被恐龙轻轻一撞就整个掉下来的情形，不由得跟着摇起头来。

“如果天上不行，那地下呢？”张晓舟说道，“这个地方我不清楚，但我们研究所那边的地下管线很完备。”

他在研究所建设到一半的时候曾经跟着导师去做过部分验收工作，那时候整个场地给他的感觉就像是在打地道战，除了地下车库之外，铺满了各式各样的混凝土预制管，雨水管、污水管、高压电缆沟、低压电缆沟、电信管网、煤气管、自来水管，各式各样的管子让人看了一个头两个大，地面之下就像是一个极其复杂的迷宫。

如果是在城里，他不会提出这样的建议，但这里是新区，各种配套管网应该都是提前规划好的，不应该出现城里那样一段通一段不通的情况。

他的话让大家都思考起来。

“管道肯定是通的，但我们过不去。”脸上有伤疤的那个人说道，张晓舟现在知道了他叫李洪，是派出所的协警，身上也有一把枪，“前几天我见过搞电的人下去，里面倒是够一个人走，但那个盖板很重，没有专门的铁钩子很难打开！关键是那些井口距离房子都有一段距离，要是能跑过去，那说明周围也没有恐龙了，还钻地洞干什么？”

钱伟看了看张晓舟，怕他连续被否定之后面子上会过不去，但搞科研的人提出一个构想然后被人否定是常事，张晓舟对此早已经习以为常。大胆假设、科学求证就是他最常做，也最习以为常的事情。

“那下面可以作为我们往四周活动的通道。”他对其他人说道，“我们不可能就一直憋在这里，即使是加上张元康家里的那些吃的，我们这么多人也不可能坚持很长时间。我们必须尽快找到更多的食物！”

“太危险！”老常再一次摇了摇头，“等过几天，这些畜生没有吃的离开之后再考虑这些事情也不迟。而且，说不定到时候事情已经有转机了呢？”

张晓舟在心里默默地叹了一口气，事情已经到了这个地步，还会有什么转机？

但老常的话在年纪大一些的那些人当中却很有分量，大部分人脸上都流露出松了一口气的迹象。

“是啊！说不定过几天就有人来救我们了！”住在 402 室的中年人孙然说道。他的话应该代表了大多数人的想法,张晓舟看到好几个人都点了头。

“那好吧。”张晓舟只好这么说道。

时间已经到了中午,几个中年人和妇女忙着到下面去张罗午饭,张晓舟慢慢地走到了钱伟身边。

“你也相信事情会有转机吗?”他小声地问道。

钱伟正在观察那些恐龙的动静,听到张晓舟的话,他看了看周围的那几个人。

“外面的情况真的有那么糟糕吗?”

“我不知道,也许比我看到的要好,但也有可能更糟糕。”张晓舟答道,“但我做事情总喜欢先充分考虑最坏的可能性,那样的话,即使事情真的往那个方向发展,我也不会事到临头却束手无策。你想过吗?如果我们真的就这样等着恐龙自行离开,或者是等着别人来救我们,那万一它们都不发生呢?如果恐龙一直都不离开,也没有人来救我们,我们的粮食又都吃光了,那时候我们该怎么办?”

“我当然同意你的想法,但其他人……”钱伟说道,“他们都被吓坏了,你现在还不断地告诉他们事情会变得更糟糕,他们怎么可能接受?”

“你和他们熟悉吗?”张晓舟问道。

“只有几个熟一点……怎么?”钱伟问道。

“你觉得哪些人的承受能力比较强,考虑问题会比较长远一点?我想和他们单独谈谈。”

张晓舟本质上是个很讨厌开会的人,尤其是在大多数人都犹豫不决或者是不知道解决的办法时,开会永远都解决不了任何问题。不管你的理由怎么充分,总会有人跳出来唱反调刷存在感,他们只要提出一些难题,夸大一下事实,本来很有希望的项目就多半被砍了。所以他很早以前就知道,要达成目的最关键的是会议之前的交流和沟通。因为时间和空间的局限性,你很难在会议上把自己的观点对大多数人讲清楚,但在会议前一对一地进行沟通时,很多问题却往往能够迎刃而解。

他也许没有办法把大多数人听天由命的观点扭转过来,但他觉得自己应该试一试。

“我不知道。”钱伟说道,比起张晓舟他其实也不过早认识了他们几个小时,“李洪大概会比老常要好一点,但他已经习惯了听老常的,不过可以试试。要说有行动力的，张孝泉大概能算一个，还有李彦成，就是那边那个穿格子衬衫的，说服他的话，他女朋友也就搞定了。高辉……那家伙没什么主见，只要说服了其他人，他自然就会跟着附和我们了。”

他所说的这几个都是年轻人，这大概是因为年轻人相对来说比较活跃，也比较有勇气待在天台上观察周围的环境，于是相互之间多多少少聊过，而年纪大一些的那几个则多半是待在屋子里发愁。

年纪大一点的幸存者现在似乎都以老常的话为行动的方向，他那身警服也许给了他们很大的安全感，但在张晓舟看来，他太缺乏主动性了，这在和平时期也许没什么，但在眼下这个节骨眼上，很可能是致命的弱点。

两人找到的第一个谈话对象是个子高高的李彦成，他女朋友现在到下面帮忙做饭去了，这是张晓舟决定首先找他谈话的最大的理由。但他却对张晓舟有些感冒。

“你叫张晓舟对吧？我搞不懂你是什么意思，刚才不是已经讨论过这个事情了吗？大家都同意等一等，为什么你非要急着去冒险呢？”

“我不是急着让大家去冒险。”张晓舟说道，“我只是觉得老常他们的想法有点太乐观了，根本就没有考虑到事态恶化之后的出路。如果事态像他们想的那样发展，那当然没问题；但如果没有人来救我们，粮食吃光之后我们该怎么办？到时候我们几个年轻的男人也许还能逃出去，女孩子和老人怎么办？”

李彦成果然一下子变了脸色。

他的女朋友王蓁蓁虽然不是那种风一吹就倒的花瓶，但体力上绝对也靠不住，如果真的要在恐龙面前逃走，她唯一可以战胜的对象大概只有薛奶奶了。

“但是……”

“反正现在闲着也是闲着，为什么不提前做一些准备？有备无患终归比坐着发呆好吧？”钱伟在一边说道，“你觉得呢？”

这个理由很强大。没有电，年轻人爱做的事情几乎就全都没法做了。李彦成和王蓁蓁虽然比别人多了一项娱乐，但在这个时候，谁也没有心情成天做那种事情。

“那要干些什么？”李彦成问道。

“现在暂时还没有想好。”张晓舟答道，“你也可以想想我们可以做点什么，办法总比问题多，我们这么多人，每个人都会一点东西的话，能干的事情就不少了。关键是，我们得有这样一个态度：要更积极地面对眼前的困境，而不是把希望寄托在别人身上！”

“这我同意。”李彦成说道。年轻人总是比较容易接受新事物，遇到事情也比较积极，因为他们遇到的挫折还不够多，不会像中年人和老年人那样本能地抗拒一切改变和自己无法掌控的东西。

“我们要把大家的积极性都发挥出来，就算是一时用不上，现在所做的准备也不会白费，也许有一天它就能救你一命！”张晓舟说道。

说服张孝泉更加简单，他是附近一家摩托车修理店的工人，一个人逃到这里本来就很没有安全感，正急切地想要证明自己，融入到集体当中。

“你们说的我不懂，我也想不出什么招来。不过只要用得着我，叫上我就行了！我胆子大得很！”

“好！”张晓舟拍了拍他的肩膀说道。

然后是李洪，张晓舟觉得他的力量也很重要。

“你们俩到底想干什么？”李洪听了他的话却有些反感，“这样跳出来唱反调有意思吗？想证明自己比别人强？”

“话不能这么说。”张晓舟说道，“我们不是要跟老常唱反调，更不是要故意不给他面子，但现在和以前不一样了，以前很多事情可以等，可以拖，可以推，但现在，还这样干就是拿自己的命在开玩笑！等下去情况当然有可能变好，但如果变坏了呢？到时候再想办法真的来得及？以前我们犯个小错顶多就是被领导批评一下，现在呢？大家都看到了，现在犯个错的结果很可能是马上变成那些东西嘴里的肉！我不想等死，不想等事到临头的时候再来想办法，因为那个时候就真的来不及了！”

“那你为什么不直接去找老常说这些，找我们说有什么意思？”

“你误会了，我不是想串通大家搞什么阴谋，不然我就不找你了。再说了，就这么几个人，现在又是这样的局面，搞成这样有什么意义？我只是觉得，我们几个年轻人应该更积极一点，多想想解决问题的办法。”

李洪没有说话，过了一会儿，他终于点了点头。

米饭和肉类的香味飘了上来，之前张晓舟见过的老王从天台门那儿冒出头来叫他们下去吃饭，张晓舟早上吐了两次，肚子里早已经空空如也，但他还是主动提出由自己来站岗。

“反正都这样了，天台上空一下也不会死人。”钱伟说道。

“如果周围有什么情况呢？说不定就这么一下，获救的希望就过去了。没关系，你们谁吃得快，吃完了上来替我就行了。”张晓舟还有一层意思没有说，虽然可能性不大，但他怕张元康那边又出什么幺蛾子，没有吃的人还能勉强坚持几天，但在这样热的天气，没有水喝那就真的麻烦大了！

钱伟等人犹豫了一下，但大家还不是很熟，也就没有多说什么。

“那我一会儿送上来给你！”钱伟说道。

很快，天台上就只剩下了张晓舟一个人，他找了一个视线最好的地方坐了下来。

时间已经到了中午，从这里可以清楚地看到周围的房子里也有人在做饭，这一带用的都是管道煤气，现在当然不可能还有煤气可用，他看到有人开始像他们一样把家具用斧头劈成碎块，黑色的烟雾从好几个方向冒了出来。

有些房子显然已经像他们一样开始集中物资，整幢楼只有一两个地方在冒烟，但也有的地方有好几个地方在冒烟，那应该是房子里的居民还没有聚合在一起。张晓舟默默地把冒烟的地方记了下来，这未必有什么用处，但他心想，多知道一些周边的情况总是好的。

这片区域大概是开发区里居民楼相对集中的地方，虽然其间夹杂着少量空空荡荡的办公楼，但放眼望去，还是可以看到十来幢居民楼，他们眼下所在的这一幢大概是一个什么单位的房子，孤零零地立在派出所的四层办公楼旁边，侧面不远的地方是一幢白色的六层办公楼，占地面积很大，而更远的地方则是一片居民小区，大概有七八幢六层的房子。

房子的背后是几家工厂，但因为是假期，空荡荡的没有人。工厂的围墙完全没有办法阻挡这群恐龙，它们轻轻松松地就直接从墙上跃了过去。离得最近的那家工厂的停车场上有一大片血迹，厂里值班的人大概是已经遇害了。

街对面是另外一个小区，外围有一圈一层楼的商铺，有药店、社区超市和餐馆，对于他们来说，这些东西都是他们急需但却可望而不可求的物资。小区规模不大，只有四幢咖啡色的房子，但四幢房子都有十二层高，相互之间离得很开。每幢房子周围都有着很好的绿化带，高大的乔木和低矮的灌木错落有致，但它们现在却早已经沦为了恐龙的乐园，它们深绿色带有暗黄色条纹的身躯在树丛中很难分辨出来，如果它们埋伏在里面，很难被人发现。

这些鬼东西的移动速度简直让人绝望，在空旷的街道上遇上它们没有半点逃生的可能。

远处还有更多的建筑物，但它们的距离太远，对于张晓舟来说并没有什么意义。他眺望着昨晚曾经点亮灯光的那些建筑物，它们现在看上去死气沉沉。从它们的位置和高度应该可以更清楚地看到整个区域的情况，如果说有什么人最清楚眼下所发生的情况，那应该非这几幢高楼里的人莫属，但对于他们来说，知道得太多也许会更加绝望。

周围的一些建筑物顶上也有人在四处张望，之前钱伟他们曾经尝试过和对方交流，但他们都没有学过旗语，单单凭借喊话，相互之间很难听清楚对方在说什么，沟通起来很困难，于是他们很快就停止了这样的尝试，只是偶尔相互之间招招手，给予对方一点点安慰和鼓励。

说起来也很可笑，张晓舟判断这群恐龙应该不会超过七只，但偏偏就是这么少的恐龙，却困住了所有人，让他们只能绝望地躲在房子里，祈祷着有其他人来拯救自己。

会有人来救他们吗？

张晓舟对此并不抱太大的希望。

弘昌路派出所作为他所知道的唯一一个有防卫能力的机构这么容易就沦陷，甚至成了恐龙的巢穴，这让他对其他机构也很难有更高的期望。像地质学院、新洲酒店这样的地方当然有可能聚集起一些人手，清理出一个相对安全的区域，然后开始考虑今后的生存问题。但他们不太可能这么快就以拯救整座城市的幸存者为己任，也不太可能这么快就具有横扫整座城市的力量。

张晓舟判断近期能够形成的只会是像他们这样在被困地点被迫聚集在一起的小团队，别的地方也许会比他们这里好一些，有更大的活动空间，于是随着时间的推移和大家对于这个新世界的认识，小团队会慢慢合并成大团队或者是干脆被吞并，但这或许需要十几天甚至是更长的时间。对于他们来说，身边的食物根本就不可能支撑他们活到那一天。

这也是他迫不及待要转变大家的思想，让大家行动起来的根本原因。

肉类的香味大概是刺激了那几只恐龙,它们开始在下面来回地跑动,还不时发出低沉的叫声。楼下突然传来了微弱的争吵声,甚至还伴随着狗叫声。

张晓舟不禁皱了皱眉头,这是又怎么了?

他站在天台门的盖板前张望,这时候却看到钱伟拿着一碗饭从充当食堂的 601 室走了出来。

张晓舟从他手里接过碗,狼吞虎咽地吃了一大口,才问道:“怎么了?”

“薛奶奶和老王他们吵起来了。”钱伟叹了一口气说道。

“为什么?”

“还不是因为她的那条狗。”钱伟的眉头深深地皱了起来。

做饭的事情由刘姐她们几个女的负责,老王、老孔他们几个人打打下手。

说实话,其实也没有什么可以做的,在这种资源极度匮乏的情况下,还按照以前的习惯蒸炒煎炸是不可能的,为了节约燃料,唯一的烹饪手段就是把能吃的东西混在一起煮。

按照他们之前商量的结果,大米、干面条、面粉、方便面、香菇、豆干、香肠、火腿之类存放时间比较长的东西先放着,把冰箱里因为停了电而没有办法保存的东西先煮了吃掉,免得浪费。

各家各户的冰箱里多多少少都有一些冻肉、冻鸡之类的东西,天气这么热,那薄薄的一层冰早就化了,甚至开始有些变质,于是她们就把这些东西先做了。

这样一来,这顿饭的肉类就很丰富了,本着平衡热量的原则,她们也就没有做多少主食,早早地把东西按人头分成了几份。

这本来没有什么,但问题是,她们并没有考虑到薛奶奶的那条金毛犬。

钱伟也不清楚他们是怎么想的,也许在他们眼里这只是一条狗,吃点碎骨头剩饭什么的也就够了。人吃的东西现在都要一口口省,怎么可能给狗还专门准备一份。

但在薛奶奶的眼里,这条狗却是她的孩子,于是在问清楚没有给它准备吃的之后,她二话不说就把给自己的那一份饭放在了地上。

这样的做法一下子就让做饭的几个人难受了,尤其是负责分饭的老王和刘姐,这样的做法简直就是在打他们的脸。

老王拿着自己的那份饭,简直就没有办法吃下去,刘姐把自己的那一份分了一半出来给薛奶奶,但她不但不要,还絮絮叨叨了起来。

“都是些没良心的……”她不是本地人,口音又重,语速又快,但他们多多少少还是能听出她话里的意思,无非就是一群年轻人欺负她这个孤老太婆,抢了她的东西,还要把她和狗都饿死。

这一下搞得大家都很不舒服,他们确实从薛奶奶家里找出了不少可以吃的东西,总量大概能够占到他们现有储备的三分之一。虽然很多东西都快过期了,但现在不会有人计较这些,可她这样一说,就好像他们真的在欺负她了。

刘姐和孙然的老婆李欣如都上去劝她,可老人倔起来有时候比年轻人更没有办法讲理,几个人越说越僵。那条狗也是天性护主,看着她们几个人围着薛奶奶一个人说,突然咆哮了起来,老王骂了它一句,它突然向老王扑了上去。如果不是老常在旁边眼疾手快踢了它一脚,老王说不定就挂彩了。

但就是这一脚让薛奶奶彻底爆发了,她一下子大哭了起来,朝老常扑过去,又抓又咬,谁也没有想到她的力气会那么大。好几个人急忙围上来才把他们分开,几个人又好说歹说,费了一番工夫,才终于让事情平息了下来。

狗就吃薛奶奶的那份,大家吃剩的骨头也都给它。还没开始吃的所有人又把自己的那份匀一点出来给刘姐,她的那份则给薛奶奶。非但如此,他们保证以后分饭的时候绝对不会忘了她的狗,一定保证它的那一份。

老人还不消气,非要老常给那狗道歉,老常气得端着碗直接就下楼了。

“早知道是这样,还不如不要她的那些东西了,至少没必要分一份给狗吃!”钱伟长长地叹了一口气,对张晓舟说道,“其他人还可以说理,要是说不清,最差还能动手分个高下,但她这么个老太太,她要是不讲理,你跟她怎么说?”

“还是因为吃的东西不够。”张晓舟低声说道。现在还只是第一天,食物引起的矛盾还不大,大家心里的期望也都还比较高,可以这样解决。等到几天以后,食物渐渐少了,还会有人愿意让狗和自己吃一样的东西?如果真的到了山穷水尽的那一天,他们说不定连这条狗都要杀来吃了,到时候又怎么办?老人会不会做出什么更加激烈的事情来?

“你有什么办法?”钱伟问道。

张晓舟摇了摇头:“现在还没有,不过总归会有办法的。”

下午的气氛变得很糟糕，虽然只是薛奶奶一个人和他们闹别扭，但每个人的心情都变得很糟糕，闷热的天气让这种焦躁的心情变得越发严重，张晓舟明白这时候不能火上浇油，于是他没有再找人谈话，而是拉着钱伟和张孝泉到三楼去想办法。

“钱伟，你是机械厂的？”

“对！车工钳工我都行，不过现在数控机床用得多了，手上的活可能有点生。”钱伟答道，“张晓舟，你有什么想法？”

“我在想，我们能不能想办法用手边的东西造一个陷阱？不用多大，能把那些小东西抓住然后拉上来就行。”

“陷阱？”钱伟一下兴奋了起来，“这个主意不错啊！我想想，东西应该不难，但就是材料……哎，让我好好想想。”

张孝泉会修摩托车，力气也不小，用起各种工具来也不在话下，三人开始到处寻找合适的材料，然后把它们集中在钱伟的房间里。他们的行动很快大家就都知道了，有人开始出主意，也有人对他们的想法泼冷水。

“试试总没什么坏处。”张晓舟不在意地说道。

现在的人不像以前，东西坏了多半都是换而不是修，动手的机会越来越少，家里的工具和材料也不多，他们找来找去，可以用的东西却不多。张晓舟画了好几张简易图纸，但都因为用料太多而被否决了。

其实陷阱的原理很简单，无非就是通过绳索、重物、弓弩或者是笼子、网兜之类的东西，布置在猎物长期活动的地区，或者是设置诱饵，将它们杀死或者是抓住。

难点在于，正常的陷阱是在地面上布置，而他们这个却必须在三楼弄好了放下去，抓住猎物之后再用绳子拉回来。这样的条件剔除了绝大多数他们所知道的陷阱；另一方面，没有电，大部分电动工具都用不了，一切工艺都只能纯手工，这进一步剔除了更多的选择；再就是，陷阱要有足够的灵敏度和杀伤力，这对材料的强度又提出了一定的要求。

三人不停地翻出某个东西，在纸上把想法画下来，然后又讨论可行性，在一大堆东西里面挑挑拣拣一番之后，他们最后用晾衣服的夹子上的弹簧做成弹簧组，配合自行车钢圈上的钢丝和从太阳能热水器架子上拆下来的角铁，做成了一个捕兽器。

听上去很厉害似的，其实就是一个简化了的大号老鼠夹，但它的力量却很大。钱伟用一根筷子轻轻地触动了一下簧片，夹子便猛地收缩起来，把筷子直接夹成两截。

“很给力啊！”张孝泉兴奋地说道，“我觉得能成！每天只要能抓住一两只，那就足够吃了！”

他们的目标是那些成天跑来跑去的小恐龙，张晓舟猜测那应该是秀颌龙的某个变种，但越是细小的骨头就越难变成化石保存下来，至少在他的记忆里没有见过这种恐龙的化石。这些比鹅大不了多少的小东西每天都在到处跑来跑去，行动非常迅速，奇怪的是，那些大恐龙从来也不猎食它们，对它们的行动熟视无睹。

他们都刻意地回避了这些小东西的食谱中有很大一部分是那些死者的尸骨。

“材料还够，我们再来做几个。”张晓舟说道。

晚饭的食物几乎和午饭一样，这一次薛奶奶的金毛犬有了自己的一份饭，但大家的脸色都有点难看。

薛奶奶说道：“我年纪大了，吃不了那么多，下次可以少给我一点，年轻人多吃一点。”

“不用了，您老保重好身体就行了。”刘姐生硬地说道。

张晓舟找他们要几个鸡头和内脏作为诱饵，大家都知道他们一下午在忙些什么，也都对这个东西的效果充满了期待，于是没有任何人表示反对，刘姐甚至还特意给了他们一块猪油。

“把这些夹子抹抹，别让它们闻出味来。”她充满期待地说道。

第5章

危　急

天色开始暗了，那些已经被张晓舟判断为速龙的大恐龙不知道躲在了什么地方，但那些身材细小的疑似秀颌龙的生物行动却越发活跃起来，它们成群结队地聚集在院子里，像秃鹫那样啄食着那些尸骨上残存的肉块。

张晓舟努力不让自己去想这个，他把最后一个鸡头小心地穿在了簧片上，重新把夹子扳到位置卡好，钱伟便慢慢地把它放了下去。

“小心。”张孝泉忍不住低声地提醒着。这东西落地的时候尤其需要小心，之前好几次都是在最后落地的时候不小心触碰了簧片，夹子猛地收了起来，让他们不得不又重新把它收上来。

重复都是小事，关键是好几块诱饵就这么白白地掉在了地上，真是让人心疼死了。

钱伟屏住呼吸，手中放绳子的速度也越来越慢，三人的注意力全都集中在那个简陋的金属物品上，等到它终于落在地上时，才重重地舒了一口气。

这时候，张晓舟才发现，几乎所有人都在楼上看着他们这个地方。

“都回去吧！”老常清了清嗓子说道，“别在这儿老看着，不然那些东西不敢过来了。”

话是这么说，但却没有人听他的，所有人都只是把身体往窗台或者是墙下面缩了缩，便又重新盯着夹子落下去的地方。

没有电，也没有什么事情可做，这满载着希望的物件或许就是他们最大的娱乐，也是他们目前最大的希望所在了。

“会成功吗？”张晓舟听到王蓁蓁在轻声地问着李彦成，他却没有回答，只是重重地点了点头。

张晓舟检查了绳子的末端，它们都已经系在了牢固的地方。

这些绳子是他们把一块窗帘剪裁成细长条之后编织起来做成的，有点粗，卖相不怎么样，但他们反复地检查过，很结实。

夹子一共做了三个，分散在房子周围，在钱伟的窗下就放了两个，他那里距离派出所最近，最有可能抓到它们。

天色渐渐暗了下去，那下面却一直没有任何动静，他们躲在三楼的房间里，甚至能够听见它们在下面跑来跑去，发出咕咕的叫声，却一直都没有往这边过来。

“也许是它们不喜欢这种气味？”钱伟忍不住低声说道，“要么就是没有闻到这边的味道？”

“没道理。”张晓舟摇了摇头，“食腐动物的嗅觉应该非常灵敏才对。”

夹子上油腻腻的都是猪油的气味，它们不可能嗅不到，如果是抓老鼠，早就应该上钩了。

“它们不会是看破了我们做的陷阱吧？”张孝泉说道。

“怎么可能！”钱伟马上叫了起来，“这可是恐龙时代！它们怎么可能见过这些东西！”

“嘘——”楼上不知道是谁急切地“嘘”了起来，“你们几个别再说话啦！”

竟然还有人等着……张晓舟觉得有些好笑，但这也从另外一个角度告诉他，大家对于成功的渴望有多么强烈。

哪怕只是微不足道的一点点成功也好。

大家都在黑暗中等着，因为害怕吓走猎物，所有人都忍着没有说话。这样的等待非常容易让人疲惫，钱伟等人在前一个晚上经历了太多恐怖的事情，几乎没有睡觉，而张晓舟的神经则是紧绷了一个早上，突然放松下来之后，他们很快就变得昏昏欲睡。

张晓舟被自己的鼾声吓醒了好几次，他看了看钱伟和张孝泉，他们也都在打着瞌睡，他突然有一种古怪的想法，夹子会不会已经被触动过了？

钓鱼的新手总是会忍不住经常把鱼钩提起来看看是不是有鱼上钩，看看鱼饵是不是还挂在钩上，结果却把鱼都给吓跑了。张晓舟的情况虽然没那么严重，但却还是忍不住把头悄悄地探出了窗台，但那下面黑漆漆的，什么都看不见。

“谁？”楼上突然有人低声地问道。

“我……”张晓舟也轻声地答道，“你是？”

“我是高辉。”对方轻声地说道，“没动静，我一直盯着呢。”

张晓舟看了看表，还不到十点，但在这样的黑夜中却让人感觉像是已经很晚了。他想起自己今天还没来得及和高辉这个人谈谈，于是轻轻地关上了窗户，轻手轻脚地向楼上走去。

401 室的门开着，房子的主人应该是去旅游了，因此幸运地躲过了这一劫，张晓舟看到一个黑影趴在窗台上，定定地看着下面。

“还不睡？”

“睡不着。”高辉低声地答道，“以前每天都是一两点才睡，生物钟调不过来了。”

“我听说你是个程序员？”张晓舟问道，“很厉害啊！”

“有什么用？”高辉却自嘲地笑了笑，“现在连电都没有了，我擅长的东西都没用了，那我还能干点什么？”

“别这么说。”张晓舟轻声说道，然后在他身边坐了下来。

“我还以为你不会来找我谈话了。”高辉说道。

张晓舟有些惊讶：“你说什么？”

“你和李彦成说的时候我在旁边听到了，我还以为你觉得我没用，不想来找我了。”

“没那回事。”张晓舟说道，“我是搞生物工程的，你觉得我以前会的东西现在又能有多少用处？”

“你好歹是个副教授。”高辉说道。

“副研究员……”这个称呼让张晓舟略微有些伤感，从今天早上遇到暴龙开始，他整个人就像是上紧了弹簧的人偶，一刻不停地行动着，直到刚才打了这么一个瞌睡，他的神经才终于放松了一些,“不过这有什么用?又不能多一份吃的,那些恐龙也不会因为职称而不吃我。”

高辉轻声地笑了起来。

“其实大部分人赖以为生的技能都没用了,这是没办法的事情。但我相信每个人都懂一些别人所不懂的东西,可以在某个时候发挥出别人所无法代替的作用。也许那个时候不会马上就到来,但只要抱有希望,不放弃不等待,努力做自己可以做的事情,那就不会是没有用的人。”张晓舟轻声地说道,他脑子里突然闪过一个古怪的念头,“你知道一个文明要多少代人才能传承下去吗?”

高辉摇了摇头。

“据说如果不考虑克隆之类的技术,一个文明要正常传承下去所需要的最少是数万代人。你认为有多少人像我们一样到了这个世界?如果我们想要把我们这群人带到这个世界的东西延续下去,每一个人都很重要。”

“传承?”高辉忍不住笑了起来,“我想不了那么远的事情,能活下去我就心满意足了。再说了,即便是我们都活下去了,等那颗陨石来了,大家不是都得死?有什么区别?”

张晓舟摇了摇头,其实他也从来没有想得那么远,但聊着聊着,一些奇怪的新想法就冒了出来。

“你知道人类从石器时代到网络时代发展了多少年吗?不过一万年。从文艺复兴到载人飞行器上天又有多少年?不到一千年!而地质上判定年代所用的碳十四的半衰期却是五千七百三十年,也就是说,我们判断化石年代最小的时间跨度都是五千多年将近六千年。整个白垩纪的跨度却长达七千多万年,即使是白垩纪末日那颗陨石降落地球的时间,现在科学家们推测的时间误差也在三十万年左右。”他摇着头对高辉说道,“三十万年……对于地球来说只是一个瞬间,但对于我们这些身处其中的人来说,和永恒也没有多少差别。我不知道我们现在具体处于哪个年代,但我知道,我们距离那次大灭绝还有漫长的岁月。我告诉你,别说是你,就算是你的曾曾曾孙都看不到陨石降落的那一天。”

高辉郁闷的心情被他所描绘的东西冲淡了不少:“别说曾孙了,能找到个女朋友我就谢天谢地了。”

这样的时候说起这样的话题让人感觉十分怪诞，但却让两个人都笑了起来，这样的话题让他们似乎又回到了一切发生之前。

张晓舟说道："女朋友会有的，一切都会有的。"

就在这时，楼下突然发出了一声金属敲击的轻响，然后有个东西尖叫了起来。

"钱伟！"张晓舟和高耀不约而同地叫了起来。

张晓舟飞快地向楼下冲去，钱伟和张孝泉已经醒了过来，正努力地收着绳子。

"我们成功了！"钱伟兴奋地叫着，他的动作越来越快，张晓舟点燃了打火机，在微弱的火光下，他们看到一个小小的身躯在夹子上无力地挣扎着，被他们提了上来。

几乎所有人都被惊醒了，大家都兴奋地跑了下来，王蓁蓁甚至激动得哭了。

那只小恐龙比一只鹅大不了多少，它在半空中哀鸣着，张孝泉想要伸手去抓它，它却用力地挣扎着，还想咬他。

"我来！"老王恶狠狠地从后面挤了过来，拿起手中的菜刀，干净利落地给了它一下，它便不动了。

"至少有六七公斤重！"钱伟惊喜地告诉大家。

三四个点燃的打火机放在它身体旁边，让大家得以看清楚它的样子，刚才老王那一刀几乎把它的整个脑袋都砍下来了，血正不断地从伤口往外涌，王蓁蓁惊叫了一声。

但男人们却丝毫也没有她这种惧怕，钱伟兴奋地把它从夹子上取了下来，高高地把它举了起来。

大家都欢呼了起来，张晓舟笑了笑，悄悄地退到了人群的后面。

钱伟和张孝泉激动地搂在一起，他想起最初提出建议的张晓舟，想要把他一起拉过来庆祝，但人群里却看不到他的身影。

"好了好了，大家别把那些大东西又引过来了。"老常终于忍不住说道，年轻人的欢笑声终于平息了下来，但笑容却怎么也掩饰不住。虽然对于他们来说这是一个值得庆祝的时刻，但他们也清楚这样的收获再怎么夸大也不过是不到十公斤肉，节省一点也只够吃一天，不值得一直庆祝下去。

老王把它拿到充当厨房的 601 室去做简单的处理，张晓舟连忙追了上去，让他把内脏和头、脚这些东西留下来作为新的诱饵。

“刚才你去哪儿了?”他提着这些腥臭的东西回来时,钱伟他们还在兴奋地讨论着,张孝泉甚至开始幻想着做出更大的陷阱,甚至把那些速龙也抓起来。

“这可没那么容易。”张晓舟说道,“手头的材料太少了。”

“你刚才去哪儿了?”钱伟满脸笑意地问道。

“我去检查了一下放在隔壁的那个夹子。”张晓舟说道,“但好像没什么动静。”

“你没看到,我们抓住的那只……那只秀颌龙是吧? 足足有十公斤!”张孝泉抢先说道,张晓舟笑着听他吹牛,也不点破他。

在眼下的这个关头,成功、信心和希望太难能可贵,比什么都重要。

大家已经开始讨论明天要怎么把这只秀颌龙吃掉,虽然物资匮乏,但大家还是一致决定,要把它好好地炮制一番。

“这可是我们吃到的第一只恐龙!”钱伟笑嘻嘻地说道,“很有纪念意义!”

张孝泉还想用张晓舟拿来的那些内脏做诱饵把夹子重新放下去,张晓舟却拦住了他:“天气这么热,肉说不定一个晚上就发臭了,我们又没有多少盐可以用来腌制,抓住了也放不住。明天再说吧!”

“那要不要把另外两个夹子也收回来?”

张晓舟看了看钱伟,他正兴高采烈地和其他人谈论着,根本没有注意到这边。

“已经放下去的就放着吧。”他对张孝泉说道。

夜已经深了,几个年轻人却没有半点睡意,对于被困在这个弹丸之地的他们来说,闷热的白天甚至比夜晚更加让人难受,夜晚更加凉爽,也没有那令人心烦的太阳,唯一的问题是,除了星星和月亮之外没有任何光源。

“到天台上去聊聊吧?”依然在亢奋当中的钱伟建议道。

他的提议得到了大多数人的同意,他们搬了一个柜子到天台上,劈成小块,点起了一堆篝火,准备好好讨论一下关于未来的事情。

但这样显然有浪费燃料的嫌疑,张晓舟和钱伟商量了一下,几个人把下午制作夹子多余的那些材料拿到了火堆边上,就着火光做了一个铁架子,吊起水壶在火堆上烧水。

因为炎热,每个人都很容易口渴,正好需要大量的开水。

“现在我们可浪费不起!”张晓舟笑着说道。

“聊点什么好呢?”高辉说道,他很想让张晓舟再说说之前两人一起聊过的那些东西,在他看来,聊那些东西虽然有些好高骛远,却很能振奋人心。

看着那摇曳的火苗,王蓁蓁突然说道:“这有点像以前去郊外露营。”

她的话让所有人都沉默了。

像吗?

他们身边没有帐篷,没有睡袋,也没有各种各样的零食,更没有用来打发时间的手机和电子产品。坐着的不是软软的草地,而是硬邦邦的刷了一层防水材料的屋顶,只有王蓁蓁屁股底下垫了一个从自己沙发上拿来的垫子。

耳边不是蟋蟀的鸣叫,不是潺潺的流水和蛙鸣,而是那些令人恐惧的吃人怪兽在地上不断跑动的声音,是令人恐惧而又厌烦的嚎叫和远处不知道从哪里传来的绝望的哭泣。

“妈妈……”王蓁蓁突然哭了起来,李彦成把她紧紧地抱在怀里,轻声地安抚着她。

大家的心情都变得很沉重,她的哭泣突然触及了每个人心里最脆弱的那个角落,让他们的鼻子也变得酸酸的。

从事情发生到现在其实还不到三十个小时,但对于他们来说,却已经像是很久以前的事情。他们虽然还停留在这座他们熟悉的城市,但它却以一种令所有人都无所适从的速度变得陌生。现代文明里所有的一切都已经离他们远去,初现狰狞的现实正一点点逼迫着他们丢掉以往所熟悉的一切,让自己投身到这个前所未有的冒险中去。

父母、妻儿、家人、朋友、同事,甚至就连平时讨厌的一些人现在都那么地令人想念,往日那习以为常的生活以他们现在的眼光看来是那样的珍贵。对于李彦成、王蓁蓁这样远离家乡出门打拼的年轻人来说,如果以前对于父母的思念来自彼此之间漫长的距离,那现在,这份思念已经变成了永远也没有办法再见面的绝望。

“为什么会发生这样的事情?”李洪忍不住问道。

“现在说这个有什么用?”钱伟说道,“难道我们还能回去吗?”

“为什么不行?”好几个人同时说道,“既然能过来,为什么不能回去?”

钱伟摇了摇头,什么话都不说了。

场面一下子冷淡了下来。

其实他们也知道回去的可能性微乎其微，但这却是他们心里难以跨过去的一道坎，没有人愿意接受再也没有办法回去的现实。

过了许久，张晓舟才试着重新找回话题："说起来，认识也快一天了，还不知道大家以前都是做什么的？不如这样，我们都介绍一下自己吧。"他看了看其他人，大家似乎都没什么意见。"那我先来，我叫张晓舟，以前是远山生物科技有限公司的副研究员，本行现在肯定是用不上了，不过我稍微懂一点点兽医，要是大家不介意，小病小痛的我也可以处理。因为学生物这个专业吧，对于恐龙，我多多少少也有点认识，大家如果有什么想了解的，只要我知道的，一定知无不言。"

钱伟还不想说话，反倒是高辉这个宅男看看没有人说话便先开口了："那……大家都知道我叫高辉了，我以前在一家电脑公司做技术员，会的都是和计算机有关的东西，现在肯定是没用了。以前我喜欢玩游戏，看电影，看小说，现在好像也没什么用……不过我刚才想了一下，我以前看的那些末日题材的小说里倒是杂七杂八有不少东西，和我们现在的情况很像，虽然不知道有没有用，不过我可以说给大家听听，就算是参考一下也好。"

张晓舟带头鼓掌，于是大家犹豫了一下，也跟着稀稀拉拉地鼓起掌来。

"一定会有用的。"张晓舟对他说道。

有他们俩开头，接下来就顺畅多了，张孝泉是摩托车修理店的学徒，懂一点儿机械方面的东西，但不精，不过他有一身力气，身体灵活性也很好，这在现在这个世道算是最有用的东西了。

钱伟则是附近一个机械厂的技工，工作刚满五年，对于机械加工这块算是比较熟悉，唯一的问题在于已经习惯了现在的数控车床，技校时候学的手艺有点生疏了。他的身体不像张孝泉那么强壮，但因为平时做的事情比较偏体力劳动，也可以算是目前队伍里的重要力量了。

李洪的经历则复杂得多，他看上去年轻，其实已经快三十了，当过建筑工人，搞过装修，当过保安，还跟着老乡当过几天混混，不过他在弘昌路派出所当协警已经快三年了，以前学的那些东西几乎全丢了。张晓舟判断他应该是个空架子……看着挺结实，但其实没多少力气。不过对于这个团队来说，他还是很重要的一分子，更不要说，他手里还有一把枪，里面有六发子弹。

“我知道枪械库在什么地方。”他对其他几个人说道，“但没什么用，枪都被分了，就剩点子弹，还有一大半都是打不死人的橡皮子弹。这种东西……”他自嘲地用手拍了拍挂在腰间的手枪，摇了摇头，“也就是吓吓人，对付那些东西一点儿用处都没有。”

“派出所里一点其他武器都没有吗？”张晓舟有点不死心。

“有一些防暴叉、防暴棍、电棍什么的，电棍大概还有电，但没地方充电啊！”

“护具呢？”张晓舟问道。

李洪看了他一眼，大概是对他知道这么多东西感到有点意外。“防刺服、防割手套之类的东西有不少……毕竟是三十几个人的编制，仓库里还有没用过的新货，头盔、防暴盾也有，还有不少辣椒水。不过这些东西没什么用处吧？”

“我觉得应该有用。”张晓舟说道，“不过都是以后的事情了。”

李洪算是把自己介绍完了，大家拍了一会儿手，李彦成便开始介绍自己：“我叫李彦成，以前是做二手房销售的……”

但就在这时，张晓舟却隐隐约约听到了一种奇怪的声音，就像是有什么机器在开动。

嗡嗡嗡……

“什么动静？”钱伟也站了起来，“你们听到了吗？”

嗡嗡嗡的声音越来越响，大家都忍不住站了起来。

这声音让他们感到很熟悉，但却想不出来到底是什么。

一个拳头大小的黑影这时候从钱伟眼前快速地一晃而过，他下意识地弯腰闪了过去，却听到背后的王蓁蓁“呀”了一声。

“怎么了？”李彦成慌张地问道。

“我被什么东西咬了一下！”王蓁蓁略带哭腔地说道。

这时候高辉也叫了起来：“什么鬼东西！”

嗡嗡的声音已经到了他们面前，张孝泉抓起一块木板向着自己面前的东西狠狠地砸去，只听到砰的一声响，那个东西便四分五裂，无声无息地飞了出去，但黏稠的液体却溅了站在一旁的李洪一脸。

李洪用手抹了一把，惊讶地叫道：“是血？”

张晓舟猛然醒悟了过来，他昨天晚上曾经遇到过这东西，还差一点就被它直接扑到了脸上。

“是蚊子！大家快进屋去！”他大声地叫道。

蚊子？

好几个人都愣了一下，正在袭击他们的东西至少有麻雀那么大！这是蚊子？

但嗡嗡的振翅声却不会作假，即使不是蚊子，也应该是一种巨大的飞虫，李洪第一个从天台门那里爬了下去，随后所有人都跟着往那边跑。

“快！快！”张晓舟抓起一块木板在空中挥舞着，这些原始昆虫的身体结构简单而又脆弱，被他打死了好几只，那边张孝泉也打死了不少。

但这一群蚊子却足有三四十只，它们更像是牛虻，抓住机会就在你身上叮一口，因为天热，大家都没有穿外衣，而是最简单的短袖 T 恤加短裤，这简直给了它们再好不过的机会。

张晓舟身上一连被叮了七八下，他看看其他人都已经逃了下去，疯狂地挥舞着木板将它们从自己身边驱赶开，然后丢下木板快速地跳了下去。

“关上盖板！”钱伟在下面叫道。

张晓舟忍着它们的叮咬又伸出手臂去把盖板拉了回来，就这么一耽误，他的脸上和手臂上又被叮了三四下。

走廊的窗户早已经被钱伟他们关了起来，几只跟着他们飞进来的巨蚊嗡嗡地四处飞舞着，但没有了数量优势之后，它们脆弱的身体根本没有办法抵抗棍棒的攻击，而它们巨大的体形又无法像数千万年之后的后裔那样隐藏自己，很快就被钱伟他们打着火把一只只地消灭了。

“这些该死的东西！”最后一只巨蚊被李彦成一棍打成肉泥，大家都累得够呛，气喘吁吁地直接坐在了地上。

“张晓舟，你的脸……”钱伟看着张晓舟身上一个个的大包，脸上也全是一个个的肿块，忍不住笑了起来。

大家相互看着对方的样子，也都嘻嘻哈哈地互相取笑了起来。

被叮咬的地方已经开始发痒，好几个人都一边笑别人一边随手挠了起来。

张晓舟却半点也笑不出来，蚊虫一直都是病毒和细菌的重要传染途径，登革热、疟疾、脑膜炎、炭疽病，哪怕不是专门学医的，他马上也可以说出好几种通过蚊虫传播的疾病。如果不是这样，早前的时候也不会专门把它作为“四害”，上纲上线地要消灭光。古代人缺乏对抗蚊虫和疾病的手段，对于蚊虫肆虐的热带雨林一直是谈虎色变，甚至有很多人死于蚊虫叮咬所传播的疾病。

他们对于这个世界来说是陌生的入侵者，这个世界的病毒是否会对他们发挥作用还不得而知，但张晓舟却不愿意成为试验品，更不愿意身边这些刚刚认识的同伴成为试验品。

他被叮得最多，脸上、手上、脚上到处都痒痒的，但他强忍着不让自己去想，非但如此，他还大声地对其他人说道：“都别挠！大家都别愣着，快去找风油精、清凉油！要是有高锰酸钾或者什么外用消毒液的话那更好！大家都记得，一定不要挠！”

他的样子让大家都愣了一下。

“怎么了？”李彦成问道。

“这不是以前那些小蚊子，很可能会携带我们不知道的病毒！大家千万别大意，赶快去找我说的东西！”

他凝重的表情让所有人都紧张了起来，大家乱纷纷地到处找药，把已经睡了的中老年人也惊醒了。

“我找到一瓶消毒液……张晓舟你看……”钱伟急匆匆地从楼下跑了上来。

“可以用！快，倒在盆里！”张晓舟拿来一些冷开水，把那瓶消毒液兑了一下，招呼被叮过的人赶快都过来清洗一下被咬过的地方。

“那么多人都用一盆……”王蓁蓁却撇了撇嘴，她可以理解现在条件不能像以前那么好了，但六七个人共用那么一小盆水擦洗让她感觉比不洗还不卫生。

“蓁蓁！”李彦成有些为难了，和那么多人共用一盆消毒水擦洗他也觉得不舒服，但张晓舟所说的危险也是实实在在的。

“反正我只被叮了几下，擦点风油精就好了，刚才张晓舟不是说那些也可以吗？”王蓁蓁坚持道。

李彦成借着火把的亮光看了看她被咬的地方，手臂上两处，脖子和脸上各一处，比起其他人来说确实好多了。

“那行吧，我再去找找还有没有消毒液或者是高锰酸钾什么的。”

张晓舟却没有心思去一个个管他们有没有认真清洗，消毒液的气味让他感觉很不舒服，那些被叮咬过的地方沾了消毒液之后又疼又痒，但他强忍着不去想它，而是拉着钱伟一起去找老常。

“得让大家都穿长衣长裤，晚上一定得关着纱窗，不能直接开着窗户。玻璃破了的地方明天一定要想办法，哪怕是用布或者是别的东西堵上都好！”

“有那么严重吗？”老常有些无法理解他的紧张。

张晓舟急切地告诉他们：“我知道的由蚊虫叮咬引起的能致死的病就有三四种，凭我们现在的条件，只要发作了就是死路一条！你们应该知道疟疾吧？就算是我们之前的那个世界，全球一年都还有上亿人得这个病！因为这个病每年都死掉几十万人！脑膜炎、出血性登革热、炭疽病，这些都有可能通过蚊虫叮咬而传播！而且都有可能致人死亡！”

别的东西不知道，疟疾和脑膜炎他们都听说过，当然，更让他们感到恐怖的还是曾经在新闻里出现过，被恐怖分子用来当作武器的炭疽病。

老常心里已经认可了张晓舟的话，但他还是忍不住说道：“但是现在应该还没有这些病吧？”

张晓舟毫不犹豫地说道：“没有这些病，但有可能有其他病！我们不能冒险！”

“好！”老常点点头，“注意事项你现在就可以告诉大家，堵洞的事情明天天亮就做！”

张晓舟和钱伟把大家集中起来，又给大家普及了一遍有关的知识，等到一切结束，已经是半夜三点多了。

好几个人还是忍不住去挠被叮过肿起来的地方，看到张晓舟盯着他们，他们只能把手放下来：“实在是忍不住！”

“擦点风油精、白花油之类的应该可以帮助止痒，但大家真的别大意，抓破了的地方在这种天气下很容易引起其他类型的感染，以前病了可以去医院，现在去什么地方？这可不是开玩笑的！”

人们终于散开，钱伟对张晓舟感叹了起来：“真没想过被蚊子咬一下还会有这么严重的后果。”

“那是因为城市里的蚊子携带的病菌相对来说不多，而且城市里也没有太多让它们滋生的空间，但别忘了，现在已经和以前不一样了。”

“要不是有你在，我们这一次就全军覆没了。”钱伟说道。

张晓舟摇摇头：“也没那么夸张，不是每次被蚊虫咬了都会得病，但我们现在没有条件去赌运气，只能尽力预防。”

张孝泉和他们两人住在钱伟原本的房间里，床没那么多，好在卧室里铺着木地板，天气也热，在地上打个地铺也不感觉凉。

三人又聊了一阵，张孝泉很快就打起了呼噜，钱伟和张晓舟却睡不着了。

“我们真的能活下去吗？”钱伟突然对前景感到悲观了起来，之前他想得很简单，就算楼下的这些恐龙能够肆虐猖狂一段时间，等到人们缓过神来，它们应该都是饭桌上的菜。但现在他才意识到，他们来到这个世界之后，所要面对的敌人远远不止恐龙这么一种。

“只要不放弃，一定能活下去的！”张晓舟坚定地对他说道，“睡吧，明天还有一大堆事情！”

“好！”钱伟为自己刚才颓废的想法摇了摇头，整理了一下枕头准备睡觉，但就在这时，楼上突然有人跑下来。

“张晓舟！张晓舟！”李彦成惊慌的声音在门外响起。

“怎么了？”张晓舟马上坐了起来。

“蓁蓁她……求你快点去看看她！”李彦成惊慌地说道。

王蓁蓁身上只穿了一件很薄的吊带衫，但在场的人都没有心思去偷窥她的身体，她的脸和脖子都已经肿了起来，手上和身上也有很多巴掌大小的肿块，眼睛已经肿得快要看不出来了。

“她这是怎么了？”李彦成惊慌地问道，“刚才还好好的，怎么突然就变成这样了？”

“疼吗？”张晓舟问道。

王蓁蓁流着眼泪点了点头，她想说话，但喉咙已经肿得连喘气都困难了。

“她刚才没有用消毒液清洗被咬过的地方……”李彦宏想死的心都有了，如果知道会是这样的结果，他就算是用鞭子抽也一定要让王蓁蓁按照张晓舟说的做。

“和那个无关。”张晓舟摇了摇头，病毒或者是细菌的发展不可能这么快。

“你感觉呼吸困难吗？”张晓舟问道。

王蓁蓁用力地点了点头，她的脸已经涨红了，虽然拼命地吸气，但却一直感到喘不过气来。

“这是严重的过敏反应！”张晓舟说道，“正常来说得马上打针，现在没这个条件，但也得马上给她吃抗过敏药！”

“我去找！”李彦成马上跳了起来。

整幢楼的人又被惊了起来，大家一起翻箱倒柜地找药。李彦成甚至冒着再被叮咬的风险，裹着厚厚的衣服从天台跑到了二单元那边。但他马上就发现那些房间里所有的药物都不见了，应该是被张元康给搜刮走了。

李彦成无奈之下，只能去找他。他用力地敲着门，过了许久，张元康终于一手提着菜刀，小心翼翼地把里面那道门打开了：“你干什么？”

“张哥，你家里有没有抗过敏的药？分我一点！求求你！蓁蓁她全身都肿起来，快要不行了！”

“我怎么会有那种东西？”张元康说道。他们一家人被困在这边，这让他对其他人的忌恨越发重了。他也是个倔脾气，偷偷地到处找水，顺便把整个单元里觉得有用的东西都搬到了自己家里，到处塞得满满的，但他还真没印象搜到过抗过敏的药。

不过即便有，他也不会轻易就给李彦成。

李彦成已经没有其他办法了，他抓着防盗门，大声地说道：“张哥，求求你了，她就快死了，你别见死不救啊！”

“告诉你了，没有！”张元康被他的动作吓了一跳，随即生起气来，“快点让开！”

李彦成绝望之中恨不得和他拼了，这时候钱伟在天台上叫道：“李彦成！找到点药了，你快上来！”

李彦成惊喜之下，也顾不上张元康了，连滚带爬地就往回跑，张元康在后面恨恨地说道：“有你们求我的时候！”

李彦成快步跑回屋子，看到刘姐正端着一碗药给王蓁蓁喝，她每咽一口都很艰难。

他的眼泪一下子就涌了出来：“蓁蓁你怎么样？”

王蓁蓁摇了摇头，连话也说不出来了。

张晓舟轻声地对他说道：“找到一点治鼻炎的药，那里面应该有抗过敏的成分。

已经研碎了兑水让她喝，但能不能起效我没有把握。”

“那我该怎么办？”李彦成的脑子已经昏昏沉沉的，什么都想不起来了。

张晓舟沉吟了一下，把他从房间里拉了出来：“实在不行的话，只能冒险到对面那家药店去。”

那是一个很大的药房，白天的时候张晓舟就观察过，它应该同时还卖中药和一些医疗器械，应该会有他们急需的药品，甚至还可能有一些必需的工具。但问题是，店面和他们这幢房子之间的直线距离至少有四十米，不但道路中间有隔离栏，店铺也锁着，不是马上就能打开的。

“这不可能！”老常断然否决，“这是去送死！就算是惯偷，在工具齐全的情况下要弄开那道门也得几分钟，你们怎么可能做得到？即便那些恐龙在你们过街的时候没有发现你们，撬门的时候那些声音它们听不到？没等你们进到店里，它们就已经把你们都吃了！”

他的话并没有什么夸大的地方，那个药店的大门是常见的钢网防盗门防盗窗，有专门的防撬设计，按照老常和李洪的经验，虽然那些惯偷只要剪开其中几个关键的部位就能打开一个足够一个人进出的口子，里面玻璃门上的门锁也花不了他们多长时间，但对于他们这些生手来说，没有破拆钳、液压钳这样的工具，单凭手头的小钢锯、老虎钳和撬棍，别说几分钟，就是给他们十几分钟甚至半个小时也未必能撬开。

而这段时间足够那些恐龙把他们当早餐吃掉了。

为了一个对于团队来说没什么用的女孩，让至少三四个精壮的年轻人去冒险？老常没有明说，但他显然是不赞同。

李彦成急忙看其他人，但被他目光扫过的人却都默默地低下了头。

李彦成急得直接给他们跪下了：“老常、钱伟、李洪，我求求你们，只要你们帮忙，我以后给你们做牛做马都行！”

一米八几的大个子就这么扑通一声跪在面前，让他们真是有点坐不住了，但这不是平日里出把力气那种帮忙，每个人都知道，答应他的结果很有可能是把自己的命送了，而且这不是一般的死，是被那些畜生咬死然后吃掉。这样的结果又有几个人能承受？

老常急忙伸手去扶他：“李彦成你别急，说不定她喝了这些药就好了呢。”

大家都看着张晓舟，老常隐秘地动了动眉毛，意思是让他说点宽慰人的话把事情先拖一拖，但张晓舟沉吟了一下，还是决定把自己所知道的事实说出来："一般来说，药效要过半个小时到一个小时以后才能见效，但这不是专门的抗过敏药，能不能起效、药效能持续多久都是问题。以蓁蓁现在的状态，最多再坚持两个小时就没办法呼吸了。"

李彦成一下子惊叫了出来。

老常阴沉着脸看着张晓舟，对他的做法很不高兴。

李彦成又开始求他们，张晓舟把他拉了起来："我觉得大家应该帮帮他们。"

"你说得倒是容易。"老常也不管李彦成的想法了，"我不是见死不救，但为了救她让其他人就去送死？李彦成，你摸着良心想想，这样的话你说得出口吗？"

他的话让李彦成彻底绝望了，他很想丢一句狠话出来，但老常的话有他的道理，他的嘴唇颤抖着，却什么也说不出来。

过了一会儿，他终于下定了决心："钱伟，把你的工具借给我！我自己去！"

钱伟叹了一口气，不知道该怎么劝他。这时候，张晓舟在旁边说话了："你自己去的话肯定只有死路一条，但如果大家愿意帮忙，至少有一半以上的可能性。"

"张晓舟！"老常再也没有办法容忍了，在他看来，张晓舟的这种做法简直就是在人为地制造矛盾和分裂，"你说话要有点分寸！要我说，与其冒那样的险，不如去找张元康！他那里说不定有药，现在人命关天，由不得他乱来了！"

这也是一个办法，而且大多数人都不用冒太大的风险，但张晓舟却摇摇头道："这些药一般人家里不太可能有，王蓁蓁的情况很严重，最好注射针剂。老常你别生气，我不是故意要和你抬杠，从刚才起我就一直在想办法，现在我有一个想法，大家可以讨论一下，看看行不行得通。如果计划得好，不但可以救蓁蓁一命，说不定还可以救我们自己。"

李彦成一下子抓住了张晓舟的手，眼睛瞪得大大的，全部的希望都寄托在了他的身上。

老常还想反对，但钱伟却抢先一步说道："张晓舟你先说说看。"

之前的那一系列事情让钱伟对张晓舟已经有了一定的信任，他觉得张晓舟不是那种乱说话的人，既然他这么说，那一定有他的道理。

“我的计划是这样……”张晓舟从旁边抽出一张纸，开始借着火光在上面画周边的地形图，然后把自己的想法一点点地说了出来。

老常一开始不屑，但听到后来，他叹了一口气。

“你们觉得呢？”张晓舟的想法让所有人都瞪大了眼睛，李彦成紧张地看着大家，钱伟首先点了点头。

“虽然有点危险，但成功的可能性很大……”他看着李洪和老常说道。

“最危险的那个部分我来！”李彦成说道。

“好几个地方都很危险，你有分身术吗？”老常说道。在他看来，这个计划满是漏洞，也过于乐观，任何一个环节出问题都会导致后面的步骤进行不下去，但他反复想了几遍，却不得不承认有成功的可能性。如果运气好的话，他们甚至还能有别的收获。

“大家投票吧！”张晓舟说道。

钱伟说道：“凭我们几个人不行，还要把大家都叫上。”

他下楼去把所有男人都叫了上来，张晓舟把自己的计划又说了一遍。

“最危险的部分我来负责，拜托大家，救救蓁蓁吧！”李彦成焦急地恳求着。

大家仍是如同之前那样沉默，李彦成的心都要碎了，但就在这时候，老王突然开口了：“这么年轻的女孩子，总不能眼睁睁看着她死吧？我这条命也是捡来的，算我一个。”

张晓舟有些惊讶地看着他，他一直都是一副颓唐的样子，张晓舟没有想到会是他第一个站出来支持。

“算我一个！”张孝泉说道。

“也算上我。”钱伟说道。

“那我也……”高辉有点胆怯，但还是举起了手。

“要是用得上我的话……”老孔和孙然犹豫不决地说道，“但太靠体力的那些事情我们怕是做不到。”

老常轻轻地叹了一口气：“行了，那就都动起来吧，但有些地方还得重新推敲一下，这可不是开玩笑的！哪个地方没做到那可是要出人命的！”

李彦成终于舒了一口气，他急忙跑回屋子里，喝了那些药液之后，王蓁蓁的情况稍微好了一些，但那些药本来就不多，仅仅是缓解了她的症状，却丝毫也不见好转的迹象。

“刘姐，李姐，拜托你们照顾她了！”李彦成对刘雪梅和李欣如说道。

“李彦成，你们别……”王蓁蓁挣扎着说道。李彦成看着她痛苦的样子，勉强挤出了一个笑容：“没关系，我们已经计划好了，一定会成功的！”

第6章

搅局者

大家都行动了起来，好在这时候天色已经微微有些亮了，他们的行动可以不受太大的影响。

老王和老孔忙着准备吃的，他们把从王蓁蓁那里找到的巧克力和饼干忍痛拿了出来，准备给将要去冒险的那几个人补充能量。然后又用剩下的两个罐头做了一餐还过得去的早饭，大家匆匆地填饱了肚子。

老常和李洪开始回忆派出所里的布置，一点点地把它们写下来，画在纸上。

钱伟、李彦成和孙然开始清理一单元这边用来堵住二楼以下的那些东西，小心翼翼地用木板加上其他东西做成的屏障来堵住窗户。而张晓舟、张孝泉和高辉则在二单元那边做着相同的事情。

“你们想干什么?”张元康站在自家门口紧张地问道。

他眼睁睁地看着他们把通往一楼的那条通道整理出来，心里一下子就急了。

“我们要把那些恐龙引上来。”张晓舟说道。

“你疯了吗?”张元康脱口而出道。

“王蓁蓁就要死了，我们必须想办法救她!”张晓舟说道，“你要么来帮忙，要么就搬到我们那边去。如果你还是不愿意和我们一起渡过难关，那你就在家里躲好，你家的门很牢固，它们应该没有办法进去。”

“你敢！”张元康大声地叫道，“你们简直就是……快给我住手！信不信我砍死你！”

高辉有些犹豫，但张晓舟和张孝泉看了看他，照样做自己该做的事情去了。

他们小心翼翼地把本来堵住通道的家具都搬到了楼上，迅速找出里面可以用来封闭窗户的长条形板材，首先把那道速龙能够进来的二楼走廊的气窗封了起来。张孝泉用几把椅子和两个床头柜做成了一个三角形的支撑结构，牢牢地把挡住窗户的那个大衣柜顶住了。

“一楼、二楼、三楼和六楼的住户都装了防盗栏！”高辉兴奋地跑过来说道。

“太好了，那我们的工作量就不多了。”张晓舟说道。

理论上说，他们只要把所有气窗还有 404 室和 504 室的窗户封死，就可以把所有恐龙都封死在里面。

但这只是最理想的状态，他们都见过那些鬼东西的动作有多灵活，如果他们有更多的时间、更多的材料和更称手的工具，那也许可以试着完成这个目标。但在这么短的时间里要把所有的窗户都完美地堵起来当然是不可能的，他们只能设法用家具把通往窗户的位置全部挡住，并且尽可能让它们牢固。他们的目的并不是把它们永远堵在里面，只要把它们堵在里面半个小时就行了。

张晓舟一个地方一个地方地检查并且用力试了试，最后满意地点了点头。

“你们别傻了，冒那么大的险值得吗？我这里有些药，你们拿去试试吧！”张元康缩在自己家里，好不容易看他们上来，急急忙忙地说道。

“你留着自己吃吧。”张晓舟对他说道。

钱伟他们这时送来了更多的材料，并且加入了进来，一单元那边没有必要封锁全部的窗户，工作量比他们这边小多了。

所有人忙活了将近一个小时，终于按照张晓舟的计划把二单元这边完全设置好了。

老王把昨天晚上抓到的那只秀颌龙拿了过来，“真是便宜它们了……”他有些不甘心地说道。

他已经把它切成了四块，张晓舟把装着它的盆子里的血水沿着楼梯一路滴到楼上，然后把它们分别扔进六楼和五楼的空房间，把门大开着。

“你们都疯了！都疯了！”张元康咬牙切齿地咒骂着，但他却没有勇气打开门走出来阻止他们。

“躲好，千万别出来。”张晓舟提醒他道。

钱伟对着他冷笑了一下，和张孝泉一起把 403 室的防盗门用铁丝、角钢、不锈钢管等东西加固起来，在整个计划里，这将是很重要的一步。

“害怕吗?”张晓舟隔着已经封死的防盗门对高辉和张孝泉问道。

他们俩的脸色有点苍白，但还是摇了摇头。

他们的这个任务从理论上说没什么危险，但如果这道门出了什么纰漏，他们俩就危险了。

“如果这道门出了什么问题，你们就撤到卧室里，推倒衣柜，用床把门堵死！我们一腾出手就会把那堵墙砸通了，把你们接过去。”张晓舟对他们点了点头，“保护好自己！”

张孝泉和高辉点了点头，把放在一边的铁棍捡了起来。

“张晓舟！蓁蓁她喘不过气来了！”李彦成突然在楼上惊叫了起来，张晓舟急忙向楼上跑去。

王蓁蓁的脸已经开始发紫了，张晓舟用手摸了一下，她的喉咙已经肿得不行，气管应该是已经被肿胀起来的组织堵住了。

“按住她！”他对周围的人大声地叫道。

李彦成的眼泪又流了出来。“蓁蓁，你一定要坚持住！”他大声地叫道。

“会很疼，但你一定要忍着。”张晓舟一边用烈酒浸泡自己的双手，一边对王蓁蓁说道，但她已经快要没有意识了，什么反应都没有。

张晓舟之前就已经预料到了这种情况，无论怎么抓紧时间，他们都不可能在很短的时间里就完成所有的准备工作，所以张晓舟早已经做好了做气管切开术的准备。他找了一把质量最好最尖锐的水果刀，用烈酒消了毒，找了一根塑料管作为插管，还把所有的脱脂棉和纱布都集中到了这里。

他尽可能让自己看起来胸有成竹，因为不这样做的话，其他人根本就不会有继续下去的信心。但老实说，身为一个研究员，他也只是偶然客串过几次兽医，比别人多知道一些医学常识。他杀掉并且解剖过的动物比他救活的要多很多，如果说有什么东西给了他坚持下去的底气，那或许只是不晕血，并且习惯于用刀切开动物的身体。这样的手术对于外科医生来说或许是必须掌握的基本技能，但对他来说，这其实是破天荒的第一次。

手术会失败，会引发并发症或者会因为错误地切开了某条血管导致王蓁蓁死掉吗？

这样的念头在他的脑海中一晃而过，但如果他因为害怕这些而什么都不做的话，她就死定了。因为已经没有别的人能来做这个事情了。

“没问题的……这只是个小手术、小手术……给牛接生的事情你都做过，这样的事情难不倒你的……”他低声地鼓励着自己，用手摸索着甲状软骨的位置，因为严重的肿胀，那里几乎已经很难被辨认出来。

“按好她！”他对周围的人说道，随即深深地吸了一口气，手稳稳地一刀切了下去。

王蓁蓁本来已经奄奄一息的身体因为疼痛而抽搐了起来，好在旁边有好几个人用力压着她，他们吸着凉气，看着张晓舟灵巧地在她脖子中央竖着切了一个口子，用棉花快速地把涌出来的血擦掉，然后用手在里面摸索着气管的位置。

李彦成觉得自己快要站不稳了，他不敢看张晓舟下面的动作，紧张地闭着眼睛，但似乎只是短短的几分钟时间，就听到张晓舟重重地舒了一口气然后说道：“好了。”

纱布和棉花压在伤口周围，出血似乎不多，那根半硬的塑料管已经插进了王蓁蓁的气管，但她的呼吸却没有恢复。李彦成大声地叫着她的名字，她却没有反应。

“她怎么了？她怎么了？”李彦成惊叫着。

张晓舟满身大汗，他小心地替王蓁蓁做着心肺复苏，并通过那根管子做着人工呼吸，突然，她猛地吸了一口气，醒转了过来。

李彦成大喜过望，张晓舟却拉住了他。

“别刺激她，让她休息！”他对李彦成说道。

“坚持住！慢慢地大口呼吸，尽量什么都不要想！”张晓舟对王蓁蓁说道，“我们离开一下，回来的时候就能把你治好了。”

她微微地点了点头，表示自己听到了，张晓舟对两名负责照顾她的女士简单交代了几句，随后轻轻地拍了拍其他人，和他们一起走了出去。

“她怎么样？”第一个问的不是李彦成而是李洪，他一直对张晓舟不以为然，但看到他竟然可以完成这样的手术,心里对张晓舟的想法一下子就改变了。

谁都想得到,身边有这样一个人对于他们在这个危机四伏的世界里生存有着怎样的意义。

“暂时应该没事了,但如果不及时进行后续治疗,我也不知道她能撑多久。”

“那我们快一点!”李彦成急切地说道。

“我们再来最后过一遍。”张晓舟说道,“一定要听到楼上给出的信号才能开门!顶住门之后,什么都不要管,转身就往楼上跑!”

“我知道!”李彦成答道。他的脸色有些苍白,这是第一步,也是相对危险的一步,他坚持要由自己来完成。

“堵门的东西准备好了?”张晓舟看着钱伟。

“好了,我试过,它们绝对不可能把门推开!”

“那些工具的位置可以确认吗?”张晓舟对李洪求证道。

“我和老常反复回忆过,没有人动过那些东西,它们肯定还在原来的地方放着。”

“大家的分工都清楚了?”

除了已经被封死在 403 室没有办法过来的张孝泉和高辉之外,所有人都点了点头。

“那我们开始吧!”张晓舟说道。

老王把手中最后几块巧克力和奶糖交给他们,他们都快速地吞了下去。

李彦成紧了紧鞋带,对着其他人点点头,从天台门那儿再一次下到二单元,然后小心翼翼地走到了一楼。

他握紧了手中那块用来挡住单元门的木块,深深地吸了一口气。

“我只看到三只速龙。”李洪和张晓舟分别沿着天台仔细地寻找了一圈,却没有看到所有的速龙。平时他们恨不得看不到这些鬼东西,但今天,他们却希望能够看到它们这个族群的每一个成员。

“只能主动吸引它们的注意力了。”张晓舟说道。

钱伟和老王早已经做好了准备,他们在一只速龙经过附近的时候把一台微波炉扔了下去,它被吓了一跳,随即发现了这两个站在三楼窗口的猎物。

“来啊! 你们这些该死的丑八怪!”钱伟一边用棍子敲着一口锅,一边大声地叫道。他们必须想尽一切办法把所有的速龙都引到这里，这样才能确保李彦成的安全。

“来啊！”老王在他旁边大声地叫着，将一个塑料制成的小玩具向那只速龙砸了过去。

他的身体因为恐惧和兴奋而颤抖了起来，前天夜里，就是楼下那丑陋的东西从黑暗中突然冲出来，夺走了他最珍贵的东西。

这个世界上为什么要有这种野兽？他的眼睛渐渐变红了，声音也呜咽了起来。

“来啊！你们这些没用的垃圾！该下地狱的怪物！”他大声地叫着，将手里的东西狠狠地向它砸去。

这只速龙灵巧地躲开了那无法对它构成伤害的飞行物，它好奇地看着那两个发出奇怪叫声的东西，这是它新发现的猎物，他们比起一般的猎物更容易猎杀，而且肉质更细嫩。几天来，它比平时获取了更多的食物，这让它的身体变得肥硕了起来。马上就是繁殖季，它急需更多的食物以便让身体储存更多的能量，它忍不住紧紧地盯着那两个站在高处的猎物，大声地吼叫了起来。它的口中有口水流了出来，轻轻地滴到了地上。

又一只速龙出现在了窗户下面，其中一只尝试着想要跳上来，但这个高度刚好超出了它们的弹跳极限，它在地上摔了一下，笨拙地站了起来。

“来啊！”钱伟继续大声地叫着。为什么它们还不过来？

老王扔出去的东西终于砸在了其中一只速龙的身上，它低头嗅了嗅那个东西，厌恶地轻轻叫了一声。

第三只和第四只速龙跑了过来。

“来啊！还有三个笨蛋在哪儿？”钱伟继续大声地叫着，为了吸引它们的注意力，他冒险把身体探到了窗口外，一只脚踏到了低压线上。

它们马上骚动了起来。

“钱伟！”张晓舟在天台上焦急地叫道。

“我心里有数！”钱伟大声地说道。

他的目光紧紧地盯着距离自己最近的那只速龙，手抓紧了窗户，随时准备逃回去。

又一只速龙跳了起来，它已经碰到了低压线，尖锐的牙齿在半空中猛烈地咬合，发出咔的一声巨响，钱伟被吓了一跳，把身体大部分缩了回去："快来啊！该死的，躲到哪里去了！"

第五只和第六只速龙终于也跑了过来，但不管他们怎么发出声响，最后那只速龙却一直都没有出现。

张晓舟再一次绕着天台找了一圈，但还是没有看到它。

"怎么办？"李洪焦急了起来，时间已经过去了将近二十分钟，钱伟和老王的嗓子都已经有些哑了。

那只速龙是已经彻底离开了，还是跑到了更远的地方？如果它一直不出现，难道就这么一直等下去？

老孔也加入到了叫喊当中，他把今天开出来的那两个空罐头盒扔了下去，一只恐龙好奇地嗅了嗅，诧异地叫了一声。

"来了！"张晓舟如释重负地说道。

一个墨绿的身影从对面那个小区的绿化带里慢慢地走了出来，它的身形几乎是所有速龙中最庞大的，它傲慢地沿着出口走出来，轻巧地从隔离栏上跳过，然后向着这边小跑了过来。

它终于跑到了钱伟的窗下，那是他们能够控制的区域里，距离单元门最远的地方。

"李彦成！"张晓舟叫道，他和李洪都站到了天台口，准备接应。

打开单元门，这个平日里最简单不过的动作，此刻却显得这么困难，李彦成一个人在漫长的等待中几乎已经把所有的勇气都消磨掉了，他小心翼翼地躲在阴影里，看着那个墨绿色的身躯横着从单元门对面的马路上跑了过去，心里竟然恐慌了起来。

他几乎可以闻到它身上的臭味，那是干涸的血迹腐败之后的恶臭，他突然想起了那些被它们猎杀的人，他们在它们面前就像是毫无还手之力的人偶，轻轻一碰就倒在地上，然后就成了它们的食物。

一门之隔，踏出去就是死亡和杀戮，他的手摸着门锁上的开关，突然颤抖了起来。

"李彦成！"张晓舟再一次叫道，他没有听到吗？

李彦成终于清醒了过来，他小心地拉开了那道开关，心脏的跳动激烈得像是要扯破胸腔，他的脚似乎不受他的控制想要转身就逃，但他还是强迫着自己，把那个木块小心地塞到了门下面，将它死死地顶住。

“李彦成！快跑！”张晓舟的声音突然从上面传了下来，李彦成似乎感觉到了死亡的气息，他毫不犹豫地转身，用毕生最快的速度向楼上没命地狂冲起来。

一只速龙已经绕过了他们这幢房子，张晓舟看不到李彦成的位置，不知道他是不是已经开始上楼，他不停地叫着他的名字，却看到那只速龙已经发现了打开的单元门，随后向利箭一样冲了过来。

“李彦成！快！”

他们终于听到了他的脚步声，他的脸色因为激烈的奔跑已经变得惨白，李洪向他伸出右手，拉着他直接扯了上来。

“钱伟！回来！”张晓舟跑到钱伟他们那边对着下面叫道，他们马上逃回房间里，用一个大衣柜把窗户堵了起来。

窗户下面的那群速龙一下子失去了猎物的踪迹，愤怒地吼叫了起来。

“这边！”张晓舟将一个电饭煲扔了下去，把它们的注意力吸引到转角的位置，但已经不需要他再做什么了，那只跑上楼的速龙快速地从 403 室门口跑过，因为张孝泉和高辉的大叫大喊而稍微迟疑了一下，随即跟随着李彦成的气味直接跑到了六楼天台门的下面。

它的身高大概有一米六的样子，墨绿带着深棕色条纹的躯体充满了原始的美感，肌肉发达的双腿为它提供了强大的动力。两米多高的天台门对它来说几乎构不成任何阻碍，它毫不犹豫地向着站在天台门口的李洪和李彦成扑了上来，李洪强迫自己在那个地方站稳，然后用手里的一根磨尖的钢管向它的脑袋狠狠地砸了下去。那只速龙在半空中发出了刺耳的尖叫声，随后重重地摔在了地上。

意外的受伤让它尖叫了起来，它似乎无法理解这些柔弱的猎物为什么突然有了反抗的能力，也无法理解它们为什么突然长出了黑色的利爪，于是它本能地吼叫了起来，而这吼叫很快就把所有的速龙都引了过来。

“撑住！”张晓舟大声地叫着，“它们没办法伤到我们！”

从理论上说，它们的体形不可能从狭窄的天台门洞钻进来，但它们近在咫尺的嘶吼和一次次向天台门洞跳跃的尝试却依然让李洪和李彦成感到发自内心的恐惧。

张晓舟没有精力去帮助他们，他趴在天台边死死地盯着那些速龙，直到它们一只只地跑进了单元门里，但他必须确认这些该死的东西已经到了楼上，然后才能通知钱伟他们行动。

“有几只？”张晓舟大声地问道，“张孝泉？ 高辉？”

“三只！ 我们这里有三只！”张孝泉和高辉疯狂地用手中的铁棍向外捅着，他们与那些恐怖的杀手之间仅仅隔着一道网格的防盗门，虽然已经提前加固过，但在这么近的距离，他们几乎可以看到它们身体的每一个细节，甚至可以嗅到它们身上的恶臭，看到它们口中那些如同剃刀一般尖利的牙齿。它们疯狂地用爪子抓着那道看上去极其单薄的铁门，如果不是事前已经把门牢牢地固定起来，它们一定早已经冲进来了，即便是这样，张孝泉还是感觉它们就像是要把防盗门整个从墙里面拖出去一样。

他和高辉怀着对死亡的极度恐惧，疯狂地用手中的铁棍把那些钩住栏杆的爪子捅开，尖锐的铁棍在速龙的体表刺出一道又一道的伤口，这让它们越发疯狂了起来。

“李洪！”张晓舟的目光不敢离开单元门半秒钟，生怕有一只恐龙从自己的眼皮底下跑出来。

“三只！”李洪一边把手中的钢管向下乱刺，一边观察着下面。他们与那些速龙甚至连薄薄的一层隔栏都没有，这让他紧张得几乎无法呼吸。

还有一只在哪里？

会不会还在楼下的某个地方？

张晓舟焦急地大声询问着两个点的情况，终于，李洪在那三只不断试图跳上来的速龙背后看到了另外一个身影。

“我们这里有四只！”

“张孝泉！”

“还是三只！”

“钱伟！ 快！”张晓舟几乎是用全身的力气叫了出来，生怕钱伟错过了这个时机。

一单元的门被猛地打开，钱伟抬着他做好的那个用来堵门的铁架，疯狂地向二单元那边冲去！

两道门之间的距离只有不到十米，但这时候却意味着生或者是死。

钱伟抱着将近三十公斤重的铁架，却只用了不到十秒钟就跑到了那道门前。

楼上传来人们愤怒的呐喊和速龙的嘶吼，他微微愣了一下神，将手中的架子放在地上，跑进门去把李彦成之前塞住门的那块木头抽了出来。

弹簧推着单元门向外移动，然后啪的一声关了起来。虽然速龙不太可能有本事拧开这道门，但他们经过反复的讨论之后，还是决定用一个架子彻底把门封起来。

“快！”钱伟大声地叫道。老王、老孔和孙然拖着几块木板向这边跑过来，钱伟快速地把它们竖在架子前面，把之前准备好的那些预制件一一安放到位，然后把用来支撑的那几根角钢竖了起来，把那些木板牢牢地顶在门上。

仅仅是几十秒的时间他就满头大汗，老王、老孔和孙然提心吊胆地看着单元门里面，生怕一只速龙在这个时候跑下来，钱伟把所有关键点最后检查了一遍，终于大声地叫道：“好了！好了！！”

他的话让楼上的人们一下子如释重负，张孝泉和高辉迫不及待地把房门关上，将早已经准备好的大衣柜拖过来顶在门后，又把更多的家具搬过来。

张晓舟把一整袋花椒和辣椒粉的混合物往天台口下面一撒，无论是上面的人类还是下面的速龙都不约而同地咳嗽了起来。

“快！”张晓舟手握钢管守在天台口，李洪和李彦成把天台门猛地关上，然后把之前用来压住门的那个柜子快速地搬过来压在上面。

张晓舟丢下钢管向旁边跑去，和他们俩一起把早已经准备好的各种各样的重物搬过来塞在柜子里，压在柜子上面。速龙在下面重重地撞了一下，但柜子却丝毫没有动弹。

“快！”张晓舟再一次叫道。

他不知道这些该死的速龙会被他们关多久，也许是一整天，也许是几个小时，但如果它们聪明到能够把那些挡在窗户面前的家具快速地拖开，那也许他们面临的就是无处可逃的大屠杀。

正是因为这样，他们必须抓紧眼下的每一秒钟。

老常在钱伟开始堵门的时候就已经开始向隔壁的派出所跑去，前一天的晚上，他就是沿着同样的线路从那里逃了出来，他几乎可以清晰地回想起当时恐怖的场景，以及那些自己熟悉或者是不熟悉的人是怎样一个个倒下的。

但他还是奋力地把这些东西从自己的脑海中驱赶出去，快速地向证物房跑去。

之前派出所抓获了一个暴力盗窃团伙，他们所有的工具都在里面。

他刚刚打开门,钱伟就已经追了进来。

两人拖着破拆钳和液压钳向外跑,张晓舟、李洪和李彦成已经从楼顶跑了下来,各自提着几个大包,飞快地向他们这边跑过来。

“守好楼顶!注意别让柜子倒了!”张晓舟一边跑一边对老王、老孔他们叫道,他感觉自己的力气严重不够用,胸口火辣辣的,手脚也酸软无力,但求生的本能却推动着他,让他继续燃烧着自己的所有能量,“盯住所有的窗口!有什么情况就赶快大叫!”

“怎么剪?”钱伟把沉重的液压钳甩在药店的钢网防盗门前,气喘吁吁地对李洪问道。

“这里,这里,还有这里!”李洪快速地指了几个关键的地方,但他等不及钱伟,自己就干了起来。看他的手法,绝对不是第一次做这样的事情。

“你们去撬超市!”老常把破拆钳和撬棍扔在自己面前,气喘吁吁地叫道,他毕竟是五十多岁的人了,跑了这么会儿,感觉自己的腿都在发抖,整个人像是要倒下去了。

李彦成和张晓舟抓起他扔下的东西就往那边跑,他们都没有做过这个事情,动作十分笨拙,李洪在那边已经剪开了两条钢管,他看到这边的情况,急得站了起来:“就这么剪!钱伟你继续!”

张晓舟被他赶到了药店那边,他把撬棍的一头塞到超市卷帘门门锁附近的位置,身体狠狠地往下压,只是几次用力就把门锁别断了。“快!”他和李彦成一起把卷帘门拉了起来,里面一片黑暗,但他们什么也不管,抓起地上的包就往里面跑。

“购物车!”李彦成撞在什么东西上,他随即惊喜地叫了出来。

两人一路摸索着,发现吃的东西就往购物车里扔,很快就装满了一车,李彦成没命地推着它往外跑,这时候钱伟和张晓舟才刚刚把药店的防盗钢网门拉起来。

“还有一道门!”张晓舟焦躁地说道,他回头看着房子那边,孙然站在单元门口,老王和老孔站在楼上,老孔应该是看着另外一面的动静。

“让开!”钱伟大声地叫道,他抓起液压钳就狠狠地向玻璃门砸去,一下,两下,一声巨响之后,钢化玻璃门终于四散着落在了地上。

“快!你去拿抗生素!不管什么品种,越多越好!”张晓舟大声地叫道,自己向着医疗器械柜狂奔了过去。

李彦成车上的东西一路在往下掉,但他根本就没有工夫去管,他把路中间的隔离栏推开，推着车子往回跑，孙然用一个东西堵住门，跑出来接应，于是李彦成直接把车子往他那边重重地推过去，扭头就开始往回跑。

“快！”李洪推着另外一车东西也跑了出来，这个“快”字已经变成了他们现在脑子里唯一的念头。

李彦成跑进超市，看到老常正疯狂地往车上搬大米，急忙过去帮他。

“拿上那些罐头！别拿方便面！那些东西太占地方！”

身后突然传来了一连串的脚步声，两人的心都被吓得跳了出来，他们回过头，却看到三四个陌生人冲了进来。

其中一个直接就往他们这边跑了过来，老常下意识地抓住了枪，但那个人却只是抓起一袋米，拼命地向外跑去。

两人小心地推着满满一车东西向外走，这时候有更多的人拥了进来，他们看到老常和李彦成的车子时愣了一下，其中几个突然就冲了过来。

“你们想干什么？”李彦成大声地叫道，但对方却一句话也不说，手中的武器直接就向他们砸了过来。

钱伟这时候已经把两大袋抗生素送了回去，张晓舟也装了一大袋杂七杂八的医疗器械和针剂跑了回来。

“老王！”张晓舟还没有跑到楼下就大声地叫道。

“还没事！”老王在天台上大声地回应道，“还没事！”

站在这里可以清楚地听到速龙的嘶吼，还有砰砰的声音，但看不出来它们在做什么。

“一有情况就告诉大家！”张晓舟叫道。

这个计划是他提出来的，所以他的心一直都揪着，如果那些该死的东西突然逃了出来，那他们就算是拿到了再多的东西都无济于事。

就在这时，他们听到超市那边传来了一声枪响！

已经跑到路中央的李洪被吓了一跳，把枪掏了出来，张晓舟和钱伟急忙丢下东西就往那边冲过去。

这时候他们才意识到周围已经有三四十人不知道从什么地方冒了出来，有些人试图撬开路边的小副食店，但绝大多数人都在往超市这边跑。

对于大多数人来说，这里应该是他们所知道的食物最多的地方了。

有人想从超市里出来，但更多的人却在往里面挤，所有人都堵在门口，进退不得。

一些已经抢到东西的人试图把挡住自己的人挤开，而那些进不去的人却想从他们手里直接抢走那些吃的，几个人突然扭打在了一起，手中的袋子裂开，里面装着的东西掉了一地，但却没有人拉开他们，所有人都只是拼命地挤着、抢着。

“李彦成！老常！”张晓舟大声地叫道，他们根本没有办法看清楚里面的情况，也完全没有办法挤进去，李洪对天开了一枪，几个人惊恐地看了他一眼，但大多数人却在极度的混乱和狂躁之中，根本就没有意识到那是什么。

张晓舟的脸一下子变得苍白了起来，在他的计划中，根本就没有考虑到这一点。但他本来应该能够想到，没有人是木偶，当他们看到有人在楼下活动并且获得了物资补给时，他们不可能还老老实实地困守在家里。

还有更多的人在往这边跑，有些人开始捡之前李彦成掉在地上的东西，而其中的一些人则看到了路对面打开的单元门里满满两辆购物车的东西。

“李洪！你们快回去！”张晓舟大声地叫道。现在已经不能考虑获取更多的物资，而是要考虑保护好自己了。

钱伟手中的铁棍和李洪手里的枪终于让那些虎视眈眈的眼睛收了回去，但另一方面，想要搞清楚超市里面的情况却变得更加困难了。

所有人都在怒吼着，有几个人已经被打得满脸是血，一群人推着一辆装满了大米和罐头的购物车终于从超市里挤了出来，他们手中挥舞的铁棍上沾着鲜血和人的毛发，这终于让其他人躲开了。

张晓舟看到其中一个人手上挥舞着一把警用左轮手枪，这让他的心一下子提了起来。

那辆购物车出来之后，门口终于通畅了一些，而他们的收获也让更多的人急着冲进超市。

张晓舟小心翼翼地挤在人群里，终于进了超市，扑面而来的黑暗让他的眼睛一下子没有办法适应，他用力地闭了一下眼睛再睁开，渐渐看清了里面的状况。

里面的人比外面的更多，而且也更混乱，货架边上好几拨人在厮打，他们根本就没有意识到，那些可怕的猎食者只是暂时被关了起来，随时都有可能逃出来！

但在这种混乱的状况下，张晓舟知道自己说什么根本不会有人听，他大声地叫着李彦成和老常的名字，四处寻找着他们。

“这里！”他终于在嘈杂的声音中听到了老常的回答，但当他循着声音过去时，却看到李彦成满头是血地倒在地上，老常一只手捂着肚子，脸色苍白地坐在他旁边。

“怎么了？”张晓舟推开挡在自己面前的人跑了过去。

“刚才那些人……二话不说就把他打昏了……我开枪示警，却被人捅了两刀……枪也被抢走了……”老常摇了摇头，“我大概是不行了……但李彦成应该没事，你把他带回去。”

张晓舟心里一阵愤怒，他们没有倒在那些野兽的利爪下，却被本应该同舟共济应对危局的同类伤成了这样！他抬起头看着身边那些扭打在一起的人，突然第一次对未来失去了信心。

虽然预想过这样的情况，但真的身处其中，却无法理解，更没有办法让自己冷静下来。

我们真的能战胜这个世界吗？

李彦成呻吟了一下，张晓舟从旁边捡起一瓶矿泉水拧开，浇在他头上，他终于醒了过来。

“我这是……”他皱着眉头问道，脑袋上的疼痛让他的嘴咧了开来。

“帮我！”张晓舟焦急地说道。

在这里面根本就没有办法听到老王他们的声音，更不知道被困住的那些速龙是什么状况，但他很清楚，继续停留在这里只有死路一条。

李彦成从地上爬起来，用力地甩了甩头，终于清醒了过来。他的伤看上去恐怖，却不影响行动，反倒是老常，张晓舟刚刚把他扶起来，他就疼得脸都青了。

“你们不要管我了。”老常说道。

“别说这些废话！”张晓舟大声地说道，“你忍着，我已经找到缝合线这些东西了，只要回去……我一定能把你治好的！”

两人扶着老常往外走，但却不断有人从外面挤进来，他们根本就没有办法出去。

李彦成用力地推着前面的人，但对方却根本不愿让开，只是看到他一头一脸的血，吓了一跳。

外面突然传来一阵撕心裂肺的尖叫声，无数人开始乱跑，从昏暗的超市里向外看去，只见一只速龙快速地从马路上一晃而过，将前面拼命奔逃着的人从后面撞倒，随后一口咬在了他的后颈上。

外面的人像是被炸药点燃了一样，轰然一声，所有人都开始往里面挤，这倒是让门口的通行一下就顺畅了起来，张晓舟他们被人流推着，跌跌撞撞地退了回去。

街道上到处都是人们的哭叫声，张晓舟看到又一只速龙从楼上跳了下来，它似乎扭了一下脚，瘸着腿跳了两步，却顺口咬住了一个惊慌中从它身边跑过的人，从他的手臂上撕下了一大块血肉，那个人惨叫了一声，一下摔在了地上。

张晓舟感到就像有一盆冰水直接从头顶浇了下来，冷彻骨髓。现在已经不可能回到对面去了，他看到两只速龙围着对面的单元门，试图攻击躲在里面的人，好在它们很快就被周围四散逃命的人所吸引，扭头向他们追了过去。

即使是不考虑老常的状态，他们也不可能穿过这条危机四伏的马路跑到对面去，李彦成和老常身上的血腥味对于那些嗜血的动物来说就是最好的诱饵。

“我们到里面去！”张晓舟对李彦成说道。

他们搀扶着老常走到超市里面，让他靠墙坐下，张晓舟看着一分钟前还对同为人类的竞争者们挥动拳头，现在却全都像鹌鹑一样缩在角落的人们，心里已经完全恨不起来。

“想活命就帮我一把！”他大声地对着他们叫道，“用这些货架把门堵起来！”

人们面面相觑，张晓舟跑向距离大门最近的那个货架，奋力把它向超市的大门推去，李彦成明白了他的想法，急忙过来帮忙，几秒钟之后，一个人走了上来，然后是更多的人……

四五个货架被推了过来，紧紧地压在靠街的那一侧门上，把门窗都堵得死死的，所有人都松了一口气，有几个人直接瘫坐在地上，用手捂住了脸。

张晓舟这时候才感觉到自己全身的力气都被消耗一空，他退后几步坐在了老常的旁边，闭上眼睛，什么都不愿意去想。

“我们该怎么办？”有人低声地说道。

“我老婆和儿子还在等我……”有人绝望地说着。过了一会儿，有人低声地哭了起来。

他感觉有人碰了一下自己，睁开眼睛，却看到是李彦成。

他递给张晓舟几块巧克力，然后坐在了旁边，撕开包装大口大口地吃了起来。张晓舟愣了片刻，爬起来到日用品那边，拿了一大堆干净的毛巾过来，让老常压在自己的伤口上止血。

被困在超市里的有将近三十人，全都是精壮的汉子，在这种时候，也只有他们才会有勇气和体力出来冒险。抛开之前他们疯狂而又愚蠢的做法不提，他们每个人都应该是一个家庭或者是一个小团体的主心骨，但现在，他们都已经回不去了。

所有人就这样在黑暗里静静地听着外面那些人的惨叫，速龙快速地在外面的马路上跑来跑去，欢快地吼叫着，从货架之间的缝隙里看出去，可以看到它们正在低头撕咬着那些死者身上的肉，相互之间还在不断地争抢着。

一种绝望的氛围在超市里蔓延着。“死也要做个饱死鬼！”突然有人自暴自弃地捡起那些掉在地上的东西大吃起来。几分钟后，几乎所有人都开始拼命往自己的嘴里塞东西。

张晓舟冷眼看着他们的举动，他吃了几块巧克力，喝了一瓶功能饮料，感觉自己的精神和体力都恢复了一些，便站起来喂老常喝了点水。他的伤口还在流血，但看情况应该没有被刺中致命的脏器，这或许是唯一的好消息。

“让我看看你的伤口。”他对李彦成说道。

超市里有手电筒和电池，他用手电筒的光照着，查看着李彦成头上的伤口。

“还算好，不是很长，也不是很深，否则就必须想办法缝合起来了。”

“蓁蓁怎么办？”李彦成却轻轻地叹了一口气说道。抛开他们被困在这里的意外不提，整个计划的前半段其实已经圆满地完成了，但恰恰是因为他们被困在这里，最关键的步骤却没有人来完成了。

“他们应该会按照说明书给她吃药，我专门找了很多地塞米松、苯海拉明这些药，只要按说明书给她吃下去，她应该就会好起来。”张晓舟安慰着他。其实王蓁蓁的情况最好的处理办法还是肌肉注射，但他们被困在这里，还有谁能做这样的事情？他只希望钱伟他们能够果断一些采取措施。

很多时候，事情都是坏在了因为害怕承担责任或风险而什么都不做上。

“你是医生？”一名男子突然问道。

“不算，我只是稍微懂一点相关的东西。”张晓舟答道。

“能不能帮他看看？”那个男子问道。

张晓舟顺着他指的方向看过去，看到一个男子的手臂上有一条长长的伤口，里面的肉都翻了出来。

“这是怎么搞的？”张晓舟问道。

“被那些该死的混蛋弄的！”男子愤愤不平地说道，“就是弄伤你同伴的那些人！”

张晓舟过去看了一下，伤口大概有五厘米长，很深。

“必须要缝合起来。”他对男子说道。

“在这里？”

“你还有更好的地方？”张晓舟问道，“去找针、线、烈酒、碗和更多的手电筒。”

有几个人围了过来，他们帮着清理出一片空地，有人主动帮着拿起手电筒。张晓舟要的东西很快就找齐了，没有条件消毒，他只能用烈酒浸泡那枚缝衣针和棉线，然后又用烈酒冲洗他的伤口和自己的双手。

伤者疼得扭了起来。“压住他！”张晓舟对之前的那个男子说道。

他开始用缝衣针和棉线处理他的伤口，无论是他的手法还是所用的材料当然都不能与之前那个世界最差的小诊所相比，但这至少比什么都不做要好。

伤口很快就被他歪歪扭扭地缝了起来，那个伤者不断地倒吸着凉气，一句话都说不出来，反倒是之前的那个男子反复地对他说着谢谢。

“我也是第一次做这样的事情。”张晓舟说道。

事实如此，但经过这一次之后，他相信自己以后面对这样的情况会做得更好。

但这只是他们被困在这里后唯一值得一提的事情，更多的人只是颓然地坐在原地，有人甚至拿着一瓶酒坐到了角落里，很快就把自己灌得酩酊大醉。

第7章 火苗

张晓舟把所有人的表现都看在眼里。

没有一个人知道该怎么面对这样的困境，这对于大多数人来说其实一点儿也不奇怪。

他们在这场灾难来临之前从来都没有经历过这样的事情，也没有接受过类似的训练，对于他们来说，能够在这样的剧变面前不崩溃，还有勇气到危机四伏的街道上来为自己的家人或者朋友寻找食物，这本身就是很不容易做到的事情。

一个人的勇气在日常生活中很难有机会表现出来，很多人自以为勇敢，但真正面对危险的时候，他们才发现自己根本就没有直面鲜血的勇气，他们早已经习惯了安宁祥和的生活，习惯了以自我为中心，这让他们在危险来临的时候内心深处没有一种信念足以支撑他们去为了某个理由而拼命。

但更糟糕的是很多人根本没有应对危险的能力，他们早已经习惯了什么都花钱请人来解决。他们此前所生活的是一个社会分工越来越精细的世界，绝大多数产品和工作的复杂程度都已经远远超出以往的任何时代，没有人可以在有限的时间里学会解决所有问题，于是他们只能努力让自己成为某个领域的专家，帮助别人解决难题，以此谋生。同时，他们也不得不花钱请别人来帮助自己解决他们没有办法解决的其他问题。

他们或许在自己工作的领域是无人可以代替的专家，但抛开工作，他们解决问题的能力却趋近于零。

张晓舟所拥有的解决问题的能力或许要归功于他的职业生涯。

他所在的研究所的老板是个生性吝啬、古板而又苛刻的学者，更糟糕的是，他还是一个工作狂。当初和张晓舟一起进入研究所的同期生们，绝大多数都因为无法容忍他的抠门和吹毛求疵最终愤然离开，而张晓舟却因为某些理由坚持了下来。

他从不善于拒绝，于是当某个人离开之后，他便不得不时常去暂代他人的工作。这么多年下来，他客串过兽医、营销策划、行政、网管甚至是电工，加班已经是他生活中的常态，而老板最常说的一句话就是："自己想想办法！我们那个时候可不会有你们现在这么好的条件！"

从某种意义上来说，女友的离开也和他的事业有着很大的关系。在刚刚和女朋友分手的时候，他也曾因此和老板争吵，找理由闹事并且准备离开，但最终，他却还是留了下来。很多以前的同事都说他是不是犯傻，但当他在半年后就因为大量的研究成果和论文而破格晋升为副研究员时，所有人都不说话了。

其实他也曾经痛恨过老板，甚至在等待试验结果的短暂闲暇中断断续续地写过一系列以老板为原型的小故事，在故事中把老板描绘得愚蠢而又自大，一次次因为蠢笨和不通人情而碰壁，像倒霉熊一样一次次被折磨得苦不堪言。他甚至把这个故事偷偷发到了网络上，虽然改了人物的名字，但很多之前的同事显然很容易就看出他写的是谁，他们哈哈大笑的同时，也跟着他编出更多的段子去取笑和挖苦老板。

但现在张晓舟却不得不感谢他了，如果不是那些变相的磨炼，他也许也会像他现在所看到的这些人一样，面对困境束手无策。

速龙渐渐从他们可见的地方跑开了，就连那些被它们杀死的人的尸体也被它们拖到了看不到的地方。张晓舟站在门口向外观察着，街面上除了一摊摊的鲜血之外，平静得就像是什么都没有发生过，却没有人敢尝试着趁这个机会逃走，大家都清楚，它们现在也许就藏在某个他们看不到的地方，等待着他们的又一次自投罗网。

"张晓舟！老常！"对面的楼里突然传来叫喊声。

是钱伟！

"我们在这儿！在超市里！"张晓舟大声地回应着，"李彦成也在！"

对面似乎一阵轻松，然后继续大声地喊了起来："你们怎么样？"

"老常受伤了，其他都好！"张晓舟答道。

通过这样一喊一答的方式，双方最关心的问题终于得到了解答，钱伟他们知道了他们几个的情况，而张晓舟也告诉他们该怎么处理王蓁蓁的病情。但就在他们继续对话的时候，两只速龙突然出现在他们中间的街面上，很明显，它们是被喊声吸引过来的。

一只速龙甚至跑到了超市门口，它试着用脑袋撞了一下门，超市里的人们一下子惊叫了起来。

"不要再鬼叫了！"一名三十来岁的男子惊恐地说道，"你们想把大家都害死吗？"

李彦成正一肚子火气，听到他的话就要和他吵，张晓舟急忙拉住他，和他一起坐到了老常身边。

"对不起！"他对周围的人说道。

这样的想法绝不会是个别现象，既然最关键的问题已经得到了解决，那就没有必要再因此而激起众怒。

钱伟那边应该也想到了这一点，这时候也安静了下来。

大家缩在超市的深处等待着速龙离开，但它却像是看到了躲在里面的人，开始不断地尝试着咬断外面窗户上的钢条，随后它发现了已经被撬开的大门，开始试着用脑袋把那些挡住大门的货架推开。

超市里一阵混乱，大多数人都在尝试着躲到更里面的位置，之前的那个男子惊叫了起来："都是他们惹的祸！"

张晓舟终于冷笑了起来，如果外面那些速龙能够提出要求，他绝对相信身边这些人会为了自己的安全而迫不及待地把他们推出去。

现在他身边的人数虽多，却丝毫也不能让他感到安全，甚至还不如之前被困在那个小服装店的时候。

他从地上捡起一根不知道从什么东西上掉下来的钢管，向门口走了过去，李彦成稍稍犹豫了一下，捡起一根衣叉跟在他身后走了过去。

"你们想干什么？"之前那个男子惊恐地问道。

"赶走它！"张晓舟简短地答道。

四五排垒在一起的货架在那只速龙的不断撞击下已经开始摇晃起来，看到张晓舟走过来，它变得越发兴奋，动作也更大了。但就在这时，张晓舟手中的钢管狠狠地往它的脑袋上砸了过去！

“嘎——”速龙发出一声尖厉的惨叫，往后退了几步，随后越发疯狂地向挡住大门的货架撞了过来。

张晓舟早就知道会是这样，作为这个时代最顶尖的猎杀者，速龙从来都不是会被轻松吓跑的动物，之前他们设置陷阱的时候，即便是被尖锐的钢管戳中，它们也绝不退缩，反而变得越发凶猛。

但这样的表现却让那些人害怕了。

“你疯了吗！为什么要去招惹它们！”

仿佛是为了配合他们的话，另一只速龙这时候也跑了过来。

它们开始灵巧地躲闪张晓舟和李彦成从缝隙中的刺击，同时不断撞击着那些货架，很快就让它们摇晃了起来，张晓舟和李彦成不得不放下了手中的武器，用力地抵住那些货架。

身后的惊叫声越发大了，张晓舟愤怒地转过头去，看到他们就像是一群鹌鹑，正极力地躲藏在超市最深的那个角落。

他怒极反笑。“你们还算是男人吗？”他大声地对他们叫道，“如果它们真的冲进来，你们躲在那里有什么用？还不都是死！过来两个带把儿的！快点！”

这样难听的话却终于让其中的一些人醒悟过来，第一个跑来的居然是那个被张晓舟缝合伤口的人，然后是他的朋友，最后，绝大多数人都跑了过来。

他们中的绝大多数人从来没有在这么近的地方与恐龙面对面过，震耳欲聋的咆哮，刺鼻的血腥味和臭气，还有一次次的扑击。这一切都在折磨着他们，很多人只是死命地抵住货架不让它们摇晃，眼睛却紧紧地闭着。

这对于张晓舟来说却已经足够了，他早就看到了地上那被人踢来踢去的东西，在货架稳定下来之后，他快速地向它冲了过去。

一团火焰突然在昏暗的超市中迸发出来，张晓舟一手按着打火机，一手把手中那东西狠狠地透过货架的缝隙向速龙喷去，灼热的温度一下子烫伤了它，没等它意识到这是什么时，更多的火焰便向它扑了过来。

速龙身上细碎的羽毛里都是油脂，火焰一下子引燃了它的脖颈，这让它彻底惊慌了起来。它尖叫着猛地向后跳出去，重重地撞在同伴的身上，随后疯狂地逃走了。剩下的那只速龙也受到了惊吓，向着另外一个方向逃走了。

这一切发生得太快，很多人甚至都还闭着眼睛，一个站在张晓舟身边的干瘦男子忍不住抓着他的手问道："这是什么？"

张晓舟把手里的东西拿给他看。"摩丝？！"他惊讶地说道。

"没什么好奇怪的，这东西本来就是易燃易爆品。"

很多人的眼睛一下子亮了起来，之前他们争夺的都是食物，日用品的货架根本就没人关注，但张晓舟刚才所做的事情突然让他们意识到，生活中的很多东西其实都有着意想不到的用途。

有几个人马上向日用品货架那边跑去，除了摩丝和发胶，他们想到了更多有着相同特性的东西：空气清新剂、皮革清洁剂，甚至还有香水和口腔清新剂，这些东西很快就被他们哄抢一空。李彦成急了，张晓舟却走回老常身边，默默地检查了一下他的情况。

他的体温好像有点高，但身边没有体温计，他不敢确认。这是很糟心的情况，发烧很可能意味着老常体内已经开始有感染了。

"张晓舟！"李彦成对他的淡然有些不解。

"没用的。"张晓舟摇了摇头，"这些东西只有在特定的地方才有用，就算都被他们拿走了，你看他们敢踏出去半步吗？"

一个手快抢到了两瓶发胶的男子在旁边听到了张晓舟的话，他脸上原本满是喜悦的表情一下子凝固了。

是啊，这样的简易喷火器刚才的确是起效了，但它只是在这样狭小的地方有用罢了，谁敢拿着一个打火机和一瓶发胶到街上去和那些恐龙拼命？如果不是隔着几层货架，恐龙没有办法扑上来，这样的武器又有什么用？

他心里一下子变得索然无味，但好不容易才抢到的东西，他却也舍不得丢掉。

"兄弟，怎么称呼？"他在旁边站了一会儿，干脆在张晓舟和李彦成旁边坐了下来。

"张晓舟。""李彦成。"两人简单地自我介绍道。

"我叫刘玉成。"男子说道，"我住在后面这小区，四幢 702 室。"

这样的介绍当然不可能马上让他们熟识起来，但却马上减少了他们之间的隔阂，这让张晓舟觉得这个人很有意思。

“我叫翟彪。”之前请他帮忙的男子这时候和那个伤员也走了过来。

“我叫邓文辉。”

“之前那些家伙是被你们关起来了吧？”刘玉成问道。

张晓舟点点头：“可惜我们没有足够的工具和材料，没能把它们彻底关起来，只是暂时把它们困住了一会儿。”

“原来又是你们！你们这帮人，一而再、再而三地可把我们给害惨了！”旁边突然有人大声地说道，“你们真是祸害！”

张晓舟诧异地转过头，看到说话的是之前那个曾经质疑他们的男子，刚才他一直躲在超市的角落不敢出来，现在却又跳了出来。

“我不明白你的意思。”张晓舟马上针锋相对地说道，“你是想说，是我们告诉你已经安全了，让你快点下楼抢东西？”

男子被他的抢白噎住了，一下子不知道该说什么。

“刚才大家都出来拼命的时候你一直躲着连屁都不敢放一个，现在感觉安全了你倒跑出来了？有便宜你就想占，出了问题就指责别人？你有什么脸说这些话？想要表达意见，先像大家一样站出来证明自己的勇气再说！”

男子的脸一下子涨红了，他握紧了拳头，虽然张晓舟并不比他壮实，但看着张晓舟气势逼人的样子，他却站在原地不敢冲上来动手。

张晓舟其实并不是那种咄咄逼人的人，但男子的话太过恶劣，让他不得不这么做。

纯粹从推卸责任的角度来看这个事情的话，男子的指责并不是全然没有一点儿道理。如果不是张晓舟他们成功地把那些速龙关起来，并且拼命地搬东西，给了他们一种外面已经安全了的假象，被困在这里的人或许都还在家里继续躲着，什么事都不会有。

这个世界上其实有很多人都喜欢这样去考虑问题，成功了？那是我有本事。失败了？还不都是因为你！他们往往还都要加上一句：你看吧，这我早就说过了！

把责任推到别人身上永远都是最为便捷的寻找解脱的方式，甚至于，还可以和其他人一起站在道德的制高点上指责那些出来负责的人，心安理得地丢掉良心上的包袱。

平庸而又无能的人最喜欢这么考虑问题，而他们也永远不会有进步的机会。因为他们常常失败，却总是把自己的注意力和才能都用在推诿上，永远没有成长的可能。

任何一个地方都不会缺少这种人，但任何正常发展中的团队都不会容许这样的人身居高位，而任何有太多这种人的团队也必然面临效率低下、人浮于事、争功诿过的困局。

这个男人或许只是早已经习惯了在遭遇失败之后这么指责别人，但也许他自己也没有意识到，他的这些话在现在这样的时刻是很危险的，如果任由他这么说下去，处于惶恐不安中的人们很有可能会被他的话煽动误导，把眼前的困境都归咎到张晓舟他们身上。

在这人心惶惶、秩序崩塌的时刻，这很有可能是致命的。

张晓舟急中生智，果断地把人们的关注点从男子指责的内容引到了之前成功驱走速龙的事情上，把那一小撮始终躲在角落里不敢出来战斗的人与其他人区分开，而这一点果然成功地转移了人们的注意力。每一个站出来的人都感觉自己比那些人勇敢，即使只是闭着眼睛拼命抵住货架的人看他们的目光也开始不同了。

但转移矛盾并不是张晓舟的本意，他的根本目的还是想办法从这里逃出去，眼前的这群人可以说是一群丝毫没有任何组织、相互之间极度缺乏信任的乌合之众，要让他们鼓起勇气去面对危险是很困难的事情。但如果能想办法把他们鼓动并且组织起来，三十个人足够做很多事情了。

他本想再稍微等一等，在他们面对更大的压力和彻底绝望时再出来给他们指出那条路。对于乌合之众来说，那或许是唯一能够让他们鼓起勇气全力去战斗的办法。

但现在的局面却让他不得不提前站了出来。老常的情况也逼迫着他必须要这么做了。

“大家听我说！”既然人们的注意力已经聚拢在了这里，他干脆大声地说道，“事实已经证明了，那些怪物并不是不可战胜的！只要我们找对方法，它们也只是普通的野兽！它们同样怕火，同样会被我们赶走，也同样会被我们杀掉！”

有人习惯性地想泼冷水，但看着大家热切的目光，最终没有开口。

“你们想回去吗?”张晓舟问道。没有人回答,但每个人的表情就说明了一切,即使是之前被他抢白的男子也不会说自己不想逃回去。

“其实是有办法的。”张晓舟说道。

“是什么?”一个站在他面前的男子马上急切地问道。

“杀掉它们!”张晓舟答道。

有人嗤笑了起来,但更多的人却没有说话,而是继续等待着张晓舟的下文。

之前他的表现已经获得了一些人的信任,不管怎么看,一个敢于在关键时候首先站出来的人,再怎么样也比那些只会躲起来的人强。

“我曾经杀掉两只那样的恐龙。”张晓舟继续说道。

之前那个男子大声地嘲笑了起来,但他却被旁边的人重重地推了一把,声音突然断掉了。

“肯定有人觉得我在吹牛,也许在他们的想象里,杀恐龙一定要面对面,手拿武器和它们拼个你死我活。”张晓舟说道,“但我们又不是原始人! 为什么要做那种傻事?”

人们看着那个一直在质疑他的人,轻声地哄笑了起来。很多人其实一开始也本能地想要质疑,但这并不妨碍他们此刻躲在人群里笑。

“即便是原始人也知道使用工具和陷阱,难道我们连原始人都不如?”

当然不会有人自认为还不如一群猿人,有些人受到了启发,开始思考,但还是有人习惯于不动脑筋。

“别卖关子了! 要怎么干?”一个身材壮实的男子大声地问道。他脸上红红的,刚才就是他第一个拿起酒就喝,但这时酒精显然也给了他勇气。

“烧死它们!”张晓舟对他们说道。

“烧死它们?”

“对! 烧死它们!”张晓舟再一次肯定地说道。

计划其实非常简单,不过是之前那个计划的翻版,但现在有了这么多的人手,他的计划也变得更有野心了。

“我们要打通与隔壁药店的隔墙,不用太大,够一个人进出的宽度就足够了。但那边的门是打开的,所以我们必须要提前做好准备。”

“然后呢?”

“先堵住门，然后在药店里布置一个小小的迷宫，终点就在通道这里。我们要放置足够多的易燃物，然后把它们引进来。”张晓舟用掉在地上的那些东西搭了一个简单的模型，所有人都看得清清楚楚，“两头堵住，点火！”

非常简单，但之前却没有人想到。

“哪有那么多可烧的东西？”有人说道。

“隔壁是个饭店，说不定会有液化气罐。”另外一个人说道，“就算没有，桌椅板凳也够烧一会儿了。”

“饭店隔壁是个书店，再过去是个服装店，里面的东西都能用上。”还有人继续补充。这样的思路其实很容易继续发散，既然他们可以向一侧打通通往药店的通路，当然也可以打通另外一侧所有的店铺。“饭店里肯定有油，就算没有，超市里这些调和油也足够用来引燃里面的东西了。”

“干吧！”除了极少数人，绝大多数人都兴奋了起来。

“一次彻底解决它们！”刘玉成大声地说道，“张晓舟你真是天才！”

有了目标和希望之后，所有人突然变得前所未有地积极了起来。几个人开始到处寻找可以用来凿墙的东西，而更多的人则在继续完善着张晓舟的计划。

“中间的迷宫用什么来做？如果材料不过关，被它们轻轻松松就撞倒那就全完了！”

“要用足够多的桌椅相互卡死，形成足够稳定的支撑结构，一定要厚、要高！顶到天花板！不用太复杂！把中间整个堆起来！边上留下一条够那些鬼东西走的路就可以了。”

“障碍物的下面可以留一条通道，看它们的体形应该不会钻洞！我们的人可以直接从洞里钻进来。”

越来越多的细节在激烈的讨论中渐渐被完善了起来，其中当然有一些谬误，但被困在这里的人们有着各种各样的职业，每个人站在自己的角度提出几点意见，综合起来很快就形成了一个可以说是相当完善的方案。

从某种程度上来说，张晓舟之前的想法只能说是一个模模糊糊的雏形，到了现在，它才真正变成一个具有可操作性的行动计划。

张晓舟面对这样的局面既有些惊讶，又有些欣慰，这才是他希望在这个世界看到的幸存者们的样子。

对于这个全新的世界来说，颓废、逃避和麻木的等待都太过于奢侈，很可能要用生命来作为代价，要想在这个世界活下来，就必须要像现在这个样子才行！

“有了！”突然有兴奋的叫声从超市最里面的杂物间传来，很快就有几个人拿着几个锤子、起子、大扳手之类的东西跑了出来。

这只是一家最普通的社区超市，因此没有贩卖工具的地方，但店主也许是为了方便自己解决店里一些常见的小问题，在杂物间里准备了少量的工具，这对他们来说已经很好了。

有几个人开始用这些工具把货架上的角钢拆下来，虽然没有办法像撬棍那样灵活地派多种用途，但用这些沉重的东西在墙壁上打洞应该不错，必要的时候还可以作为武器。

预备要打洞的地方早已经被清理出来，有人正在墙上用记号笔把要开口的位置和大小画出来。另外一侧不论，他在靠近药店的那面墙上画了一个大概一米五高、一人宽的洞口，一个人稍微猫着腰就能快速地跑进来，但以那些速龙的体形，要通过这样狭窄而又有人手持长矛守卫的洞口应该会有一定的难度。

“这不行。”很快就有人说道。

“你说什么?!”画洞口的人不服气地问道。

提出异议的人毫不示弱地说道：“我们要搬多少东西过去你知道吗？就这么小的洞口，难道把东西都拆散了再拿过去？那还有什么用?”

“洞开得太大等会儿怎么堵？它们直接从洞里冲过来的话，谁来挡？你吗?”

这样的争执和分歧几乎发生在每一个地方，他们中的绝大多数人之前都不认识，相互之间既没有信任也没有默契，更说不上了解。更糟糕的是，其中的一些人在之前抢夺食物的过程中还发生过冲突，这样的冲突难免对现在的合作造成了影响。

另一方面，因为工具和拆下来可以作为凿子使用的角钢太少，大部分人都只能在一边看着，好不容易形成的良好氛围眼看又要被破坏掉了。

“必须有人出来统一指挥，不然我们什么都做不了。”张晓舟马上大声说道。人少、工作内容和分工简单的时候可以几个人商商量量地完成，但工作量一大，人手一多，缺乏指挥的问题马上就显现了出来。哪些人负责凿墙，如果体力不够了怎么轮换？哪些人负责搬运东西？哪些人负责清点分类？谁来指挥大家负责搭建迷宫？谁来负责监视外面那些速龙？哪些人负责最危险的部分？

“谁来指挥？你？”有人马上问道。

“我们来表决，少数服从多数，先把负责人选出来。”张晓舟答道，“想要出来负责的人简单地做一番自我介绍，说说自己以前是干什么的，都擅长些什么。这是为了行动的效率和安全，出来负责的人要清楚，我们不会有再来一次的机会，你的判断有可能决定大家能不能活着回家，这不是权力，而是很重的责任！”

他的话让大部分人都停下了手中的动作和喧哗，有些人开始默默地考虑他所说的东西，也有人就是单纯地等待着看哪些人会站出来。

“我先来吧。”看到一直没有人站出来，张晓舟当仁不让地说道，“我叫张晓舟，以前是远山生物科技研究所的副研究员，我主持过一些十几个人规模的研究工作，也短暂地管理过大概二十个工作人员、三百多头牛的畜牧场。大家都知道主意是我出的，我也愿意和大家一起尽最大的努力去完成它，把那些东西都消灭掉！”

他的话说完，李彦成鼓起了掌，但大多数人并没有跟着他做这样的动作，于是他讪讪地停下了。

张晓舟后退了一步，看着其他人。

有几个人在犹豫，但大多数人却都不愿意在这样的时候站出来负这样的责任。一两分钟之后，之前那个自来熟的刘玉成说道：“我看大家都没有意见，张晓舟就你来负责吧！”

李彦成、翟彪、邓文辉都站出来附和，其他人也没有明确表示反对，事情就这样定了下来。

张晓舟所做的第一件事就是选了几个分队长。

从被困在超市的那一刻起，他就一直在冷眼观察着周边的人，而他提出行动计划之后，他也一直在悄悄地观察人们的反应。哪些人自私，哪些人冲动，哪些人比较细心，哪些人比较勇敢，哪些人对他提出的计划热心，哪些人心存疑虑，他都一一记在心里，这时候，他很容易就把自己认为比较合适的人挑了四个出来，分别负责警戒、拆墙、搬运和搭建药店里的迷宫。

“大家考虑一下自己比较擅长什么，或者是愿意干什么，到四个分队长的面前站好，我们一会儿再来调整。”张晓舟大声地对大家说道，“每个组也不是固定的，有可能会不断地进行调整。”

这样的分组有点像小孩子玩游戏，不过好歹让每个人都找到了自己的归属，就连那个一直和张晓舟不对付的男子也犹犹豫豫地进了负责警戒的那个组。

总共不过二十七个人，其中还包括了老常这个伤员，张晓舟把自己选出来的四个分队长集中起来简单地讨论了一下，决定先集中人力把通往隔壁饭店的墙砸出一个可以让人通过的口子，然后警戒组过去查看店铺的门是否安全，留一个人在门口警戒，搬运组和搭建组随后开始寻找可用的东西。拆墙组这时候要一边继续打开通往书店和服装店的通道，一边根据需要扩大洞口。

最终警戒组的人员安排了受轻伤或者是体力不佳的四个人，每个人都要守在自己所负责的店铺门口，负责观察店门口的情况，如果遇到速龙攻击，要注意观察门窗的安全状况，并及时通知其他人逃离。

拆墙组选了力气最大的六个人，而剩下的人则平均分布在搬运组和搭建组，不过张晓舟在分组的时候还是注意把之前在讨论中比较活跃、心思比较细腻的那几个人都安排在了搭建组。

李彦成有些失落，他原以为张晓舟会让他负责一个组，没想到却是这样。

“李彦成，我另外有任务给你。”张晓舟说道。

“什么？”

“你和翟彪受了伤，就别参加这些分组了。你们俩把超市里所有吃的东西收拢一下，等饭店那边打通之后，先做一点吃的东西，让大家补充一下体力，然后把剩下的东西平均分成二十七份，用坚固易拿的袋子装好，放在那边，一会儿杀死速龙之后分发给大家。”

他说话的声音很大，故意让很多人都听到，这个安排让很多人的最后一点疑虑也被打消了。

但他的声音马上就减小了：“要尽量公平，不然肯定会引发矛盾，这事很重要，我只信得过你。”

李彦成用力地点点头，拉着翟彪开始从地上捡那些散落的食物。

拆墙组选了一个地方猛砸起来，搬运组和搭建组的人闲着没事，开始帮着李彦成他们俩收集那些掉在地上的东西。有些人犹豫了一下，把自己之前抢占的东西也交了出来。糖果之类热量高、体积小的东西当然还是有人私藏，但至少表面上没有人再这么做了。

气氛开始趋于正常，两个铺面中间是两块空心砖的轻质隔墙，比起老式的红砖墙可以说是相当脆弱，他们很快就砸出了一个口子，随后很快就扩大成了一个可以让一个人通过的口子。

“等一下。”张晓舟说道。

他的体力算不上多好，这种时候如果只是动嘴而不动手的话，好不容易维系起来的合作关系很有可能会出现裂痕，甚至崩塌，所以他坚持第一个到情况未知的区域去。

因为没有电，而防盗门又关着，黑得几乎什么都看不清，他用手电筒四处观察了一下，看到饭店里大约有十几张桌子，配着凳子，看上去很空旷。地上散落了一地的碎砖头，他小心地从上面跨过去，走到了窗口。

大概是因为觉得自己没有什么存货，被盗的可能性不大，饭店的门窗都只是普通的大玻璃，外面有一层最简单的卷帘门，但没有损坏或者是被撬过的痕迹。

这样的一层卷帘门能够抵挡住速龙的撞击吗？张晓舟对这个不太清楚，不敢妄下定论，但至少现在看起来这里是安全的。他在柜台里找到了一包蜡烛，把它们点燃了放在墙边。“没问题，进来吧！”

人们鱼贯而入，饭店里一下子被挤得满满的。

更多的蜡烛被点了起来。

“饭店里的这些酒都可以用来助燃，大家看看有没有其他工具和武器，看看厨房里有没有液化气罐。”张晓舟提醒道。他把观察的任务交给了警戒组的人，开始和大家一起到处翻找可能有用的东西。

饭店的库房里有很多酒水饮料，还有大量的食用油，冷柜里有很多冻鸡和冻肉，虽然已经停电快三天，但因为冷柜的门很厚，里面的东西又很多，竟然没有腐败，最里面的鸡腿还冻得硬邦邦的。

“给大家煮一大锅肉汤吧！”张晓舟对李彦成和翟彪说道。

蔬菜大部分都还能吃，他们准备随便洗洗，切碎了丢进大锅里去一起煮，等到差不多了再把找到的面粉随便和一和之后切成面团一起丢进去，配上保质期比较短的面包之类的东西给大家吃。

饭店里没有找到米，这家饭店大概是和很多其他饭店一样，都是有专门的地方配送做熟的米饭。李彦成本想把超市里的米拿一包过来做熟，但却被张晓舟否定了，相对来说，袋装大米的储存时间算是比较长的，没必要在这种时候就消耗掉。

另外一个收获是找到了两把可能是用来砍骨头的斧子，这东西沉甸甸的给人很大的安全感，唯一的缺点是太短了，大概不会有人敢拿着它去和恐龙搏斗，不过反过来砸墙倒是比用角钢顺手得多，尤其是在扩大洞口的时候，效率一下子高多了。

李彦成和翟彪开始用液化气给大家做吃的，洞口扩大到能够让桌子通过后，搬运组和搭建组也忙了起来，人们开始把桌椅、柜子之类的东西全部搬到已经被完全腾空的超市里去，搭建组的组长开始考虑着要怎么把它们组合成一个最为牢固的结构。

“有好多空酒瓶。”有人叫道。

“这是好东西！”张晓舟急忙过去看，更可喜的是在旁边发现了一大缸散酒，但他试验了一下，这些酒的度数大概是不到四十五度，没有办法直接点燃，只能作为压箱配重的重物和一般的助燃物。

大部分酒有着同样的问题，远山市本地人大多不喜欢高度烈酒，这使饭店和超市里能够找到的酒大多数都不超过五十度，而这样的酒是没有办法用来做燃烧弹的。那些调和油也是如此，燃点高不易气化，用来做燃烧瓶的话，大概只有砸出去的那一刻有可能对目标造成伤害，不浇在衣服或者是其他东西上根本就点不着。

但张晓舟还是把这四五箱空酒瓶和空饮料瓶小心地抬到一边放好了。

未来很长一段时间里，他们所在的这个地区都不可能有能力烧制玻璃瓶，但外面停着的那些汽车里却多多少少都能抽到汽油，这些空瓶在这次行动中不会有什么作用，但等到消灭了这群速龙，它们将成为对付大型恐龙的强有力的武器。

很快，通往书店的通道也被打通了，那边同样是薄薄的卷帘门，给人一种很不安全的感觉，但里面的书和书架都是肯定用得上的东西，他们必须要把它们都搬过来。

“我们准备把同样大小的桌子脚对脚放好，然后用绳子紧紧地捆起来，椅子也都是这样处理。中间放重物，外面放椅子，然后相互之间都用绳子捆在一起。”搭建组的分队长过来对张晓舟说道。他们一起过去看他们做好的成品，张晓舟用力地又蹬又扯，感觉很稳，不像一张孤零零的桌子，一脚就能把桌子腿给蹬断了。

“但我们没有足够的绳子。”他对张晓舟说道。

张晓舟说道：“一会儿打通服装店之后，你们可以把衣服都剪成细条拿来做绳子。”

问题不断被发现，但又很快地被解决掉，所有用得上的东西都被搬到了超市里，让这边挤得满满的。

在测量了最大的一个不锈钢柜子的尺寸之后，他们最终决定了通往药店的那条通道的尺寸。一米八高，七十厘米宽，这个尺寸也意味着，那些速龙将可以直接从这个洞口扑进来。

“这个口可以用饭店厨房里的冷柜来解决，只要提前把它抬过来，人逃过来之后直接推倒就能挡住一大半，但剩下的空间还是足够它们硬钻过来，那时候就要靠勇气了。”张晓舟看了看周围的人，对他们说道，“最危险的是堵住药店大门的那个组，但最需要勇气的是挡住这个口的这个组。”

外面那个组必须在很短的时间内把药店的门堵起来，这就决定了他们不可能准备太沉重的东西。他们现在没有钱伟那样动手能力很强的人，更没有足够的工具和材料，只能因陋就简。张晓舟选定的是饭店厨房里的那张不锈钢大桌子，它立起来足够堵住药店被他们破开的大门，用角钢顶在后面再加上足够多的人之后，应该可以稳稳地挡住大门。但问题是，即便是把那些恐龙都吸引到药店里，他们抬着这个重达三四十公斤的东西，打开挡住超市大门的货架，把它抬过去立起来，然后把角钢立在后面作为支撑，至少也需要几十秒。以那些恐龙的敏捷性，这点时间足够它们从药店里跑出来了。

要解决这个问题，就需要站在里面这个通道口的人足够勇敢，吸引着那些恐龙，让它们的注意力不被其他声音分散。更糟心的是，从第一只速龙进入药店开始，这里的人就一直要承受直面这些吃人怪兽的压力，直到最后一只速龙进来。

依照他们之前那次行动的经验，这也许要十几分钟，甚至是半个小时以上。

站在这里的人会有这样的意志和体力吗？

“直到点火之前，这里都必须对那些恐龙保持足够的吸引，不能对它们造成太大的伤害。”张晓舟继续说道，“不能让它们离开！这是整个计划的关键！”

这也意味着，站在这里的人不能用火，只能用手中的长矛和有限的防护来对抗速龙们的进攻。

这和他们之前所做的那个陷阱是不同的，那时候不论是躲在四楼的张孝泉、高辉，还是站在天台顶上的其他人，他们面对速龙时其实都没有被直接攻击到的可能性，整整六层楼的回旋空间也让冒险去堵门的钱伟等人有着足够的反应时间。但这一次，他们与速龙之间几乎要面对面地战斗，回旋的空间也更小，虽然人比之前多了，危险性却也成倍地增加了。

“先吃饭，然后我们打开这条通道。”张晓舟说道。

每个人都分到了一大碗肉、鸡、各种蔬菜、面团和面条混成的糊糊，李彦成和翟彪的作品卖相极其糟糕，但味道却出其地好。为了避免气味把速龙提前引过来，他们挤在饭店的厨房里吃完了这顿饭。

对面突然传来了钱伟的声音：“张晓舟！张晓舟！”

“我在！”张晓舟跑到超市门口。

“你们不要急，我们正在想办法！”钱伟说道。

“不要乱来！”张晓舟马上大声地叫道，“我们这里已经有办法了！”

透过货架的缝隙，他看到钱伟站在对面三楼的窗口那里。

“你说什么？！”他似乎没有听清。

“我们已经想到办法了！你们不要乱来！”张晓舟一连叫了好几次，钱伟最终点点头，表示自己听懂了。

“可以看到那些速龙吗？它们在什么地方？”张晓舟继续叫道。

站在楼上可以看到周围的动静，这对于掌握局势比较有利，但困在这排商铺里，唯一能够看到外面的地方就是这一排货架的缝隙。从用火赶走那两只速龙之后，所有的速龙就一直都没有在视野里出现过，即使是他们敲墙时发出的声音也没有把它们吸引过来。

这不禁让很多人都有了一种幻想，它们是不是已经被吓跑了？如果是那样的话，现在做这些事情又有什么意义呢？

“两只在路上，三只在小区里，其他的看不到！”钱伟的声音隐隐约约地传来。

这彻底断掉了那些侥幸派的念头，让所有人心里的最后一点杂念也消失了。

“来吧！”张晓舟点点头。

角钢重重地砸在墙上，很快，微弱的光线就从那边透了过来。

“慢慢来……不要急。”张晓舟说道。钱伟没有看到所有的速龙，那它们就有可能在任何地方。

他从一个碗口大小的洞口往那边看去，直到确认安全了之后才让他们继续。

四五个人抡圆了膀子开始大干起来，张晓舟则和几个人站在旁边，手里拿着空气清新剂之类的东西和简易的长矛，密切地注意着门那边的动静。

也许是因为在之前的那场大屠杀里已经吃饱了，没有一只速龙出现在他们的视野里。

张晓舟带着几个人快速地冲过去用一张桌子把门挡住，然后把几个柜台推了过去。

金属制成的桌脚在地上摩擦出令人恐惧的声音，一只速龙懒洋洋地出现在了侧面的街道上，但这时他们已经把药店的门彻底堵住了。

“开始吧！”张晓舟重重地舒了一口气，对他们说道。

第8章

酝 酿

药品和医疗器械全都被收走放到超市这边，这些都是未来的宝贵资源，不能在这里浪费掉，但其他的东西则全都成了巨大障碍物的一部分。一张张桌子、一个个柜子按照之前计划的那样立了起来，用布条紧紧地捆在了一起，然后便是用来压住它们的重物。一箱一箱、一袋一袋的书被搬过来压在上面，然后是所有店铺里的绿色植物，一盆盆地被搬了过来。他们甚至把所有的碗筷，所有的厨房用品，包括炉子都抬了过来，碗筷都被放在那些大锅里，沉甸甸的很有分量。那个装满酒的大缸也是如此。他们还找到了几个用来装饰的大花瓶，在里面放满了那些细小而看上去又没有用的东西，压在了本身没什么重量的桌子上。甚至连他们凿下的墙砖也被如此处理。因为觉得重量不够，他们甚至故意凿开了几道隔墙，把那些碎砖块全都用容器装好，一堆堆地压在了那个巨大的障碍物上。

一切都完成之后，药店的格局已经变得完全不同，中间是一大团用各式各样的东西做成的障碍物，充满着某种杂乱而又奇异的美感，而周边则是一条足够两只速龙平行通过的通道，它们必须要沿着外围绕一个大圈子才能来到两个店铺之间的通道，而负责搬开门口那些障碍物的人们却可以通过障碍物下面的两条小通道匍匐着爬到通道那儿，回到安全的区域。

张晓舟和几个分队长们一个地方一个地方地仔细检查着工程的质量，这和每个人的性命有关，容不得半点马虎大意。

所有人显然都意识到了这一点，整个障碍物可以说是坚不可摧，张晓舟等几个人尝试想要推动它们一下，但作为一个整体的障碍物却纹丝不动。张晓舟觉得这已经是他们在现有条件下能够做到的极致了。

人们怀着兴奋、激动而又有些惊惧的心情看着他最终点头表示认可，有几个年轻人已经欢呼了起来，但大多数人却因为目标的阶段性达成而突然感觉到了极度的疲累，什么都说不出来了。

外面的天已经开始黑了，张晓舟考虑了一下，和四个分队长商量了一会儿，最终做出了决定："我们等一个晚上。"

"为什么？"好几个还有家人在等待自己的人都叫了出来，他们是工作最卖力也最积极的那个群体，对于家人安危的焦虑是他们这样做的最重要的动力之一，这样的安排让他们一下子就不满起来。

"现在外面已经黑了，到处都是易燃物不能点蜡烛，凭借手边的这么一点点手电筒的光亮，我们根本就没有办法看清楚外面的情况。如果判断失误，整个行动就有可能因此而失败。"张晓舟答道，"而且大家都忙了一整天，精神和体力都已经到了极限，你们自己应该也很累了，你们再看看身边的人，以这样的状态怎么去和那些恐龙拼命？休息一个晚上，明天我们一定能成功！"

还有一个很重要的原因他没有说出来。在之前的大屠杀中，那些速龙已经饱餐过一顿，这有可能让它们中的一些个体变得缺乏攻击性。如果他们费尽心力做成的这个陷阱最终却只能吸引其中的几只速龙过来，那结果就会变得很尴尬：已经放进药店的速龙没有办法赶出去，但外面还有其他速龙在活动，他们就不可能冒着这样的风险去封闭药店的大门。

整个计划都有可能因此而失败。

他们必须等待，至少要等到它们稍微饥饿一些。

据他之前的观察，夜晚是那些秀颌龙活动的高峰期，速龙们捕猎的成果往往在一个晚上之后就已经被这些身材矮小但却又无比灵活的盗贼们消耗一空。这应该会让它们继续捕猎。

最保险的办法当然是在这里等上一两天，让那些速龙更加饥肠辘辘，但他们自己的食物储备都不足以支撑这样的消耗，他也没有把握能够让所有人一直这样坚持下去。他们只有一次机会，他必须把所有的不利因素都考虑进去。于是他最终决定，把行动的时间放在明天下午。

“只是一个晚上，你的家人和朋友应该不会有什么问题。”他不断地安慰他们，反复地做着解释，那些人终于平静了下来。

碗筷已经作为压舱物被放进了很深的地方，大家只好用饼干和方便面这些东西兑着饮料解决了晚饭的问题，然后寻找可以休息的地方。

好在天气足够热，这样睡在地上也不会觉得太冷。

“没剩下多少东西了啊……”他听到有人在轻声地说道。

社区超市里的东西本来就有限，之前被李洪他们运走了两车，又被弄伤老常的那帮人拖走了一车，剩下的食物被他们吃了两顿后，看上去已经没有多少了。这些食物再分成二十七份，最终每个人能够拿到的量的确少得可怜。

他已经让李彦成他们把超市里的香烟和药店里收集到的药也分成了二十七份，这些东西从理论上说在未来会成为硬通货，但就现在来看，还是让人感觉比不上那些实打实能吃的东西。

但这不是他能够解决的问题，他只能微微地叹了一口气，假装自己没有听到这样的话。

他走到了老常身边，问道：“你感觉怎么样？”

“好多了……”老常勉强挤出一个笑容。张晓舟已经给他吃了不少抗生素，但他现在感觉好一点多半还是止疼药的作用。他在持续地发低烧，这几乎是体内发生感染的明确症状，但现在的条件却没有办法医治。没有内视镜，张晓舟没有办法知道他体内是什么情况，也不可能故意扩大伤口来进行观察。对于他来说，唯一的好消息或许是内出血已经止住，重要的脏器看上去也没有被刺伤。

“坚持住！”张晓舟对他说道，“明天我们就能消灭掉那些该死的东西，然后把你送到医院去！”

刘玉成住在这排商铺后面的小区里，他们那四幢楼十二层的高度，即使是在整个开发区也仅仅是比新洲酒店和汇通国际矮一些，他曾经爬到顶楼的天台上去观察过周围的情况。按照他的描述，张晓舟已经在心里大致上勾勒出了他们身处的这个区域的状况。

新洲酒店大致上就是整个区域的中心，在距离它不远的地方有一小片建筑物完全被摧毁了，刘玉成猜测那可能就是一切问题的原因。张晓舟对他所描述的那个区域大概有些印象，那应该是一家大型跨国企业在远山的科研机构，但它没有挂牌，让人感觉有些神秘。

以那个地方为中心，整个区域大概是一个正圆，刘玉成判断这个圆的半径大概在两公里，不会超过两公里半，也就是说，整个穿越区域的面积足有十几平方公里。

而这个区域里，除了新洲酒店，另外还有几个重要的坐标点。

刘玉成最关注的是汇通国际及周边的商业区，那里旁边就是远山市最大的副食品批发市场，附近有一系列的餐馆、酒店和娱乐场所，目前来看，那里应该是整个区域食物最多的地方。但那个地方距离他们太远，只能看到汇通国际的那幢楼，其他什么都看不到。

张晓舟最关注的是地质学院和康华医院。按照刘玉成的描述，这两个区域看上去都很完整，地质学院的操场上一度有过很多学生，不知道是在干什么，他们也成群结队地在周边活动；而康华医院那边却因为被很多房子隔着，什么都看不到。这家医院并不是一家大型的综合性医院，只是一家以泌尿生殖科为主打项目的私立医院，但不管怎么想，里面医生的医术都应该比张晓舟这个半吊子兽医要强得多。眼下老常的伤势已经远远超出了张晓舟能够解决的范围，必须得把他送到那边去。

另外一个值得关注的地方则是区域内最大的城中村何家营，它的周边是一大片工厂和物流中心，还有一个大型的五金机电市场，刘玉成看到村里似乎发生过火灾，有很浓的烟，但却很快就被扑灭了。

张晓舟想起了之前曾经见过的那个香烟男，他好像自称是村里的什么人，虽然只是过了短短的一两天时间，他却连对方的名字和样貌都记不住了。

巧的是，以新洲酒店为中心的话，这四个区域差不多正好在四个角上，地质学院在西北偏西，康华医院在东北角，汇通国际在东南偏东，而何家营则在南偏西的方向，南北区域之间有一条原本通往市区的高速路，而几个点之间则散落着零零散散的居民点、工厂和单位，高速路以北的居民区比较多，但也有一大半是工厂和各种各样的单位，靠南则多半是物流城、仓库、工厂和批发市场。

他们现在所在的位置大致上是正北，夹在地质学院和康华医院这两个地标建筑物中间。

张晓舟住的地方在中心区偏东南方向，这或许是他们感到强烈震动的原因，而他遇到暴龙的位置则在更偏东南的地方，后来他一路驱车向西狂奔，直接跑到了正西方向的边缘。他遇到恐爪龙的区域则在他回家的路上，大概是中心区偏西南一点儿的位置，也就是说，整个穿越区域相对于这片陌生的土地来说大致上是西高东矮。张晓舟猜测，东南面那附近应该有恐龙可以轻松进入城市的通道。

“乍看起来最好的地方是汇通国际，但我还是看好地质学院。”张晓舟这样与刘玉成闲聊着，听到他们说的是这样的话题，旁边有许多人也聚拢了过来。

“为什么？”刘玉成问道。

“距离是一方面，如果我们要到汇通国际去，那几乎要穿过整个区域，在正常情况下走路要将近一个小时，开车也要十几分钟，现在这个情况，路上可能出现的情况太多了。”张晓舟答道，他把自己几次遭遇恐龙的经过简单地告诉了他们，“现在看起来，东南面更危险一些，这些恐龙很可能都是从那边跑进来的；另一个方面，汇通国际那个地方一直都鱼龙混杂，算是开发区里治安最差的地方之一。平时那里都经常发生打架砍人的事情，现在这个世道下，那里又是人人都知道食物最多的地方，我觉得发生什么事情都不奇怪。”

“但你也说了，吃的东西多半都在那边。”一个二十多岁的男子说道，张晓舟只记得他姓马，却不记得他叫什么了，“如果不往那边走，其他地方哪找吃的东西去？尤其是高架桥北边那一块，人几乎都集中在那一边，不往南走，吃的东西根本就不够！”

张晓舟摇了摇头：“人人都知道那边吃的东西多，人人都往那边走，你觉得自己还能分到多少？又要付出什么样的代价？地质学院这边，学生和老师受过良好的素质教育。安全性我就不说了，要说吃的东西，地质学院旁边那个食品厂你们也许知道，是做膨化食品、饼干这些东西的，那个厂的规模还可以，库存的粮食应该不会少。但粮食再多也有吃完的一天，到时候你准备怎么办？”他转头看着大家，“老实说，我从来都不担心恐龙的问题。它们再怎么厉害也只是动物，只要有合适的计划和实施的决心——就像我们今天所做的这样，它们不会是我们的对手。我们的敌人不会是它们，反而会是那些我们早已经淡忘了的东西。”

“是什么?”

“饥饿、疾病、内乱或者是其他,但不会是恐龙。我相信我们一定能征服这个世界,但如果要这样做,我们就要有长远一些的目光,而我推荐地质学院的原因也是这个。他们既有组织性,也有着继续发展下去的潜力。”

“组织性?潜力?”

“我举个简单的例子,两伙人打群架,一边全是临时在街上聚集起来的混混,而另外一边则是相处了几年的同事或者是同学,你们觉得哪一边的战斗力会更强?”

“打架的话当然是混混强。”姓马的男子说道,“学生没见过血,一个冲锋就被吓跑了。”

张晓舟被他噎了一下,但刘玉成却摇了摇头:“你说的那是重点学校的乖乖仔吧?我老家那边的技校,十几个混混拿着砍刀去学校门口堵人,结果有人到操场上喊了一声,里面瞬间冲出来上百个学生,一下子就把那些混混给揍趴下了,好几个骨折断腿的,从那以后再没人敢去那个学校门口闹事。这关键还是要看地方、看人,那些乖学生一旦被人煽动起来,天王老子都不怕!”

“是我的例子举得不恰当。”张晓舟说道,“两支部队,一支是长年累月在一起训练的,另外一支则是临时从各个地方抽调人员组成的,人员素质差不多的情况下,你们觉得哪支队伍战斗力更强?”

这当然没有什么好说的了,但姓马的男子还是有点不服气,大概是觉得他举的例子过于偏颇。

“他们本身就有学校、院系、年级、班级这样的组织,这就已经比大多数的地方都强了,只要学校里的老师别太糟糕、别太昏庸,好好地组织起来,我看目前没有哪个地方能和他们这个几千人的团队对抗;另外一方面,学校里有老师,有图书馆,有实验设备,他们本身又是地质学院,未来我们想要在这个世界立住脚跟的话,离开他们还真的不行。”

“这怎么说?”

“我不知道地质学院现在有些什么专业,但最起码,地质勘探、测绘、矿石分析这些课程应该有吧?如果运气好的话,他们也许还会有化学、冶金、林业或者是农学方面的课程,我们城市里的资源总有用光的一天,但有了他们,就有继续发展下去的希望。”张晓舟之前和高辉闲聊的时候就说过类似的话，他或许是个乐观主义者，又或许，他始终没有把恐龙看成是很大的威胁。在他看来，即使是没有了政府的存在，经历一段不长的混乱和无序之后，必然有人会站出来收拾残局。这是人们的天性决定的，而在这样的地方，人们在遭遇眼前的困局时，会更加渴望有一个英雄或者是枭雄出现，带领大家走出去。

张晓舟本质上还是一个知识分子，他当然希望拯救大家的是一个英雄而不是枭雄。

他的话有些人赞同，但也有很多人没有听进去。但张晓舟本身也没有指望自己随随便便说几句话就能影响到其他人的想法，每个人对于现实和未来必然都有自己的认识和判断，他只是希望，自己能够帮助更多人做出更理智也更正确的选择。

“睡吧。”他对其他人说道，“今天真是够漫长的了，而且我们明天还有一仗要打！”

为了缩小警戒的范围，他把人都集中到了超市里，把两个通道都堵了起来，同时在几个关键的地方都放了会发出声音的东西作为预警。张晓舟和大家商量之后，安排了四组值夜的人员，三个小时轮换一次，以免明天需要战斗的时候没有足够的精力和体力。

大多数人虽然早已经疲惫不堪，却始终睡不着，白天忙碌时脑子里空空的什么都没有想，反倒没有那么恐惧，但夜晚安静下来之后，白天时那些人被速龙追逐屠杀的景象终于又回到了他们的脑海当中，直到深夜，张晓舟都还听到有人在睡梦中惊恐地叫了出来。

“我们真的能赢吗？”李彦成来叫醒张晓舟换班的时候突然轻声地问道。

这时候已经是半夜了，外面有许多秀颌龙在黑暗中跑来跑去，远处还有更多怪异的声音，时刻提醒着他们这个世界已经变得极其危险。

张晓舟愣了一下，李彦成整个白天都站在他这边，无条件地支持他，张晓舟一直认为他是对这个计划最有信心的人，但他没有想到，他竟然一直在想这个问题。

“当然！”他对李彦成说道，“明天晚上你就能看到蓁蓁了，我向你保证！去睡吧！别想那么多了。”

闷热的天气一直持续着，很多人很早就醒了，张晓舟一直在透过堵住门的那些货架观察外面的动静，天蒙蒙亮的时候，他第一次看到了速龙的踪迹，两只速龙懒洋洋地从超市门口的道路上走过,似乎是在巡视着自己的领地,这让他对于今天的行动终于稍稍有了些信心。

正常来说,速龙这样的大型猎食动物的活动区域应该会很大,就像是南美洲丛林中的美洲虎,领地范围可以从五平方公里至五百平方公里不等,但或许是因为发现这里有着丰富而且容易捕捉的食物,这群速龙却一直停留在这里,大有赖在这里不走的意思。

“但你们的生命将会在今天终结了。”张晓舟轻声说道,“就算是到了恐龙时代,人类依旧是食物链最顶端的猎食者,而你们很快就要用自己的生命去印证这一点。”

人们陆陆续续起来了,张晓舟让李彦成去把属于自己的那一袋食物打开分给大家作为早餐。李彦成有些不情愿,张晓舟笑着拍了拍他的肩膀说道:“只要能赢,再多的食物我们也能想办法弄到;但如果输了,那留着这些东西又有什么意义?去吧!”

这样的小插曲没有多少人注意到,几乎所有人的注意力都集中在了即将到来的行动上,有几个人把分给自己的烟拆开点燃,很快,超市里就全是烟草燃烧的味道。

简单地吃过早餐之后,张晓舟让几个分队长把人员都集中了起来,向他们说明即将到来的行动。

所有人员将会被分成两组,第一组将负责守在超市和药店之间的那条通道口,他们的使命是打开堵住药店大门的障碍物,把所有速龙吸引进来,并且将它们持续地吸引在通道口。在这个过程中不能使用火焰或者是其他东西驱赶速龙,只能凭借手中用钢管和角钢制成的简陋的长矛去与它们周旋,以确保第二组的安全。这个过程有可能需要持续十几分钟甚至更长,这要求这个组的成员们除了充沛的体力,还要有坚定的意志。

而第二组将在所有速龙都被吸引开之后,快速地移开挡住超市大门的所有货架,将已经准备好的那张不锈钢桌子搬到药店门外,并用它和其他辅助物品把药店的门彻底封住。这个组的成员将有几十秒的时间直接暴露在毫无防护的空间里,如果有任何一只速龙被他们的动作吸引,跑出了药店,他们将必须以手中可怜的武器面对速龙的攻击。

张晓舟用药店里发现的医用酒精制作了十几个燃烧瓶,迫不得已的时候,他们可以用这些武器自卫,但这很有可能意味着任务的失败。

“如果有速龙往外跑，第二组可以先用燃烧瓶引燃药店门口的那片区域，把它们逼回药店深处。”一名分队长说道。

大家都点头表示赞同，不然第二组的行动就太过危险了。

“我的想法是，我们二十七个人里，除去受伤无法行动的老常，其他人都要参与行动。”张晓舟说道，“第二组不需要太多人手，有八个志愿者就可以了，人太多也不起作用。剩下的人全都作为第一组，分成几组轮换补位，确保有充沛的体力和坚定的意志去和它们周旋。”

这样的安排没有人表示异议。

“我想大家都清楚，我们马上要做的事情不是为了别人，而是为了自己！是为了那些我们所关心的人！”张晓舟说道，“我不想骗大家说计划是安全的，不想告诉大家什么危险都没有，这不可能！但我可以保证，我自己会站在最危险的地方，参与最危险的行动，并且坚持到底！如果有必要，我也会牺牲自己的生命去确保任务成功！你们要明白，我们没有第二次机会！任何人的犹豫或者是迟疑都有可能导致计划失败，而那一旦发生，现在站在这里的人大多数都会死掉！我们没有别的退路！没有别的机会！你的胆怯会害死所有人！大家一定要牢牢地记住这一点！但大家更要记住，如果我们的计划成功了，我们这个区域都很有可能变得安全！我们将有可能从躲藏的地方走出来，我们将会有机会找到更安全的地方、更多的食物！我们将会活下来，我们的家人和朋友将会活下来！”

气氛沉闷得可怕，之前那种乐观的气氛像是完全消失了，取而代之的是一种毅然决然的悲怆。

“现在已经没有必要再设什么负责人了。”张晓舟说道，“我志愿加入第二组，有谁愿意和我一起？”

“我！”李彦成第一个站了出来，但随后场面冷淡了下来，有几个人显然犹豫不决，话在嘴边却一直吐不出来。

张晓舟有些失望，他原以为会有很多人热血沸腾地站出来，但现在，想要凑齐八个人看起来都是一件很困难的事情。

“算我一个。”终于，第三个志愿者站了出来，那是搭建组的分队长，随后，拆墙组的分队长也自愿站了出来。

“我们还需要四个人。”张晓舟看着站在自己周围的人们，他热切的目光从几个他原本以为会勇敢站出来的人面上扫过，但他们却把头低下了。愿意卖力和愿意卖命的差别在这个时候终于体现了出来，不管之前说得多好，真正需要面对死神的时候，他们却迟疑了。

“王项志！你他妈的也要当㞞包吗？”拆墙组的分队长突然对着队伍里的一个男人大声地怒斥道，“亏我把你当成是兄弟！”

“老李，我不是不敢，但我还有老婆和儿子，我要是死了他们怎么办？”那个男人缩在人群里无力地回答着，“我真的不能死啊！”

“我还有老娘……”

“我女儿还小……”

几个张晓舟原本看好的人像是找到了宣泄的口子，跟着他把自己不能站出来的理由都说了出来。

“我真是看错你们了！”老李愤怒地说道，“站出来就会死吗？好好好！你们都不能死，我们四个就活该去送死！四个就四个！看我们死了之后你们是不是就能活下来！”

他的话让那些人沉默了，过了一会儿，其中一个人对旁边的人说道：“我们俩是住一幢楼的，要是我死了，你能不能帮我照顾我老娘？”

那个人愣了一下，随即用力地点了点头。

“你可别骗我，我就是死了也会在天上看着你！”

“你放心，除非我死了，不然她老人家一定好好的！”

“那算我一个吧。”这个人终于站了出来。

他的做法让更多的人犹豫了起来，最后，仿佛是挤牙膏一样，他们终于凑齐了八个人。

李彦成一脸的愤然，而张晓舟则又被好好地上了一课，他不得不承认，自己以前对于人性的看法还是太浅薄了。

“我们不会死的。”他对自己身边的人说道，“只要我们阵脚不乱，大家一起全心全意地干，我们一定会成功的！”

任务已经说得很清楚，两个组各自开始进行准备工作。张晓舟他们这边拿到了绝大多数的燃烧瓶和四根用水管改成的长矛，还有几瓶可以用来作为简易喷火装置的杀虫剂。

他们在超市里预演了好几次堵门的动作，张晓舟认真地计算了距离，从跑出去到把桌子立起来堵住门口，一共只需要十一秒钟。

“这太慢了，还要再快一点。”张晓舟继续思考着什么动作可以简化，他从来没有像现在这么投入地去想一件事情，在做科研的时候，他经历过无数次失败，也收获过许多次成功，但这次和那些时候都不一样，那时候失败了还有重来的机会，而这一次，失败了很可能就意味着死亡。

“我们的步调还不够协调，因为李彦成的个子太高。”他终于看出了问题，但换人之后，也不过提前了两秒罢了。

“这不行。”张晓舟忍不住咬起了手指甲，“这是最理想的状况，真的执行起来，我们的速度只会比这个更慢。”

八个人把整个流程翻来覆去地试验了很多次，但不管怎么努力去练习，这个过程也没有办法再继续缩短了。

“如果不能缩短我们堵门的时间，那就要想办法延长它们反应的时间。”张晓舟说道。

但第一组这边却没有办法控制速龙的举动，他们所做的练习是负责开门的人要怎么快速地逃回来，接应的人要怎么形成矛阵，哪些人负责大声叫喊吸引速龙的注意力，哪些人负责用矛阵把它们挡在外面，轮换的时候要怎么走位才不会造成空当和混乱。

“我们增加一个动作。”李彦成这时候出了一个主意，“第一个出去的人什么都不想，直接把一个燃烧瓶扔在药店里面。动物都怕火，它们应该不会马上就迎着火焰冲出来，这样一来，就有可能争取到几秒钟的时间了。”

这看起来是唯一的解决之道，于是他们的动作最后进行了调整。

在速龙都进入药店之后，八个人先一起小心地把挡在超市门口的货架移开，留下最后一个货架之后，两个人负责把它搬开，李彦成第一个拿着已经点燃的燃烧瓶出去，把它扔在药店门口，引燃药店门口的那个区域，张晓舟他们四个人跟在他身后把桌子抬出去立起来，这时候另外一个人拿更多的燃烧瓶出去，进一步保证安全，然后之前抬货架的那两个人把长矛带出去，分给其他人。

整个过程需要十四秒，这个速度已经是他们能够做到的极致了。

“大家一定不要慌！要相信其他人！”张晓舟不停地对他们说道。

“你们准备好了吗？”第一组选出来的临时负责人问道。

“好了。”张晓舟他们都点了点头，他们的行动离开始还有一段时间，正好可以用来休息。

“那我们就……”那个人的表情看上去很紧张，他深深地吸了一口气，快速地走回了那个通道口，“开始！”他低声地说道。

第一组的成员们开始把他们手头收集到的各种酒水和油脂泼洒到药店的各个角落里，强烈的气味马上就从隔壁涌了过来，张晓舟忍不住开始有些担心，速龙们会不会因为这样的气味而拒绝进入药店？

人们先后撤了回来，只留下四个人准备把挡住药店大门的障碍物搬开，一些人站到了那个大冰柜的后面，随时准备把它推倒来挡住洞口，而另外一些人则握紧了手中简陋的长矛。

洞口太小，站在这个地方看不到隔壁是什么情况，但张晓舟可以看到所有站在第一排的人表情都很紧张。他可以听到柜台在地上滑动时发出的刺耳的摩擦声，那时候他们都怕堵住门的东西不够沉重，但现在，搬开它们所要付出的努力却让所有人都感觉太大了。

他们演习的时候并没有考虑到这一点，这让一组的人开始有些焦虑了。

隔壁的动作突然停下了，站在超市门口一直观察外面的李彦成也“嘘”了一声，所有人都忍不住放低了身体。

一只速龙从不远的地方经过，但它似乎对刚才发出声音的地方并不在意，它东张西望着，沿着街道慢慢地走了过去。

所有人等待了差不多半分钟，直到它的身影彻底消失在视野里，隔壁的声音才又轻轻地响了起来。

李彦成和张晓舟都在小心地观察着外面，但有四层货架挡着，从他们这个地方能够看到的范围极其有限。

“快、快……”他听到第一组的临时负责人小声地不断重复着。

一开始的动作可以慢，可以在确保安全的情况下再动手，但随着挡住大门的那些东西被一点点搬开，他们的动作就必须尽可能地快，因为挡住门的那些东西已经没有办法确保安全了。

张晓舟尽可能将自己的注意力放回到自己的任务上，他在脑海中一遍遍地回放着之前演练的整个流程，就在这时，隔壁突然传来了一阵玻璃碎裂的巨响！

有人惨叫了起来！

那只从他们面前过去的速龙突然快速地从侧面冲了过来，狠狠地撞在它面前的那些货架上，张晓舟和李彦成吓得死命地抵住货架，一个人浑身是血地从那个通道里跌跌撞撞地爬了进来，随后是另外一个，但却没有其他人了。

好几个人的身体都颤抖了起来，张晓舟感到自己身后的冲力一下子消失了，他回头看去，之前冲撞着货架的那只速龙长长的尾巴在货架上抽了一下，消失在视野里，血腥味伴随着咯吱咯吱的嚼碎骨头的声音随即从隔壁传来。

那个冰柜被狠狠地推在地上，许多爪子在地面上摩擦的声音从药店门口的方向传来，然后是什么东西重重地撞在药店中间那个障碍物上的声音。人们因为恐惧而大声叫喊了起来，很快，第一只速龙的身影便出现在了通道口那里。

张晓舟已经不是第一次面对这样的景象，但大部分人却从来都没有在这样的距离以这样的方式面对过吃人的猛兽，之前演练好的矛阵中，至少有三四个人已经逃离了那个地方，速龙被不算尖利的矛尖扎了一下，愤怒地退了回去，随即大声地嘶叫起来，这时候，原本准备第二批补上的执矛者们才醒悟过来，匆匆忙忙地填补了那些空缺。

“你们在干什么！”他们大声地指责着那些逃走的人，那些人里面不乏之前信誓旦旦、勇气十足的人，但在近距离目睹两个人瞬间被撕成碎片之后，他们身体里不多的那一点勇气突然就烟消云散了。有几个人愤怒地过去想把他们抓起来，他们却死死地缩在角落里，把手里的武器也丢掉了。

“我真的不行！你让我干什么都可以，别让我干那个！我真的做不了！”其中一个人竟然哭了起来，死赖在地上，怎么也拖不起来。

第二只速龙出现了，它小心地试探着，寻找着攻击的机会，随后是第三只。之前他们在搭建这个障碍物的时候留下的空间并不足以让三只速龙并排站立，于是它们相互之间撕咬了一下，似乎是在抢夺着咬第一口鲜肉的机会。

一只速龙突然像眼镜蛇那样猛地弹了过来，这让所有人都吓了一跳，好在他们的矛阵一直立在那里，它的利齿几乎碰到了立在最前面的那根钢管，然后又猛地收了回去。

它在进行试探和恐吓！

“有几只了？”张晓舟大声地问道。

一切似乎都在向着失控的方向发展，第一组有三四个人已经完全失去了战斗的意志，而那两个从隔壁逃过来的人到现在都还没有缓过神来，剩下的人已经完全忘记了之前的演练，他们全都紧紧地握着手里的长矛，像一群在极寒天气相互取暖的动物那样紧紧地挤在一起。

张晓舟丝毫也不怀疑，他们很快就会在这样的恐惧中消耗掉所有的勇气和体力。

第二组的行动变得至关重要了！

“进来几只了？”他大声地问道。

但那群惊恐的人像是没有一个人听到他的声音，更没有一个人回答他的问题。

第9章

烈 焰

张晓舟不得不自己跑到洞口那边去看旁边药店里的情况，但那里已经挤得满满的都是人，他根本就什么都看不到。

张晓舟一把抓住了第一组的那个临时负责人，将他硬生生地从人群里拖了出来。

“想办法让大家平静下来！”张晓舟大声地对那个人叫道，但他的动作已经变得僵硬，表情木然，很明显，就连他自己都已经被吓住了。

张晓舟不得不重重地在他脸上抽了一个耳光，这才让他清醒了过来。

“你……张晓舟你疯了吗？你干什么！”他用手捂着脸叫道，火辣辣的疼痛终于让他的思维从那几只咆哮着的速龙身上暂时转移了过来，开始能够进行一些正常的思考。

“清醒一点儿！”张晓舟大声地对他叫道，“这样下去不行的！你得让大家从恐惧中挣脱出来！”

“我知道，但是……”那个人这时候终于看到了同伴们的表情，任何人都能看出来，这样的状态距离整体崩溃也不过半步之遥了。

“把他们拉出来！但不要急，一个个来！”张晓舟对他说道。

他很担心自己把某个人拉走之后会引发突然的恐慌和崩溃，所以他口中一直持续不断地大叫着：“对！就是这样！坚持！把他们赶回去！对！就是这样！”两人把那些动作和表情都已经完全僵硬的人从第一线拉下来，想方设法让他们清醒过来，然后又把他们推回去。

“叫出来！”张晓舟大声地对他们说道，“大声地叫出来！”

大声的喊叫可以有效地把他们心里的压力和恐惧释放出来，也可以继续吸引那些速龙的注意力，在这个时候绝对是一个行之有效的办法。

因为过于紧张，很多人只是下意识地听着耳边的叫声，甚至没有意识到身边的人已经离开了，几分钟内，几乎所有人都被拉出去了一次，队伍的紧张情绪终于稍稍平息了一些。

“你不要再上去了，你就站在这里，用你最大的声音鼓励他们！你要观察那些速龙的情况，更要观察我们自己人的情况，谁坚持不住了就马上把他换下来！”临时负责人有些仓皇地点了点头，张晓舟继续对他说道，“现在能看到四只速龙，你只要一发现它们的数量有变化就马上大声地告诉我！明白吗？”

两个人死去，逃回来的那两个人则完全崩溃，到现在都还只是缩在角落里，而那四个屃包虽然毫发无损却也派不上用场，本来算得上充足的人手一下子就变得捉襟见肘，以至于他们只能留出两个人作为预备队进行轮换。

“刚才那只是意外！一切都还在我们的掌控中！不要惊慌知道吗？”张晓舟大声地对第一组的成员们叫着，给他们打着气，他们都在点头，但他却不知道究竟有几个人真的把他的话听进去了。

“已经有四只速龙进入了陷阱，我们得开始做准备了。”他走回第二组这边说道。

他们没有看到那两个人被生生吃掉的惨状，只是听到他们的惨叫声，这让他们看上去比第一组的那些人多少要好一些，但那两个人的死却让他们对于自己将要面临的情况产生了更大的恐惧。好几个人的脸色都变得极度苍白，好在他们还坚持得住，没有突然撂挑子。

“大家重新说一遍流程！”张晓舟知道自己必须马上让他们的脑子里装上一些别的东西，让他们一直这样想下去，所有的勇气或许都会迅速流失掉。

几个人脸色惨白地复述了一遍，张晓舟不给他们思考的机会，马上带着他们开始搬开挡住大门的那些货架。

“是不是要再等一下？”李彦成低声地说道。

不久前发生的事情就是前车之鉴，万一他们把这些东西搬开之后，突然有速龙扑过来呢？

“我们不完全搬开，还要剩下两个。”张晓舟说道，“八个人一起紧紧地顶着它，而且还有东西支撑，它们进不来。我们总要做这些事情，现在做，更有利于我们等会儿的行动。”

“又进来一只！五只了！”通道那边传来一声叫喊。

张晓舟大声地答道：“很好！你们做得很好！坚持下去！我们马上就要胜利了！”

一阵巨大的冲力突然从手臂上传来，一个青绿色的身影突然重重地在货架上撞了一下，第二组的成员们忍不住惊慌地叫了出来。

“稳住！”张晓舟大声地叫道。

又一次撞击，不知道是不是因为吃人怪物也听到了里面人们的叫喊声，那两只速龙偏偏就是不进入药店，而是不断地尝试着攻破这个地方。

第一组的人还没有发现这个情况，他们正全神贯注地对付着自己面前那些吃人的怪物，根本无暇去管其他地方的情况，那几个胆小鬼却惊恐地尖叫了起来。

“闭嘴！不然我就杀了你们！”张晓舟暴怒地瞪着他们，他目光里强烈的杀气甚至超过了恐龙的威慑，让他们立刻安静了下来。

“坚持住！它们马上就会到药店里去了！”他低声地鼓励着自己身边的人，就连他自己也开始对前景产生了怀疑，但不管怎么样，事情已经进行到了这个份上，绝对没有中止的可能了。

今天在他们和这群恐龙之间只会有一方会幸存，而他将会用尽自己所有的力量去争取胜利。

第一组那边又发出了一声惊慌的叫喊，速龙再一次试探性地发起了攻击，其中一只速龙做出攻击的样子把那些长矛手的注意力都吸引过去，另外一只却突然从侧面咬住了一支长矛，用力地向外扯，那个人一下子失去了平衡，如果不是身后的人猛地拉住他，他也许就一下子向前栽出去了。

那支钢管制成的长矛被速龙抢夺了过去，但它很快就把它吐出来扔在了地上，体形最大的那只速龙大声地嘎嘎叫着，似乎是在嘲笑这些徒劳挣扎着的猎物。

与它们生活在同一个时代的大多数草食恐龙都已经进化出了一定的防御能力，

角龙、甲龙和剑龙属的动物不用说，就算是鸭嘴龙和现在已经比较少见的禽龙都在前肢部位进化出了可以用来挥击抵抗的骨钉。与那些有着巨大杀伤力的猎物相比，这些弱小而又美味的食物这样微弱的抵抗完全算不上什么威胁。

它们经常会像现在这样与猎物长时间地僵持着，不断地用试探性的攻击和嘶吼吸引猎物的注意力，消耗猎物的精力和体力。但只要猎物们稍稍露出破绽，任何一次试探性的攻击就会马上转为致命的攻击。它们尖锐的爪子和利齿只要抓住一个机会就能够在任何动物的身上瞬间制造出可怕的伤口，而那通常都会迅速瓦解猎物逃亡或者是抵抗的意志，让它们成为任由其宰割的活生生的肉块。

眼前的这些猎物已经被困在了这个古怪的山洞里，在这只速龙的眼里，他们都已经是即将到口的食物了。

它再一次大声地咆哮起来，这时候，那两只一直在外面对超市的大门进行攻击的速龙终于放弃了继续进攻，掉头向药店跑了进去。

“第六只！第七只！它们全都进来了！”一声歇斯底里的大吼，因为过于激动，他的喉咙甚至已经叫破了。

“李彦成！”张晓舟决定抓住这可能是唯一的机会。

李彦成的手抖了一下，直到第二次才点燃了酒精瓶外的布条，他把另外一个酒精瓶也点燃，对着张晓舟点了点头。

“开始行动！快快快！”张晓舟马上大声地叫道。在他的催促下，第二组的成员们终于战胜了恐惧，跟在他身后跑向了那张不锈钢桌子。

货架被猛地拖开，李彦成不由自主地颤抖了一下，但他还是马上向前跨出一大步，从昏暗的超市里冲了出去。

灼热的阳光刺痛了他的眼睛，这是他们所没有预想到的不利因素，但他只用了很短的时间就克服了这个干扰。眼前就是药店的大门，他们之前已经反复测量过，两者之间的距离是六米三，以他的步幅，只要两秒钟就能冲到那里。他可以感觉到手中那两个玻璃瓶上传来的热力，似乎正在无声地催促着他。

身后传来了急促的脚步声，经过多次演习，他很清楚那是张晓舟他们抬着那张沉重的桌子跑出来的声音。

他不再迟疑，向着药店直冲过去。

从药店里面传来了人类和恐龙的嘶吼，他用力地把手中的玻璃瓶向店门里砸去，一团火马上燃了起来，但比他们所预料的小得太多了。

李彦成愣了一下，这时候，一个青绿色的庞大身影突然从药店深处快速地向这边冲了过来！

“让开！”张晓舟已经看到了那个身影，但他们现在已经没有任何调整的机会。他大声地提醒着挡在他们前进道路上的李彦成，同时对身边的同伴们叫道：“撞它！”

它微微屈起四肢，绷紧了肌肉，准备迎接一次激烈的冲撞。

火焰却在这个时候突然猛地跃了起来，那些被胡乱扔在门口的蘸满了调和油和之前那两个牺牲者鲜血的衣服与布料直到这个时候才终于被点燃，那个青绿色的身影在即将冲出药店大门的时候突然在高温和灼热的火苗前迟疑了，随即本能地向药店里面逃了进去。

张晓舟绷紧的心终于彻底落了下来，这时候，负责支援的三个人也赶到了，他们用角钢迅速在地上形成斜撑，然后从旁边的一个小洞里把点燃的酒精瓶一个个扔了进去。

“动手吧！”张晓舟有些疯狂地对着药店里面叫道。

早已经濒临崩溃的队伍终于放松了一些，几团蘸了油的衣服被迅速点燃，从人们头顶的空隙向药店里扔了进去！

火焰从它们落地的地方迅速向周围蔓延，那几只速龙终于第一次惊慌了起来，它们试图从眼前的洞窟里硬穿过去，但那里面却喷出了更多的火焰，它们随即向这个古怪洞窟里还没有着火的地方迅速逃去。

更多的火球被扔了进去，人们随即把那些倒在一边的货架拖过来堵在通道口。

浓烟从那个洞口不断地往外冒，让他们没有办法看清楚里面的情况，只能死死地抵住那些货架，防止那些速龙从这里逃出来。

十几秒后，他们终于听到了速龙尖厉而又痛苦的嚎叫。

火势渐渐大了起来，一开始燃烧的或许是那些泼洒了油料和酒水的衣物，但很快，当中间那些桌椅、柜子和整箱整箱的书燃烧起来之后，火势终于开始变得不可收拾。七只速龙在火场中拖得长长的凄厉的尖叫声令人心里发怵，虽然大家心里很清楚它们是杀死了许多人的凶手，但它们这样活生生被烧死还是让所有人都感到很不舒服。

它们甚至没有尝试着跨越火场从两个出口逃出来，速龙身上沾满了油脂的短毛让它们迅速被引燃，很快就呜咽着倒毙在药店里面。

但更可怕的是从燃烧的药店中冒出的滚滚浓烟，所有人都被呛得连连咳嗽，几乎没有办法呼吸。

“撤！快点撤！”张晓舟不得不大叫起来，“快点弯着腰跑出来！”

他们这个组的人还好一些，第一组的人有的已经被火场中那些化学物质燃烧后所产生的毒烟熏得喘不过气来晕了过去。据说在现代火灾中大多数的死者并不是死于烈火，而是死于各种装修材料、家具燃烧后所释放出来的烟雾。

人们连滚带爬地往外逃，张晓舟匍匐着重新爬进去，抓着老常的衣服把他往外拖，其他几个人也学着他的样子，把被烟熏昏的那几个人拖了出来，转移到了远离火场的地方。

几乎就在他们从那里逃出来的同时，一阵剧烈的爆炸突然在火场中心发生，强大的气流把药店残存的玻璃全部震碎了，火焰和各种各样的家具碎块四处飞舞，把所有人都吓了一跳。

“是液化气罐。”有人惊魂未定地说道。

好在他们总共也只找到一个液化气罐，否则的话，以它此刻所呈现出来的威力，想必把整排铺面掀翻也不是什么问题。

张晓舟忙着给那些昏迷不醒的人做人工呼吸，终于把他们一个个都弄醒了。

火焰越烧越大，浓烟呛得他们只能远远地躲开，钱伟等人早已经打开单元门跑了出来，张晓舟筋疲力尽，坐倒在马路中间，对着他们笑了笑，摊开双手直挺挺地躺在了地上，而一直牵挂着王蓁蓁安危的李彦成则直接冲上了楼。

“你真的做到了……”钱伟忍不住说道。

张晓舟其实在第一次设置陷阱的时候就和他说过这样的构想，把那些速龙引到某个地方放火烧死，但那个时候他们既没有人手，也没有这样做的条件，更没有办法灭火，如果把速龙引到他们所在的房子然后点火，最终的结果也许只是引火烧身，最终两人只是把这当作一个看起来有些可笑的狂想。

但钱伟却没有想到，仅仅是一天之后，张晓舟就把这个想法变成了现实。

对于在场的所有人来说，这七只速龙的死当然很重要，这意味着他们这个区域从此以后变得安全了，他们可以有更多生存的选择。但更重要的一点是，他们终于彻底接受了张晓舟的说法："恐龙其实是很容易被杀死的东西。"

它们当然很可怕，但他们可以用这样的办法简单地杀死原本看起来不可战胜的速龙，张晓舟曾经遇到过的恐爪龙自然也不在话下。就算是遇到了真正位于白垩纪食物链顶端的暴龙或者是棘龙，那又怎么样呢？在这个城市之中，终究人类才是真正的主宰。

那些庞然大物始终只是动物，它们怕火，惧怕刀箭和弓弩，会被巨石砸死或者是落入深深的陷阱当中。人们甚至可以从身边那些各种各样的合成物质中设法提取出有毒物质来毒害它们。亲眼目睹了这样的成功，甚至曾经作为这个行动的一部分，他们再也没有了最初时的恐惧。

"我们那些吃的东西！"有人突然叫了出来。一切都发生得太快，那些被整理分成二十几份放在一边的食物都被遗忘在了超市的角落里，但烈火已经侵蚀到了超市这一边，浓烟正不断从他们曾经躲藏了将近二十个小时的地方冒出来。没有人会在这种时候为了那些食物而去冒生命危险，即便是那个发出这声惊叫的人，也只是有些惋惜地摇了摇头。

"这火……张晓舟，我们现在该怎么办？"有人习惯性地问张晓舟。

经过这一系列的事情，他的判断力和行动力已经被绝大多数人看在眼里，他的知识是很渊博，但却偏得厉害，没有多少现在最稀缺的机械和建筑的常识，论动手能力和体力也只是中等水平，但看着他所做的那些事情，很多人开始不知不觉地接受"他说的话应该没错"这样的想法。

"还能怎么办？"张晓舟摇了摇头。他之前就想过这样的问题，火一旦点起来，在已经没有了自来水和消防队的情况下，几乎没有扑灭的可能性，"这些铺面没有和后面的房子连着，火势应该不会蔓延……现在只能等下雨或者是等它自己熄灭了。"

一阵风从旁边吹过来，黑烟直接把后面的房子给罩在了里面，有几个家在里面的人明显担心了起来。

"火应该不会烧过去，但这烟……"这是张晓舟之前没有预想到的问题，其实就连他们这幢楼也多多少少被烟熏着，只是并不太严重，"最好是暂时下楼，避开它们，不行的话，弄点用水浸湿的毛巾或者是衣服捂在脸上应该也可以。”

那几个人匆匆忙忙地跑回去了，有几个担心家里情况的人也匆匆跑回了家，但剩下的人却很自然地聚拢在了张晓舟周围，很多人都像他一样干脆坐在地上休息。

周围的很多房子里都有人在看着这里的大火，但人们亲眼目睹甚至是亲历了之前的那次大屠杀，这一次即使是看到他们就坐在路上也没有多少人敢下来。

所有人都还在观望。

“王蓁蓁怎么样了?”张晓舟问钱伟。从他的脸色看，她应该没事，但张晓舟还是有些不放心。

“我们按照你的交代给她吃了说明书两倍剂量的地塞米松和苯海拉明，昨天晚上她身上的肿块就开始退了，现在差不多都看不出来了。不过伤口还在渗血，只是不严重。”

“一会儿我上去帮她缝合起来。”张晓舟说道。

他感觉自己全身乏力，动也不想动一下。

“张晓舟，你说我们现在该怎么办?”刘玉成突然问道。

他问的其实是每个人心底最迫切想要得到答案的问题。

最开始的时候，每个人最想知道的是究竟发生了什么，但到了这个时候，即使是最缺乏常识和最愚笨的人也开始意识到自己所处的世界发生了怎样的改变，而他们也多多少少开始明白，以往始终能够帮助大家解决问题的政府或许已经和我们不在同一个世界上了。

到了这个时候，他们突然开始怀念那时候看起来理所当然的一切。

现在这个局面下，每个人都或多或少地对未来有了更多的担忧和焦虑。

盘踞在这个区域威胁大家的速龙群被消灭了，这当然是一件好事，但却没能解决最根本的问题。

家里不多的食物吃完了之后该去什么地方弄？水喝完了要怎么办？甚至于，当所有可以烧的东西都被消耗完之后，他们该用什么东西去充当燃料?

如果又有别的恐龙进入这个区域，他们还能不能像今天这样把它们消灭掉?

到了那个时候，又有谁能把大家组织起来，带领大家一起去解决它们?

刘玉成虽然是以轻松的口吻问出这些问题，但表情却一点儿也不轻松，而周边的人们脸上的表情也充分说明了他们心里的仓皇不安。

张晓舟突然觉得自己没有办法轻松地给他们答案。

如果是他自己的话，当然是到地质学院去，凭借自己等同于副教授的副研究员身份，在那样的地方应该能够获得一定的信任和重视，然后就是帮助整个团队制定策略，并且努力实现。

不管未来这座城市由谁来管理和统治，他相信自己的专业知识和技能都不会被埋没。

但这条路适合眼前的这些人吗？

他不知道。

他们中有的人或许像他一样在这个世界里孑然一人，无牵无挂，但多数人却拖家带口，肩负着沉重的压力，他轻轻松松地说出一番话，最终却没有帮助他们做出正确的选择，反而让他们的未来经历更多的危险和困苦，这样的责任他可以肩负吗？

他的心情突然沉重了起来。

就算是他自己，现在也没有办法轻轻松松地离开，最起码也要亲眼看到老常的伤势有所好转，王蓁蓁的病情有所缓解之后才会放心离开。

但那个时候，如果曾经和他一起战斗过的钱伟和李彦成等人问起这样的问题，他又该怎么回答？

尽量收集食物和干净的水，制作简单的武器保护自己，这些都是他想到应该去做的事情，但说起来简单，对于每一个家庭来说，执行起来却不容易。

以住房为单位组成团体，将物资统一管理和分配，杜绝一切形式的浪费，这在他们这幢楼已经开始推行的策略，同样说起来容易做起来难。就算是他们之中，也还有张元康这样的异类没有办法沟通，出现了薛奶奶的狗这样差一点就让大家离心离德的问题，其他地方难道就不会有更难相处的人和更没有办法解决的问题？一个小团体中必然会出现能力的差别，出现劳动意愿的差别，物资集中之后怎么分配？他们现在所采用的是平均分配的办法，这在短时间内不会有什么问题，但随着时间的推移和物资的逐渐短缺，做得多的人心里会不会渐渐产生想法，并且最终变成一种强烈的负面情绪？

还有打伤李彦成、捅伤老常并抢走了手枪的那些人。

他甚至不知道他们住在什么地方，现在是什么情况。如果他们开始打劫那些无力反抗的人，他们又该怎么办？

一个又一个问题就这样如同一条永无止境的锁链那样突然将他捆绑在其中，让他感到有些无力。作为一个研究者，他更擅长的其实是如何解决具体的问题，而不是如何协调和处理人与人之间的关系。

“要不，张晓舟你来带领我们吧！”刘玉成这时候却突然说道，“我信得过你，也服你，我想其他人应该也一样。”

他看着身边那些曾经一起战斗过的同伴，他们中的很多人都赞同地点起了头。

“我？”他的话一下子把张晓舟从沉思中猛地拉了回来，这个提议太过于突然，甚至让他吓了一跳。

“我觉得你肯定能带领我们走出一条活路来。”刘玉成说道，“我相信你。”

“就是啊！”更多人这样说道。

张晓舟急得连连摆手，大家却以为他是在谦让，七嘴八舌地围在他身边劝说着他。

“你放心，你是大家推选出来的，谁要是不听你的，或者是阳奉阴违，我们大家饶不了他！”刘玉成大声地说道。他一边说这话一边环视着周围的人，大家在他的注视下，纷纷站出来表示赞同和支持。

张晓舟急忙说道：“大家整合在一起形成一个更大的团体我觉得不错，但领头的人……说实话，我出出主意还可以，带领大家这样的事情，我真的不行，还是……”

“你都不行的话，那还有谁可以？”刘玉成说道，“别人出来竞选，我第一个就不服！”

“张晓舟，你就别推辞了。”钱伟这时候突然也说道，“说出来不怕你笑话，你们被困的时候，我们专门讨论过这个问题，你有知识，有能力，也有意愿带着大家求生，而且你还会医术……我们当时都在想，上天把你派到我们这个地方来，真的是给了我们一份活下去的希望！当时所有人都说好了，就算是冒再大的风险也一定要把你救出来！”

他的话让张晓舟有些感动，他当然看得出钱伟说的这些话和刘玉成的区别。

虽然这样想或许有些偏颇，但刘玉成更像是急切地想要组织起一个队伍，并努力地想让自己在这个队伍中占据一个有利的位置，而钱伟的那些话却是实实在在的。

他完全相信，如果他们真的被困在这里没有办法出去，钱伟他们一定会想方设法把他们救出来。

“这事……”他沉吟了一会儿，终于说道，“大家再考虑一下吧，我们先把老常送到康华医院去，等我们回来，如果大家还愿意组成一个新的集体，并且还愿意由我来为大家做一点儿事情，那我当仁不让。”

老常的伤势真的已经不能再拖延下去了，他的低烧一直不退，而且腹部的伤口还在发出阵阵恶臭，他一直在服用止痛药和大剂量的抗生素，同时不断地补充葡萄糖水和生理盐水。这是张晓舟在超市时唯一能够做的事情，如果不这样做，他也许都坚持不到现在。

“我们要弄一辆车子……”张晓舟对钱伟说道。

“开我的！”刘玉成马上说道，“就在那边的地下车库，我现在开过来！”

他匆匆跑回家去拿钥匙，顺便也跟家里人交代一下事情，从家里出来找吃的东西，然后被困在那个超市里那么长时间，家里人一定已经担心死了。

张晓舟和钱伟把老常扶到路边等待，过了一会儿，一辆白色的越野车开了出来。

“老刘你以前是……”张晓舟忍不住问道，这样的车子不算非常昂贵，但也要三四十万。

“做点小生意，哎，不值一提！”刘玉成随意地答道，“康华医院？”

“对。”张晓舟点了点头。

李洪和钱伟都想跟着过去，但张晓舟和他们商量了一下，决定还是让李洪留下。

“我们走了之后，你们可以找找看有没有用得上的东西，先搬到楼下，哪怕准备一点儿烧的东西也好。”张晓舟对他说道，“但这事不急，周边的居民肯定还会出来，而且在知道速龙已经被我们消灭之后，肯定会出来更多，那时候局面可能会乱起来。你们要小心有人趁机乱来，尤其要小心捅伤老常的那些人。”

“他们长什么样？”李洪问道。

张晓舟摇了摇头，当时情况太混乱，他心里又只想着挤进去看李彦成和老常的情况，根本就没有仔细地去看他们的特征：“老常的枪在他们手上……而且他们知道我们这里弄到过吃的，所以你们一定要小心！”

李洪点了点头，表示自己知道了。

一行人开始驱车向康华医院的方向驶去,因为曾经听说过张晓舟的事情,刘玉成把车开得小心翼翼,时速也一直控制在四十公里以内。

离开他们那个区域之后,沿途渐渐开始有人活动,几乎所有商店都有被撬开过的痕迹,尤其以超市、小副食商店和餐馆最为严重,有些地方可以看到令人触目惊心的血迹,不禁令人猜测这里曾经发生过什么。

一群手拿棍棒之类武器的男子走在路上。不需要张晓舟的提醒,刘玉成便小心地绕过了他们。但那群人里面突然有人捡起一个什么东西向他们的车子扔过来,刘玉成急忙踩了一脚油门,那东西便远远地落在地上。

那些人爆发出了一阵笑声,令人有些无法理解。

转过一个弯,就已经到了康华医院门前。医院门口围着一大群人,他们大声地喧哗着,但医院的大门紧锁,通往停车场的区域也被几辆大巴车死死地挡住了,非但如此,还有许多手拿棍棒等东西的人站在医院的大厅里面,或者站在那些堵住停车场的大巴车上,一脸紧张而又虎视眈眈地看着外面的人。

有几个中年男女正站在医院门口情绪激烈地说着什么,外面的人们不时地应和着他们,“开门”“开门”的叫喊声此起彼伏。

“师傅,这是怎么了?”车子已经被彻底堵在路上没有办法前进,刘玉成摇下玻璃窗,向路边的一个中年男子问道。

男子冷漠地看了他们一眼,刘玉成爽快地掏出一支烟扔给他,他的脸上终于稍稍有了点笑容。

他掏出打火机点燃了香烟,美美地吸了一口,这才对他们说道:“还不是这个破医院的破事!”

康华医院的名声大家都略有所闻,这件事情发生前,这家医院的广告他们几乎每天都可以在电视和报纸上看到。“治男科,到康华”的广告语几乎已经对他们的神经造成了永久性的“伤害”,形成了固定的条件反射。但这家医院的口碑并不算好,虽然很少能够看到关于它的负面新闻,可张晓舟也听说过很多在这个地方被狠宰并且治疗了几个月没好的病人,转到其他正规医院却很容易就治好了的小故事。

虽然如此,在整个穿越区域中,它却是唯一一个被人们熟知的医疗机构。于是在情况稍微稳定下来之后,很多受伤、被巨大的昆虫叮咬,甚至是突发疾病的人都被陆陆续续地送了过来，或者是自己走了过来。

但康华医院并不是什么综合性医院，更不是人们印象中救死扶伤的医疗机构。这家医院从诞生的那一天起，存在的唯一目的就是赚钱。医院也确实从远山市的各大医院挖来了男科和泌尿生殖科的医生，还返聘了几个已经退休的老主任作为活招牌，但里面穿着白大褂的却绝大多数都是实际的生意人。

男科和泌尿生殖科很少有严重到不得不住院的病人，说实话，严重到那种程度的病人他们也不敢收。他们没有急诊科，于是也就没有值班的医生，在事情发生的那个晚上，跟随医院一起穿越到这个世界的，只有医院的保安、几个住在医院后面宿舍里的年轻医生，和几个刚刚从学校毕业，同样住在宿舍里的年轻护士，还有正巧留在医院处理账目的老板赵康和他的老婆。

康华医院的老板赵康虽然没读过多少书，甚至没有看过任何网络小说和科幻小说，搞不清什么叫穿越，更不知道恐龙是什么东西，但这些却并不妨碍他通过站在医院天台上观察四周从而很快判断出发生了什么，非但如此，他还马上就敏锐地判断出了自己所拥有的这家医院以及医院里的仪器设备、人员和药品对于这个全新世界的意义。

他马上组织所有随自己一起穿越过来的员工开会，告诉他们所面临的问题，并且封官许愿，以此拉拢和安抚人心。

他组织员工趁着所有人都还没有意识到的时候，洗劫了医院周边的所有商店和餐馆。非但如此，他甚至还收编了周围两三家单位留守值夜的保安，拉拢了附近一个建筑工地的保安和工人，把他们全部编入了自己的保安队伍。

等到第二天中午的时候，除了医院本来就有的所有物资和设备之外，他还占有了大量的食物，满满一个院子的用来当作柴烧的家具和大量杂七杂八的物资，所拥有的人员也达到了八十多人……其中绝大多数都是孔武有力的中青年男性。

从附近甚至是更远的地方赶来求助的人堵住了医院的大门，出于对自己财产的保护意识和商人对于危险的敏锐嗅觉，赵康没敢把自己扩张的脚步迈得更远，而是暂时停下了，开始加固自己的领地。

工地上的建筑材料和工具、器具也理所当然地成了他庞大库存的一部分，并且他迅速在那些建筑工人的努力下将康华医院变成了一个堡垒，那些最早赶来求医，或者是看到他们的行动而最早勇敢地走出家门的居民中看起来孔武有力的那些也被他挑选并吸收了进来，他深知必要的人数对于扩充自己力量的重要性，而且他更加明白，人越杂，相互抱团的可能性就越小，他从中取利的机会也就越大。

但这样的吸纳在今天上午彻底结束了，这时候他已经吸收了大约三百名身体健康的中青年男性，加上他们的家人，整个医院所拥有的人口已经达到了将近五百人，相对于他们所拥有的食物来说，这个数字已经让赵康开始感觉到危险。

这时候聚集在医院门口的人却超过了五百人，而且看起来还在不断增加，许多附近的居民都亲眼目睹了他们洗劫周边商店的过程，当他们终于意识到发生了什么的时候，已经什么都抢不到了，这样的对比让他们一下子就愤怒了起来。

当张晓舟他们到来的时候，愤怒的居民，得不到医治的病人、伤员和他们的家属，在吸纳过程中落选的失败者，以及从更远的地方赶来的求助者已经多达上千人，大多数人在外围跟着喊口号，希望能够趁乱分一杯羹，而被煽动起来准备冲击医院的人也超过了四五百人。

“骗子！”“强盗！”“小偷！”“垃圾！”

此起彼伏的叫喊声越来越大，有些人已经开始激动地去推搡关闭着的大门，也有人试图把挡住去路的大巴车推开。

“把吃的交出来！”一个声音突然叫道，大家都愣了一下，随即跟着他疯狂地叫了起来。

“把吃的交出来！”

“交出来！”

外面的声音越来越响，摇晃医院大门的人也越来越多，赵康站在所有人面前，和他们一起静静地听着外面的人在叫喊什么。

他可以看到自己身边的人脸上紧张而又惊惶的表情，他们下意识地紧紧握着铁棒，但头上不断往下流的汗早已经出卖了他们。

他们的身体都很强壮，他们的心灵却像小孩子一样脆弱。这些人从出生到现在也许就没有真正吃过苦，更没有经历过能够磨砺人心，让它们坚硬如铁的事情。

“你们都听到他们在喊什么了。”赵康大声地对站在自己面前的人们说道。

“把吃的东西交出来？”他冷笑了起来，“这就是他们的目的！他们想把我们这里的东西都抢走，想把我们饿死！他们居然还有脸说我们是强盗？你们说说，谁才是强盗？”

没有人回答。

赵康有些失望，在他看来，眼前的这些人毫无血性，就像是一群在和平环境中长大的绵羊。即使已经被别人逼到了门口，他们还是这副不死不活的样子。

看着他们畏畏缩缩的样子，他甚至有些怀疑自己的选择，他精挑细选出来的这些人，以后真的能够派上用场吗？

赵康有些看不起他们，虽然他一有机会就告诉他们眼前所面临的是什么，但他们中的很多人还是没有真正意识到这个世界已经变成了什么模样，更不知道自己被选入康华医院意味着什么。他们根本就不知道，这意味着他们和自己的家人比起外面的那些人，已经有了一个可以依靠的地方。

他们只要老老实实地跟着他，就不用再担心吃饭问题，不用担心生病，更不用再担心安全。

他自然会给他们指出应该走的道路，只要老老实实地跟着他，他们自然就能够好好地活下去。

但这都是要付出代价的，世界上本来就没有免费的午餐，到了这个世界之后只会变得越发如此。没有用的人，以前他就不养，现在更不会养。

而现在，就是他们证明自己有用的时候了。

外面的喧哗声越来越大，赵康拿起一根铁棍。

“你们想过好日子吗？”他大声地问道，“想让自己的家人好好活下去吗？”

还是没有人回答。

“给我打出去！狠狠地打！打死他们！”他一脸杀气地说道，“谁下不了手，就带着老婆孩子从这里滚出去！现在已经不是以前了！想活命，就把外面那些想抢走我们东西的人干掉！”

他对站在门口的那个心腹点了点头，后者掏出钥匙把他面前的那道小门打开，快速地闪到了一边。

站在门口的那个人愣了一下，随即下意识地跨了进来，但就在这时，赵康突然向前一步，手中的铁棒狠狠地砸在了他的头上！

鲜血马上就涌了出来，那个人也失去了意识，赵康一脚蹬在他胸口，于是那人便直接向后摔了出去。站在那道门口本来准备冲进来的人一下子被吓住了，大声地尖叫了起来。

“看到了吗？都是一群欺软怕硬的孬种！冲出去！给我狠狠地打！”赵康回过头瞪着那些已经被惊呆了的手下，大声地叫道，“让他们知道我们的厉害！让他们永远也不敢再来！狠狠地打！打死他们！”

……

张晓舟艰难地想要挤到人群前面，虽然眼前这个局面让他明白医院已经不太可能还维持着正常的运营，但老常的伤势还是迫使他想要和医院的人谈一谈。

对于他来说，已经到了门口却没有做任何努力就离开，这是不能容许的事情。

但就在他走到一半的时候，前面突然爆发出了一阵惊恐的叫声，前面的人潮突然开始向后涌动了起来。巨大的力量从前面的人身上传过来，硬推着他往后走，差一点就摔倒在地上，但他在人群里完全看不清楚发生了什么事。

“怎么了!?”他大声地问那些从自己身边挤开的人，可大多数人只是仓皇地离开，口中毫无意义地尖叫着。

他听到一些人大声地叫着什么，但在这样的混乱中根本就没有办法听清楚。

有恐龙来了？

他突然这样想道。

在这样的混乱中，再强大的个体也无法发挥出自己的作用，他只能转过身，跟着人流向前面奔逃起来。

几秒钟后，汹涌的人流突然就这么散开了，张晓舟一边跑一边回头看，他的动作一下子就停住了。

上百个手持铁棍的男子追赶在队伍的后面，因为前面有人挡着，许多人根本就没有办法逃开，也没有办法躲避，铁棍就那样狠狠地砸在他们身上，砸在他们的头上，让他们一下子失去平衡摔在地上。

“给我打！”有人大声地在后面叫着，“狠狠地打！”

那些摔倒的人被其他人从身上踏了过去，一开始还能发出惨叫，但几秒钟之后就再也叫不出来了，血从他们的嘴里和鼻孔里流出来，却没有人管他们。

无数的铁棒在空中挥舞着，那样的场面就像是在战场，唯一不同的是，这是一边倒的屠杀！

一个身影突然出现在张晓舟面前，他的脸已经扭曲得不像人样，眼泪鼻涕都在往下流，但他手中的铁棍却狠狠地对着张晓舟的脑袋就砸了过来。

张晓舟急忙向后闪开，铁棍呼啸着砸在地上，强烈的愤怒让张晓舟扑上去抓住了他的衣襟，一拳砸在他的脸上，但在这个人飞出去的同时，张晓舟却听到他在不停地喃喃说着："对不起……对不起……对不起……"

"张晓舟！"钱伟的声音从背后传来，他回过头，看到钱伟正努力地从人群中逆流向他这边跑来。

"快走！"他焦急地大声叫着。

身边到处都是在施暴的人，他们手中的棍棒毫不留情地砸在同为人类的脆弱躯体之上，张晓舟甚至能够听到骨头折断的声音，这让他握紧了手，却不知道自己可以做什么。

以他一个人的力量，根本就没有办法阻止这样的暴行。

"我们走！"钱伟终于冲到了他的面前，他一把抓住张晓舟的衣服，拖着他往车子那边跑去。

人群已经彻底散开，许多人哭喊着坐在地上，更多的却是已经倒在地上的躯体，花花绿绿地几乎铺满了医院大门前的空地。

到处都是血。

张晓舟彻底愣住了，他完全无法理解自己所看到的事情，钱伟把他推到车里，自己快速地爬上副驾位，大声地对刘玉成叫道："快走！"

发动机轰鸣起来，张晓舟看到那些手持铁棍的人终于停下了手中的动作，一个三十来岁的男子从那道门里走了出来，一脸兴奋地对他们说着什么。

他就是指使他们的人吗？

张晓舟看着他哈哈大笑着走向那些暴徒，拍着他们的肩膀，用夸张的肢体语言和表情鼓励着他们。

他的样貌十分普通，丢进人群里应该马上就会被淹没掉，但张晓舟却认真地看着他的脸，直到把它牢牢地记在了心底。

"你这个人渣……"他轻轻地对着那个人说道。

第10章 老常的决心

车子很快就驶离了医院门口的那个区域,刘玉成又把车速缓了下来。

周围都是惊慌失措的正在逃跑的人,一些人本来正在往康华医院的方向走,但被他们这么一带动,也不由自主地往相反的方向跑了起来。

“他们为什么要这么做?”钱伟终于缓过劲来,摇着头说道。

之前的那一幕对于每个人来说都是难以抹去的记忆,生活在和平环境中的人们,有几个见识过那样的景象?

“为了赶人,但更重要的是为了立威。”张晓舟用低沉的声音告诉他。

他之前就已经明白那些人这样做的理由,但明白那些人施暴的理由并不代表他就支持他们那种做法。这个世界已经没有法律,秩序崩塌,但这并不意味着,必须用这样残暴的办法来解决问题。

那些在他们棍棒之下受伤的人不可能得到及时的救治,在这样的环境下,他们的命运可想而知。伤情严重的人有可能因为持续失血而死去,而那些骨折的人也许不会马上死去,但他们所面临的也许是更残酷的未来。

如果没有人来救他们,他们也许会在烈日的暴晒下挣扎几天之后才会死去,但如果他们的家人赶来将他们带走,整个家庭都将面临可怕的困境。顶梁柱就这样变成了负累,尤其是对于那些拖家带口的人来说,也许一个人的残疾就意味着整个家庭的绝境。

对此他无能为力，这让他非常难受。

“立威？”

“你看看街边的这些人，看看他们的表情，他们都被吓坏了。从现在开始，还会有人敢到康华医院去吗？”

钱伟不说话了，只是不断地摇着头。

“现在我们怎么办？”刘玉成问道。

“先回去。”张晓舟答道。

车子从街角转过来的时候，李洪正带着其他人收集可以用作燃料的东西，张晓舟他们这么快就回来了，这让他们有些惊讶。

“怎么了？”李洪帮着他们把老常从车上抬下来，老常的脸色已经非常难看，任何人都知道他的情况不妙。

“帮我把他抬上楼！”张晓舟焦急地对他说道。

两人小心翼翼地抬着老常往楼上走，钱伟和刘玉成却被其他人留了下来。

“到底怎么了？”

“康华医院那些家伙，简直不是人！”钱伟大声地说道。

他把发生在康华医院的事情告诉了大家，所有人都沉默了。

很难想象，这样的事情会发生在他们身边。如果今后有一天，他们也像那些人一样到什么地方去寻求帮助，却被人这样冲出来一顿毒打……这样的联想让每个人都难受了起来。

这个世界已经变成这个样子了？一些人开始不寒而栗了。

更让他们感到难受的是，对于这样的人，他们一点儿办法都没有。康华医院那些人的做法让他们终于看清了这个世界的现状，旧的秩序已经开始崩塌，新的秩序却还没有建立起来，大多数人都习惯性地依照以前的善恶观念去行事，但那些迫不及待地突破了底线的人却已经成了赢家。

至少现在他们已经成了赢家。

“他们趁着其他人还没有准备的时候，把周边能抢到的东西都搬到医院里了。”刘玉成说道，“现在那地方就是一个装满了食物和各种各样物资的堡垒。那些家伙……”他摇摇头，语气里与其说是谴责，不如说包含了一丝羡慕。

他们没有那样做的条件，这附近的居民心太散、人太杂，相互之间缺乏信任和了解，难以统合在一起。他们又长时间被那群速龙封锁在各自的房间里，直到今天早上才有机会出来在街上自由行动，这让他们已经失去了抢夺资源的先机。

就他在路上的观察，除了他们这个街区，其他地方几乎所有店铺都已经被人撬开，现在，所有人都已经开始意识到，没有人会来救他们，那些凭借现有条件无法生产的东西将成为重要的资源，也许在将来的某个时候能够成为可供交换的商品。

所以即使是现在看上去毫无用处的东西也被人拿走了，所有店铺都空荡荡的。

而他们最有可能获取物资的那一排商店，现在正被浓烟和烈焰吞噬，而且丝毫也没有减弱的迹象。一些人把火势还没有波及的那几家店铺洗劫一空，但应该没有弄到多少有用的东西。

不到三公里远的地方就有一个大型的副食品批发市场，还有大型超市，这使得附近的居民平时很少在周边买东西，小副食店和小超市几乎没有办法生存下来。谁能想到，这种做法会让他们面临找不到粮食的窘境。

"我们得想想办法了。"刘玉成这样说道。

他描述的景象让所有的人忧心忡忡，但现在有什么办法可想？

他们曾经幻想的救援显然是不可能出现了，张晓舟曾经鼓动过他们去投奔某个地方，但在这样的时刻，那些人会接纳他们吗？他们会不会像康华医院的那些人那样残酷地对待如同流水一样不断涌入的求助者？

另外，眼下每个家庭多多少少都收集到了一些食物和饮水，虽然任何人都知道靠这些东西不可能支撑很久，但至少眼前是有东西吃的。可如果要投奔某个地方，那就意味着离开自己熟悉的家园，意味着不可能带上太多的东西，如果被拒之门外，自己放在家里的东西却遭到了别人的洗劫，那时候该怎么办？

他们甚至不敢将自己的家人单独留在家里太久，谁也不知道接下来会发生什么，如果自己离开，却有人来抢劫，甚至是干出了更过分的事情，那该怎么办？

无数的担忧，却没有多少解决的办法，越是讨论，人们就越是揪心了起来。

"我们得联合起来。"刘玉成再一次说道。如果说之前那次倡议中多多少少还有些试探和从中取利的想法，那么在目睹了康华医院门口残暴的场景之后，他心里那点小算盘早已经烟消云散了。

眼前最重要的事情是保全自己和家人的生命，但在眼前的局面之下，这绝对不是一件简单的事情，至少刘玉成自己看不到半点希望，也想不出什么办法。他只是一个从事五金机电设备销售的商人，过去的那些人际脉络，那些人生经验和生意经在这个时刻已经变得毫无用处。

他脑海里唯一能够想到的就是，必须组织起一支队伍，能干什么姑且不论，但至少能吓走那些很有可能马上就会出现的暴徒。

“钱伟！”张晓舟的声音突然从楼上传来。

“什么？”

“上来帮我！老常快不行了，得马上动手术！”

老常的情况确实非常不妙，他们躲在超市的时候他就一直在发低烧，不到半天，他的伤口就开始发出腐臭的味道。他一直蜷缩在角落里，凭借一点糖水和从隔壁药店找来的止痛药和抗生素苦苦支撑着。

让他坚持下来的是张晓舟，他不断地告诉他事情的进度，告诉他很快就能把他送到医院去救治，并且在忙碌于其他事情的间隙不断地过来检查他的情况。

求生的希望让他忍受着所有的痛苦，甚至在最难受的时候也强忍着尽量不哼出声来，以免影响到周围的人做事情。但当他们终于真的战胜了那群速龙，真的从那个超市逃出来，并且真的把他送到康华医院后，现实却让他的精神崩溃了。

我活不了了。

这个判断很容易就能够得出。

张晓舟也许懂一点医术，也许知道怎么处理严重的过敏反应，但肚子上的这两刀……

痛苦突然就变得清晰起来，伤口深处那如同针刺，如同刀割，从尾椎直到头顶的疼痛突然变得无比强烈，让他不停地惨叫着。

“我要死了。”

他不断地对自己说着，也不断地对身边的人说着。

老成一些的几个人用一些没有营养的谎言安慰着他，但大多数人都默然不语，虽然彼此之间认识和相处的时间可能不长，但无论怎么说，他都是同伴。

“你不会死的。”只有张晓舟依然这样说道，“就算是要死，那也是几年、几十年以后。”

“你别骗我了。”剧痛让老常的脸抽搐了起来，看上去狰狞可怕，“医院已经变成了那个样子……”

“还有我。”张晓舟说道，“我来给你做手术，你会活下来的。”

老常笑了起来，他的伤口又一次抽痛起来。

“不可能的，没有手术室，没有工具，没有仪器，什么都没有。”

“我们有手术刀，有各种各样的钳子，有止血钳，有缝合线，有敷料、纱布和脱脂棉……大部分外科手术的东西我们都有，只是不能输血，也没有麻醉剂。”张晓舟说道，“那两刀应该没有扎在重要的器官上，也没有造成严重的内出血，不然你早就死了。我们现在要做的只是打开你的腹腔，看看里面到底出了什么问题。把腐烂病变的地方切除、缝合，然后你就会好起来！”

“你说得倒是容易。”老常摇了摇头。他不是那种什么事情都没有见过的愣头青，当了这么多年的警察，他见过很多受伤的人，也经历过很多事情。开腹手术要用的东西，要准备的用品和要配置的设备绝对不是简简单单几句话能够说清楚的，要是真的像张晓舟说的那么容易，那就不会有那么多人死在手术台上，死在抢救的过程中了。

“结果还会更糟糕吗？”张晓舟却问道。

老常知道他的意思，但他心里的答案和张晓舟所想的完全不同。

不冒险，最终的结果不言而喻，但哪怕是冒了险，结果也未必会好。被开膛剖腹之后，经历更多的痛苦死去，这种情况存在的可能性远远超过了在什么都没有的情况下手术奇迹般圆满完成的可能性。

但看着张晓舟坚定的目光，老常却没有办法说出“别再折磨我，让我就这么死吧”的话来。

“动手吧。”他最后终于点了点头，“就算死了，至少我也拼过，没有像个懦夫那样等死。”

张晓舟开始做准备，他和其他人一起整理出一间干净的屋子，换上干净的床单，把消毒水小心地泼洒在周围，然后用开水仔细地煮那些所要用到的东西，小心翼翼地用所剩不多的医用酒精消毒。

钱伟和张孝泉帮忙制作了很多宽大的布条，将它们消毒，然后小心地用这些布条把老常的身体固定在床上。

李洪找来一块干净的毛巾，卷起来给老常咬着。

没有电，更没有无影灯，他们只能找来应急灯和手电筒代替，张晓舟甚至求到了刘玉成他们身上，他不知道手术要持续多长时间，只能尽可能地把一切能够用来照明的工具和电池都收集起来。

他给老常打了一瓶能量合剂，但因为手法太拙劣，一连扎了三次才正确地把针头插入静脉，老常的手肿了一大块，如果不是他本身就已经大量失血，那些地方此刻应该青肿了起来。

在忙碌的过程中，钱伟忍不住悄悄地问道："你到底有多大的把握？"

张晓舟看了看他，轻轻地摇了摇头。

他连一成把握都没有，之前给王蓁蓁做气管切开术之前，多多少少还有点把握，那时候他至少明确地知道自己要做什么，知道要怎么做。但现在，他连老常肚子里是什么情况都不清楚。

他当然知道人体内部的器官分布情况，但他学的是生物工程而不是医科，就连兽医也是工作后半路出家被逼学成的，又怎么可能像临床医学的那些医师那样，用无数堂解剖课、一次次的考试和漫长的实习期来熟悉它们的位置？

如果不小心切开了一条血管或者神经该怎么办？如果内出血本来只是出于某种原因而暂时被堵住，却因为他贸然的动作而重新开始大出血又该怎么办？如果内部腐败病变非常严重，他要不要切除、能不能切除？切除了以后怎么缝合？整个过程会不会失血太多？疼痛会不会让老常休克、昏厥？他的身体能不能接受这样的手术？即便是手术一切顺利，没有良好的无菌环境和护理条件，老常也很有可能会因为后期的感染和并发症死掉。

但他还是决定要试一试，因为如果他什么都不做的话，老常肯定会死。

钱伟点点头，什么话也没有说。

大多数人都被请到屋外，只留下了心理素质最好的钱伟、张孝泉和主刀的张晓舟，他们全都换上了干净的衣服，外面套上了一次性的手术衣，双手都用医用酒精小心地清洗和浸泡过，并且戴上了从药店找来的一次性医用橡胶手套。

"我要开始了。"张晓舟隔着口罩对老常说道。

老常勉强挤出一个笑容，咬紧口中的毛巾，对着张晓舟点了点头。

张晓舟撕开了伤口之前包扎的纱布,少量的污血伴随着浓重的恶臭从那两个刀口里冒了出来。他用生理盐水小心地清理了一下刀口的位置,然后用酒精棉球在周围擦拭干净,随后拿起了手术刀。

即便是咬着毛巾,老常撕心裂肺的喊叫声还是让站在门外的人们感到一阵阵的心悸,张晓舟的声音不断传出来:“手电高一点,好,给我钳子。纱布！止血钳,快！灯光再向下一点儿,对,就是那里,坚持住!”

所有人都没有过这样的经历,老常的吼声越来越大,但很快就变得虚弱起来,到最后,干脆什么声音都没有了,只有张晓舟的声音仍然在不断地说道:“灯光往上一点,再上一点,好！止血钳！手术刀……另一把！好,灯光不要动。张孝泉,帮我擦汗,左边。”

薛奶奶、刘姐她们几个女人很快就到楼下去了,她们的神经没有办法承受这样的压力,过了一会儿,其他人也陆陆续续地走了,只有李洪和老王守在外面,生怕有什么事情是临时要做的。

李彦成坐在隔壁的房间里,紧紧地握着王蓁蓁的手,她的气管和喉咙上被切开的地方已经被张晓舟缝合了起来,用纱布包裹着,但暂时还没有办法说话。手术室里的声音让他们感觉就像是有人在不停地用针刺他们的耳膜,拧他们的肠子,但他们无处可去,只能相互支持着,静静地等待着一切的结束。

“还有谁在外面?”张晓舟突然叫道,李洪慌张地跑了进去,露在外面的密密麻麻的肠子让他的脑子一下子蒙了。

“老常晕过去了！你快点洗干净手,到那边去观察老常的呼吸和心跳。你有表吗？好,用手摸着他的颈动脉数他的心跳,过快或者过慢都要马上告诉我!”

手术持续了将近三个小时,窗外慢慢暗了下来,这让照明的压力变得更大,钱伟和张孝泉的手都已经完全麻木了,就连李彦成和高辉都被叫进来充当灯架。

张晓舟眼前一阵阵地发黑发晕,他用力地一次次咬着自己的舌尖,迫使自己保持高度的注意力。

幸运的是,那两刀并没有刺中重要的内脏,而仅仅刺穿了老常的肠子,但也许是刀上带有的细菌,或者是肠子里的东西流出来造成了感染,被刺穿的其中一段肠子已经发黑、坏死,发出死尸一般的恶臭。张晓舟小心地把这段小肠切除,把那些发出恶臭、布满了整个腹腔的血块和不明液体清理干净,然后准备把肠子缝合起来。

出血量并不算太大，但张晓舟不知道这是因为自己没有弄破太多血管还是因为老常本身已经没有多少血可流了。

他知道自己的动作肯定比外科医生慢得多，但他没有办法让自己的动作再快一些了。

老常的心跳很快，快到李洪有些数不清楚，张晓舟知道，这是大量失血后，身体为了维持供血的正常反应，但他腾不出手来测血压，唯一让张晓舟可以放心的是，老常的脉动一直都能摸到，这也许说明他的血压并没有下降得太厉害。

他努力把那些繁杂的想法从自己的脑海中驱逐出去，把所有的精神都集中在手术本身。这是他在无数次失败的试验中得到的教训，太过于计较成败，太过于计较时间或者是效率反而很容易造成失误，当你把自己的注意力全部放到应该要做的事情上时，反而能够有效地提高效率和成功率。

不知道过了多久，也不知道身边负责打灯，负责递手术用具，负责帮他擦汗的人换了几次，当他最终把缝合完成，小心翼翼地用纱布把那个故意留下的口子遮盖起来时，才发现自己的身体已经酸痛得几乎动不了了。

“好了?”钱伟的声音在旁边问道。

他的手同样酸得不行，这里的条件和材料都不足以让他们先做一套灯架之类的东西，而且他们没有搞无影灯的条件，照明设备也有限，只能通过张晓舟的指挥不断调整灯光照射的位置，这让负责打灯的人苦不堪言，他已经轮换了两次，但还是感觉自己的手已经不是自己的了。

张晓舟点点头，他已经累得一句话都不想说。钱伟也没有去问他为什么不把肚子上开的那个口缝起来，而是和他一起把那些血迹斑斑的东西收拾起来，一股脑地拿了出去。

“好了?”守在外面的刘姐问道。

两人默默地点点头，各自找了一张沙发躺上去。

“肚子饿了吧?”刘姐问道，“我给你们热热饭，马上就过来。”

张晓舟低声地说了句谢谢，但等到刘姐端着两个碗过来时，却看到他们俩都已经沉沉地睡着了。

第11章 新团队

张晓舟是被饿醒的，这时候天边已经开始有一些曙光，使得房间里没有照明也勉强能够看清楚周围的情况。

他的第一个反应是回到充当手术室的房间去看老常，却看到刘姐在里面打着瞌睡，老常还是没有醒，张晓舟忙过去看了一下针水，发现在针水打完之后，针已经被拔掉了。

他的动作让刘姐醒了过来，她被吓得哆嗦了一下，随即醒悟过来，知道自己在什么地方、身边是谁。

“还好你知道怎么拔针。”张晓舟说道，昨晚实在是太累，竟然忘了交代这个事情，这让他微微地有些自责。

“我爸是个老病号，在医院里住惯了的，照顾得久了，我多多少少也学到了一点儿东西。我又不像你们可以做那么多事情，这点活我好歹能干。”

张晓舟没有问她父亲的情况，亲人永远是他们这些被残忍地抛弃在这个陌生世界的被流放者心中的刺，自己可以轻轻地触碰，但却绝对不会让别人去拔。

他只是为身边有人能充当护士而感到高兴，在现在这个时候，懂一点这些东西的人真的比什么都金贵。

他检查了一下老常的情况，体温还是有点高，但比起之前已经有所好转。他决定再给他吊一瓶葡萄糖和能量合剂，在他调配针剂的时候，刘姐也过来帮忙了。

两人轻声地聊了几句，张晓舟发现刘雪梅对于手术后要怎么护理比他还要清楚，她唯一不知道的是该打什么针水、打多大的剂量，但这些东西张晓舟也不懂，他倒是知道给牛和羊要用多大的剂量，最终只能按照体重的比例，结合说明书商量着写了个方子出来，让刘姐明天照着方子给老常打。

他看着刘姐用不太熟练，但却显然比自己强的手法把针扎进老常的血管，心情突然放松了很多。

这时候他的肚子突然咕咕叫了起来，这让他有些尴尬，刘姐笑了笑，起身到充当厨房的那套房间里去把保温着的食物端了过来。钱伟这时候也醒了，两人饥肠辘辘地把东西一口气吃光了，才心满意足地说起后一步的事情。

“昨天你做手术的时候，刘玉成他们几个都上来过，看你忙着就没有打扰你。”钱伟说道。

张晓舟点点头。

他很清楚他们的来意。

对于这些人来说，当前最重要的事情就是自己的出路问题。这座残破的城市里的资源就那么多，越晚动手能够弄到的东西就越少。他们这个地方已经因为那些速龙的存在而比其他地方的人晚了很多，再不开始动手的话，那肯定也弄不到多少东西了。

经过那短暂的与速龙搏斗的经历，这群曾经被困在一起，又被迫一起想办法，一起拿起武器战斗的人比其他人更清楚团队在这个世界上的作用，相互之间也有了一些最基本的信任感。短暂的合作让他们明白，如果不聚合成一个团队集体行动、分工合作的话，在这个世界里不可能活很久。

这种认识让他们本能地想要聚拢成一个团队，但他们需要一个人来带头。

“你知道我的想法。”张晓舟对钱伟说道。

他曾经不止一次地与钱伟谈论对于未来局势的判断。在现实的逼迫下，人们必然会自然地组成一个个小团队，并且最终与那些强大的团队合并，重新形成这座城市的秩序。

在这个过程中，必定会有很多人死去。

一个团队的领导者也许就决定了团队是否能够生存下去。一次鲁莽的冒险，一次优柔寡断的行动，甚至是一个小小的失误，一次不经意的疏漏，都有可能带来灭顶之灾。

张晓舟不厌其烦地讲述着那些他能够想到的威胁，恐龙的威胁永远都被他放在很后面的位置，疾病、饥饿、干渴和人们之间的内斗永远是他担心的重点。

“我们能够聚拢多少人呢？”他对钱伟说道，“搜寻有用的物资需要人，保护这些东西需要人，生产粮食或者是捕猎也需要人，但人多了，各种各样的问题会更多，每天所要消耗的物资也更多，生存的压力会非常大。”

他摇着头，似乎是在说服钱伟，但其实是在告诉自己：“短时间内，团队越小越容易生存下来，但如果把目光放长远一些，越大的团队才越有可能走到最后。那我们为什么还要舍近求远走弯路呢？直接在一开始的时候就加入一个有发展潜力的团队，和它一起发展难道不是更好吗？”

钱伟没有说话，片刻之后他才压低了声音说道：“你肯定没问题，任何团队都需要你这样的人。我和张孝泉应该也容易，毕竟我们俩多多少少有把力气，也能做事情，又没有什么拖累。但其他人呢？你想过没有，人家为什么要他们？就像老常，即使运气好，他至少也得休息一两个月才能活动，三四个月才能开始干重活吧？现在这个情况，有哪个地方会愿意收留他？还有老王、老孔他们呢？高辉他们呢？就算是李彦成，带着王蓁蓁这样的病号，也许别人都要考虑……”

他没有说下去，却让张晓舟的心一点点沉了下去。

从康华医院的事情就能看出来，面对这个世界，很多事情都已经开始发生变化。大部分人也许还在秉持着之前那个世界的道德观念，但也有很多人已经无比迅速地适应了这个世界，并且在最短的时间里突破了做人的底线。

钱伟的担忧并不是杞人忧天，恰恰相反，这是很有可能发生的事情，甚至有可能比他所想的还要糟糕。

“总归要试一试的……”张晓舟说道，“我们总不能因为自己的担心就放弃努力……也许情况不会像你想的那么糟糕，人心不可能这么快就败坏到那个地步……”

钱伟抬起头看着张晓舟，他还在喃喃自语，但他脸上的表情其实已经暴露了他内心的动摇。

钱伟的嘴动了一下，他很想让张晓舟不要再欺骗自己，担负起责任来，但他马上就想到，张晓舟对他们这些人又有什么责任呢？

他们的确是救了他一命，但那更多的是依靠他自己的努力，他们这群人仅仅是吸引了那些速龙的注意力，给了他一个逃生的机会而已。

作为回报，他已经帮助他们杀死了盘踞在这里的速龙，从死神那里救回了王蓁蓁和老常，还帮他们弄到了不少吃的，告诉了他们很多东西，让他们比其他人有了更多活下去的可能。

还要怎么要求他？说到底，他们也不过是萍水相逢而已。

即便是他什么都不做，在天亮的时候不告而别去寻找更好、更有前途的地方，那也是他的自由，任何人都没有权利去阻止他，强令他必须留下，照顾这些在这个世界上明显是弱者和拖累者的人。

即使是钱伟自己，也曾经短暂地有过这样的想法，只是很快就被他自己否定了而已。

留在这里是他自己的选择，但他却没有权利要求张晓舟也同样如此。

这是一种道德绑架，而他不愿意去做这样的事情。

他于是什么都不说了。

他们俩默默地看着窗外。

一群翼龙在拂晓的天空中飞过，不知道是要去什么地方。

沉默最终被老常的呻吟打破了，张晓舟迅速站了起来，到病房里去询问和检查他的情况，钱伟跟着他进去，帮他打着手电。

"手术怎么样？"老常问道。他的眉头紧紧地皱着，应该是在忍受着伤口的疼痛，但在张晓舟看来，他的情况还算是不错。

体温还是有点高，但比起之前的持续低烧来说已经有了明显的好转，伤口出血的情况也不严重，用来引流的塑料管里也没有流出太多的脓血。手术应该算是成功了，眼下他们能做的也就是防止感染和加强营养，让他尽快恢复健康。

"手术很成功……你的运气不错，只是肠子短了一截。"他对老常笑了笑，老常却无力地摇摇头，显然是让他们别取笑他了。

"好好休养，你很快会好起来的。"钱伟说道。

老常点点头，再一次沉沉睡去。

“你们休息吧，有我看着他就行了。”刘姐在旁边说道。

张晓舟迟疑了一下，但明天必定还有很多事情要做，没有足够的休息根本就没有精神和体力去应对，于是他最终点了点头：“那就辛苦你了，刘姐。”

“哎，辛苦什么啊，你们好好休息才是真的，我们就靠你们了。”

这样的话让张晓舟听起来感觉怪怪的，但他没有多想，伏在沙发上很快就睡着了。

再一次醒来天已经大亮了，张晓舟惊讶地从沙发上爬起来，发现自己身上盖了一条薄毯子。他走进病房，看到老王在用棉签给老常喂水。看到他进来，老王站了起来：“张晓舟你醒了？”

“老王你这是？”

“他不是还没通气吗？刘雪梅说不能让他吃东西，也不能喝水，但他又说口渴，只能拿这个让他润润嘴唇。”

这倒是张晓舟没有想到的问题，他点点头走了出去，正好碰到刘姐从外面进来，她热情地说道：“张晓舟你醒了？正好，早饭做好了，快点去吃吧！一会儿别冷了！”

除了老常、老王、王蓁蓁和李彦成之外的所有人都在饭堂，看到他进来，所有人都笑着站起来和他打着招呼，孙阳拿起自己的那个不锈钢饭盆，李欣如给他舀了一大碗。

“这么丰盛？”张晓舟忍不住说道。

他坐到桌边，却看到老孔他们碗里稀稀拉拉的没有多少东西。

“李姐，这是？”

“我们都快吃完了。”老孔急忙说道。

“你不是刚刚坐下来吗？”张晓舟的心里一下子变得很不舒服。

“张晓舟，你别急，是这样的……”刘姐在旁边忙着解释，“我们今天早上商量过了，你们这些年轻人做的事情多，多吃一点，这样才能保证你们有足够的体力。我们这些窝在家里，又没有多少劳动量，也没有多少危险的，就少吃一点，免得浪费粮食，这样分配更合理一点儿。这个事情大家都同意了，看你睡着也就没专门告诉你。”

张晓舟看了看钱伟和张孝泉的碗，里面明显也是干的比稀的多，他心里很不是滋味，但也没法说什么，只是那粥的味道突然变得不好了。

“你和他们说了什么？”他找了一个机会单独问钱伟。

“你认为我说了什么？”钱伟反问道，他随后摇了摇头，“我什么都没有说，只是我们昨晚的对话可能被他们听到了。”

张晓舟不知道该说什么，钱伟却摇了摇头，轻轻地拍了拍他的肩膀：“这是他们的好意，你坦然接受就行了，不要有什么思想负担。早上刘姐提议的时候我本想反对，但还是被他们说服了。粮食不够的时候，一天吃两顿，干不了重活的人吃稀的，干重活的人吃干的，这是农村的老传统，没什么大不了的。以我们眼前的状态，这样做才是正理。”

张晓舟还是摇头，有些东西他没有办法说，但他明显有一种感觉，钱伟他们几个年轻人还好，刘姐、老王他们几个人的态度明显有些不同，就像是生怕他们有什么不高兴的地方，小心翼翼地捧着他们。

就算是钱伟没有对他们说什么，他们也一定有了那样的担心，生怕自己抛下他们。

这种突如其来的变化让他很不舒服。

“现在情况已经不同了，张晓舟，你自己也说过，如果不能迅速适应这个世界，那很有可能就会被这个世界淘汰掉。我们不能把自己变成禽兽，但我们也没有必要让自己背负太多的东西。把自己压垮了，其实对于任何人来说都不是好事。”钱伟对此好像没什么感觉，“走吧，刘玉成他们已经在楼下了。”

聚集在楼下的大多数还是之前被困在超市里的那些人，只有少数人没见过，但看样子，应该是被他们叫来的。

“手术怎么样？”刘玉成迎上来问道。

“还可以，主要还是看以后的护理。”张晓舟点点头。

大家听到这句话之后都舒了一口气。

老常的伤情他们都知道，很多人知道康华医院进不去之后，心里其实都认定他只能等死了。张晓舟他们来借手电筒应急灯的时候他们还有点不情愿，有些人甚至觉得，为了一个必死的人浪费这些东西，根本就没什么意义。

但张晓舟竟然能在这种条件下给他动手术，而且还成功了，这让大家在感到惊讶的同时，心里一下子又多了不少希望。

毕竟谁也没有把握说自己以后就一定没病没灾的，有了这样的先例，那他们遇到同样的事情之后，当然也应该能活下来。

“那就好，那就好。”刘玉成搓着手说道，“张晓舟，你看，昨天我们说的那个事情，大家都在等你的话呢。”

张晓舟看了看聚集在这里的人，大概有近二十个，但他知道在他们背后多半都有着一个家庭，老人、妇女和孩子都躲在家里没有出来。这不到二十个青壮年的背后，也许会是四五十个，甚至更多缺乏谋生能力的人。

将近一百人……青壮年也许不到三分之一。

他突然感到一阵心烦意乱。

他真的能够带领这些人找到一条活路吗？他从来没有把自己放在救世主的位置上，只想做一个在团队中有建设性作用的成员，但他们却要把他放在那个必须负起责任的位置上去。

他真的能够做好吗？

他看着那一张张曾经一起战斗过，说不上熟悉，却又不能说陌生的脸，没有办法说出拒绝的话来。

“大家都是那么想的吗？”他最后一次问道，“我还是那个想法，大家聚合起来肯定没错，但谁来做负责人，最好是……”

“除了你还有谁能服众？”刘玉成大声地说道，同时转过头看着身边的人。

除了那几个陌生的面孔，大部分人都在微微地点着头。在彼此之间都没有任何了解的情况下，这对于他们来说几乎是唯一的选择。至少，在被困在超市的那段时间里，张晓舟展现出了他的能力和知识，也让大家看到了他是个有勇气也愿意负责任的人。

也许有人比他更适合，但有谁知道？

“好吧。”张晓舟不再犹豫，现在这个时候，每浪费一分钟也许就意味着未来必须要付出十倍百倍的代价，“既然大家信任我，愿意让我来挑这个头，那我也没有什么可说的，只有尽力了。”

大家轻声地欢呼了一声，有些人突然感到一阵轻松，从现在开始，他们不再是一个个弱小而又孤单的个体，这让他们突然就有了安全感。

“但不是我一个人说了算，我希望大家能推选出几个人来，和我一起负责。”张晓舟继续说道。一个人的精力和能力都有限，这么多人的未来，他一个人承受不了，也没有理由由他一个人来承受。

之前在超市时的那几个分队长很快被推选了出来，张晓舟这边把钱伟也推了出来，他还提名了老常……虽然他现在还躺在床上无法动弹，但作为一名很有经验的警察，他对于整个团队的未来必定会很有帮助。

“我们暂时出来负责。”张晓舟对大家说道，“但这不是一成不变的，等到大家相互之间了解了，知道彼此有什么长处，我们再来做一次推选。”

这个提议马上获得了全票通过。

“我们先得找到安身的地方。”张晓舟对他们说道，“把食物、水和药品之类的东西转移过去，其他事情都可以暂缓，这件事情要马上决定。”

这的确是当务之急，作为一个整体，他们不可能还像现在这样分散在周围的十几幢房子里，这在过去是人们生活的常态，但在现在这个情况下，这样做既没有效率，又不安全。

“我们那幢楼就不错。”刘玉成说道，“十二层楼足足有七十二户，足够安置下我们所有人了！”

“我们那幢楼也可以啊！为什么非要是你们那幢？”另外一个人马上表示了反对。每个人都有一种不愿意离开自己房子的情结，如果能够把基地设置在自己现在所住的房子，不但省了很多事情，还可以让他们有一种附带的安全感。

“你们那几幢楼不行！”马上有其他人说道，“我以前去过，里面的楼梯又窄又陡，根本就没法走！现在没有电，那里面一点儿光线都没有，长期在那里面走会摔死人的！还是我们那个小区好，六层楼爬起来不累，一幢楼也有三十六户，足够用了！”

“你们那边不行！”刘玉成马上说道，“连地下车库都没有，一点儿扩展的空间都没有！我们这边可以慢慢地往周围扩展，只要把地下车库的门堵起来，四幢房子可以连成一个整体，地下车库还可以用来做仓库！”

“扯淡！要那么大的地方干什么？照你这么说，那我们干脆把整条街都占掉好了！”

几个人马上就争执了起来，张晓舟看着他们吵作一团，忍不住轻轻地叹了一口气。

“住在里面的人你们准备怎么办？”他好不容易才制止了他们的争吵，“如果他们不愿意加入我们，你们准备怎么办？把他们赶出来？”

“用其他房子和他们换啊！”有人不服气地说道。

“如果他们就是不肯换呢？”张晓舟问道，“我们人多，他们难道不会害怕？难道不会怕我们借着这个机会抢走他们的东西？”

就连他们这个刚刚成立的小团体里，每个人都有着各种各样的想法和私心，又何况是其他人？承平年代要让人离开自己的家园都是一件很困难的事情，何况是危机四伏的现在？

有谁会相信他们？相信他们会用一间更好的房子来和他们交换，不会抢走他们的任何东西？换个角度来想，现在有那么多的空房子，所谓的交换根本可以说是骗人的，毫无说服力。

张晓舟一想到现在还单独住在隔壁单元的张元康一家，就知道这样的事情根本不可能做到。

除非动用暴力。

但今天他们可以动用暴力把别人从自己的家园里赶走，明天更强大的团队动用暴力来赶走他们，甚至要抢走他们的东西时，他们又怎么面对？

“那你说怎么办？”面对张晓舟的疑问，那个人很不服气。

在他看来，张晓舟所说的条件根本就不现实。难道他们还得一幢幢地去找那些住户，询问他们是不是愿意加入，和他们商量、请他们搬走？

这样的事情短时间内根本就不可能完成。

“我们不用居民楼。”张晓舟说道。

“不用居民楼？”

“对，我们把基地建在那里。”

张晓舟指着不远处的那幢办公大楼，六层，占地面积很大，而且有地下车库。

最让他满意的是，三楼以上都是整面整面的落地玻璃窗，如果他们要在周围选择一个能够长期发展的地方，他觉得这里才是最好的选择。

“为什么？”

张晓舟想到应该会有人反对，但那么多人都表示出异议，这还是让他有些吃惊。

“你们反对的理由是什么？”

“那里不安全！”马上就有人说道。

确实是这样，三层以上整面的玻璃幕墙让大多数人都感到不安，在许多人的眼里，玻璃几乎和易碎、脆弱这样的词是等同的。与砖混结构的房屋相比，这样的房子太没有安全感了。

“还有呢？”张晓舟摇了摇头。

其他理由当然还有，但大多数都不是很站得住脚，甚至相互之间都有分歧，大家反对的主要理由就是安全性。

“三楼的高度差不多有十二米，都是钢筋混凝土，窗户也都不大，没有什么可以踏脚的地方，你们觉得什么样的恐龙能爬到那么高的地方，或者是跳上去？”张晓舟于是问道，“如果你们担心那些身形巨大的恐龙，比如说霸王龙……它们的头的确是够得到那么高的地方，但它们真的能钻进去吗？”

“问题不是这个……”他这么一说，有些人又有些动摇了，“不是有那种会飞的……”

“翼龙？”张晓舟问道，“如果你担心的是那个，那就更没有必要了。翼龙多半体形都很小，体重也都很轻。那些大型的翼龙多半都应该是在海边活动，以捕鱼为生，这个地方应该是看不到它们的。”

“但是，玻璃终究是不安全的……”

“是吗？”张晓舟从路边捡起一块石头，狠狠地向着那幢建筑物扔去，大家都看到那块石头高高地在半空中划出一条弧线，重重地撞在玻璃幕墙上，却没有像他们所想的那样砸出一个大窟窿，而是被弹了回来。

“现在的办公楼用的都是高强度夹膜玻璃。”张晓舟对他们说道，“透明的东西不一定就比不透明的脆弱，它们的强度是普通玻璃的十倍以上，面对恐龙的表现也许比你们家的空心砖墙还要强得多。”

“但我看中这幢建筑物的理由不是这一点。”他努力说服着身边的这些人，“我们如果要生存下去，仅仅搜寻食物是不够的，我们必须要设法种植农作物，想办法养活我们自己。可大家应该都清楚，周边的环境不可能让我们有安心开垦土地的机会，要保证安全，我们必须想办法在楼上，甚至是在房子里种植我们的粮食。这样的玻璃单面透光性好，却不透热，整面的玻璃幕墙可以保证农作物即便是在房间里也有足够的光照，却不会被灼热的阳光晒死，外面的人或者动物却几乎看不到里面有什么。如果你们觉得玻璃房子不安全，我们可以住在三楼以下，把三楼之上的房子全部开辟成田地。这幢房子的占地面积很大，加上地下车库的空间，至少能支撑我们今后很长一段时间的发展。你们觉得呢?”

大部分人都没有想到他的理由会是这样，他们没有办法想得那么远，只是想着眼前能不能活下去的问题。但种植几乎是中国人骨子里的技能，这个话题一旦被提出来，很自然就引起了所有人的共鸣。想想也是，如果他们想要长久地生存下来，种植粮食几乎是必需的选项之一。

但问题是，这幢玻璃外墙的房子真的是没法让人觉得安全。

他们面面相觑，刘玉成沉吟了一下，捡起一块石头，学着张晓舟的样子狠狠地向那幢办公楼砸去，石块同样在空中飞行之后撞在玻璃幕墙上，发出啪的一声，落了下来。

“我觉得应该没问题。”他低声地说道，“你们觉得呢?”

张晓舟大声地说道：“请大家相信我，我绝对不会拿这么多人的生命来开玩笑。如果这样的房子都不能保证我们的安全，那绝大多数的房子也肯定是一样的。”

第一个也是最重要的一个议题终于这样犹豫不决地确定了下来，张晓舟按照他们现在所住的房子的相对位置，把人分成了几个小组，让他们相互帮忙，一家家地把东西都搬过来。

“首先是吃的东西、干净的水、药品、武器和工具这些东西，然后是衣物、被褥、个人物品和其他东西，我们先把人都安顿下来，分配好房间，吃上饭，有睡觉的地方，再开始搜集其他物品。”他对人们说道，“食物、饮水和药品要集中起来管理和分配，这应该是我们这个团队生存下去的最基本的规则，如果不赞同这一点，那也没有必要来加入我们了。”

这样的话让少数人开始踌躇起来，他们大多是之前抢先一步行动，洗劫了自己所住的那幢房子的人，他们手头的物资相对其他人来说要稍稍丰富一些，但却不够支持一家人长期生存下去。如果把自己好不容易弄到的东西都交出来，心有不甘；但不交，或者是把东西藏起来，又怕被别人发现了。

大部分人对于这样的规则却没有什么意见，每个家庭自己开伙，自己储存食物和饮水的做法在现在这个世界里显然已经不适用了。别的不说，单单是烧火用的东西就够他们头疼的。大食堂虽然很久以前就被淘汰了，但在现在这个世界，却显然是更有效率也更合理的做法。

人们很快就完成了分组，各自忙碌起来，张晓舟叫上钱伟和张孝泉，带着撬棍等工具向办公楼走去。

正面是一道大约八米宽的网格卷帘门，后面是敞开的玻璃门。之前似乎有人想要从这里撬开门到里面去，但却因为缺少工具而没有成功。这里以后也许会是最大的安全隐患，但至少现在，这里还是安全的。张晓舟把脸贴着卷帘门往里面看，里面似乎并没有什么不妥的地方。

两侧都是窗户，比一般居民楼的要大一些，但应该不足以让霸王龙那样的巨兽钻进来，窗户外面都安上了不锈钢的防盗栏，张孝泉过去试了一下，点点头，表示里面是实心的，不是那种空心铁管做成的花架子。

他们绕到了侧面地下车库的入口，自动升降杆已经断在地上，靠近路面的值班室旁边的地上有一摊已经干涸的血迹，血迹稀稀落落地一直延续到地下的黑暗处，虽然知道附近的速龙都已经被他们烧死在了药店里，但这样黑暗而又广阔的空间还是让他们心里有些发毛。

三个人都下意识地握紧了手中的撬棍，钱伟对着黑暗处大吼了一声，隐隐约约有回声响起，除此之外，什么都没有发生。

“这个地方以后人多一点儿再来检查吧？”钱伟有些心虚地提议道，张晓舟和张孝泉都点了点头。

他们绕到了房子后面，那里一半是地面停车场，一半是绿化带，几条石子路从绿化带中穿过，连接着停车场和办公大楼的三道后门和侧门，停车场和绿化带的周围是大概两米五高的围墙，上面装着防盗用的铁丝网。

绿化带中心的位置有一个八九平方米大小的鱼池，里面的水看上去不是很深，而且感觉不是很干净，不可能拿来饮用，但张晓舟却惊喜地在里面看到了几条不到巴掌大的用来观赏的锦鲤，而且种着像是荷花的水生植物。

这让他微微有些兴奋，如果好好养的话，无论是鱼还是莲藕，将来也许都能成为他们重要的食物来源。

“这边！”在他观察周围环境的时候，张孝泉已经走到了侧门那儿，门已经被人撬开，但是门背后的自动弹簧装置依然把它顶着，应该没有什么东西跑进去过。张孝泉用力地推着门，几个人照例是站在门口大呼小叫了一下，确认里面什么响动都没有之后，他们才小心翼翼地走了进去。

里面是一道两米多宽的内走廊，两侧都是一间间的办公室，钱伟敲了敲墙壁，发现那是空心砖砌成的隔墙，没什么强度。

有几道门已经被撬开，光线从打开的门里透出来，让他们能够看清楚前面的情况，二三十米远的地方，门厅的位置光线很亮。

所有房间的门楣上都有标牌：一号会议室、二号会议室、财务档案室、人事档案室、行政档案室、市场档案室、驾驶班、后勤组、库房。

被撬开的办公室里东西撒了一地，显然之前进来寻找食物的人并没有什么耐心。

“这个卷帘门应该可以用手动方式开闭。”钱伟检查了一下正门的卷帘门之后告诉张晓舟。

这显然是个好消息，张晓舟让钱伟在这里等待即将到来的人们，自己和张孝泉一起上了楼。

楼上的房间几乎都被撬开，东西散落了一地，从办公室的设施来说，张晓舟猜想这家名为“安澜实业”的公司应该是远山市一家有着相当规模的大型企业集团。仅仅是市场部的办公室就占据了一层楼的一半，里面有大概四十个人的隔断，而标有“部门经理”“副总经理”“总经理”“董事长”之类的办公室加起来足有将近二十间。

房间的装修和家具都很时尚，给人一种蓬勃向上而又充满时代感的观感，可惜的是，这些东西的命运很有可能都是变成燃料。

张晓舟注意到，部门经理级别以上的办公室地面上都铺着质量上乘的地毯，而且几乎每个房间都有大大小小的沙发组合，这让张晓舟彻底松了一口气。这样一来，即便是暂时没有办法把床都弄过来，人们也有睡觉的地方了。

他们小心翼翼地从一楼一直爬到六楼，越是向上，房间被撬过的痕迹越少，那个急躁的侵入者或许是感到极度失望，没有耐心检查完整幢建筑物就匆匆地走了，他们也没有急着动那些房门紧闭的房间，而是快速地沿着走廊通过，检查着有没有什么潜在的危险。

幸运的是，他们把整幢建筑物都检查了一遍，没有发现任何活动的物体，也没有发现缺乏防护的入口或者是尸体之类的东西。

两人最终一起把通往天台的门撬开，热风马上就吹了进来，刚刚走出天台门，之前远远看到的那两个并排放在一起的巨大圆形白色水箱马上出现在他们面前，张晓舟爬到水箱上，打开检查孔，看到里面满满的都是清澈的自来水。

按照这两个水箱的体积，应该有超过二十吨干净的可以饮用的水装在里面。

这个发现让张晓舟的心情终于舒畅了起来，张孝泉不明就里地看着他，他突然忍不住笑了起来。

"张孝泉，你觉得这个地方怎么样？"

"很好啊，至少比我们之前住的那个地方强多了。"张孝泉说道，随后又补充了一句，"装修也气派！"

张晓舟摇了摇头。

他的关注点和张孝泉完全不同，经过实地勘察，他认为自己之前的设想完全可以在这个地方实行。他似乎已经看到眼前的天台上铺满了土，上面长满了郁郁葱葱的农作物。

这当然还是一种不切实际的狂想，要铺满这个面积超过一千平方米的天台，他们至少得苦干好几天，更不要说如果想要把下面四到六层的办公室全都用上，超过四千平方米的面积要弄来多少土。

附近似乎还没有什么地方能够挖到这么多土，他们手头现在也还没有任何种子可用，但在张晓舟心里，一团名为憧憬和希望的火焰已经点燃，并且摇摇曳曳地明亮了起来。

第12章

不同策略

因为已经发现了可以说相当丰沛的饮水资源，他们把饮水从优先名单中暂时剔除，但仅仅是搬运粮食、药品、工具、武器和一些相对重要的个人物品就花费了他们整整一天的时间。

一开始的时候，很多人对于“重要个人物品”概念的理解非常有问题，许多对于生存没有任何帮助的物品却花费了他们大量的时间，有些人在收集整理物资的时候，毫无意义地把大量的时间浪费在了缅怀过去的生活上。

这种毫无紧迫感的举动让张晓舟看得直摇头，但更严重的问题却是在街上游荡、寻找一切可用之物的人多了起来。在张晓舟他们搬运东西的时候，一些人用阴郁的表情看着他们把大包小包的东西从楼上搬下来，放在仅有的几辆小车里推到办公楼这边，看上去蠢蠢欲动。张晓舟不得不改变了原有的计划，放弃之前的分组，集中人力帮助那些居住在相对远处的人们先把东西搬过来。他把人分成四组，每家的老弱负责留在家里收集整理物资并且做好看护，一组人负责搬运，一组人负责把东西暂时搬入安澜大厦里，而另外一组人则手拿简单的武器负责保卫。

他们很担心有人会冲上来哄抢他们的东西，但人们穿越到这个世界的时间还不算长，绝大多数家庭还没有开始陷入没有东西可吃的境地，加上他们这群人明显有着组织、分工和秩序，他们所担心的情况并没有发生。

非但如此，还有人主动上前询问这是怎么回事，加入他们需要什么样的条件。

大家都看着张晓舟，但这样的问题他没有办法给出回答，他们暂时还没有余力去考虑接收更多的人，于是他只能答复他们，等到他们现有的人员完成搬迁之后，会考虑是否接收其他人员。但如果想要加入他们，必须遵守一些规则。

“这是应该的！”其中一个看上去有些神经质的中年人点点头说道，“没有规矩不成方圆嘛！”

“要我们帮忙吗？”他热心地问道，“反正周围也找不到什么可吃的东西了，闲着也是闲着，给你们搭把手，赶快把你们的人弄好了，也好早一点考虑我们的事情。”

张晓舟小心翼翼地婉拒了他和另外几个人的好意，反过来问道：“你们去过其他地方了吗？”

“家里有老有小，怎么敢乱跑？”中年人随手指了指旁边的一幢房子说道，“我家就在那儿，现在这个世道，电话又不通，生怕家里出什么事情，也就是在房子周围转转，什么也干不了，什么地方也不敢去。”

“你们那幢楼的人其实可以联合起来……”张晓舟建议道。

他开始有些担心，当他们的政策最终确定下来之后，会不会有许多家庭申请加入他们这个团体？另一个方面，他们会不会太引人瞩目了？

“人心不齐啊……”中年人叹了一口气，“我们几个都是同一幢楼的，也都想把人联合一下，但大多数人根本就没这个意思，甚至根本不开门和我们谈，好像我们想图谋他们什么一样！我们还能怎么办？”

张晓舟点点头，不再和他们聊天，把注意力重新放回自己的工作上。

为了加快速度，他不得不经常到楼上去帮助那些家庭把大量的非必需品从搬运清单里清除出去，甚至和他们因为对“重要”这个概念的理解不同而发生了数不清的争执，但这样的做法最终还是大大提高了工作效率，让急需搬运的物品足足减少了一半。可即便是这样，等到天色开始变暗的时候，工作量还是远远没有达到，只有八个家庭搬了过来。

因为没有照明设备，为了确保安全，张晓舟让他们停止了手中的工作。

“大家今天都有经验了，明天加把劲，一个上午就能弄好！”他用充满干劲的声音对大家说道。

有一半人不得不继续住在原来的地方，但张晓舟这边已经安排刘姐她们做好了饭，让大家都先到他们那边的食堂去吃，这个安排让大家都感到很满意。

张晓舟和钱伟等人主动留下看守物资，在大多数人离开之后，两人一起动手把卷帘门放了下来。

“人没有全部过来。”钱伟突然低声地对张晓舟说道，“之前分组的时候我数过，不包括我们的人，一共有十八个人，但后来带着家人过来的只有十四个人，少了四个。”

“没关系。”张晓舟摇摇头说道，“我反倒担心人太多了养不活，你应该看到了，有的是想要加入进来的人。”

他早已经料到会发生这样的事情。

把基地安排在这个地方其实也是一个双向选择的过程，对他有信心，愿意相信他，并且愿意离开看似安全的家，把自己的物资带过来和大家一起分享的人才是他所需要的。

未来他们必然会遇到很多很多的困难，面临许许多多的抉择，自私、胆小、悲观、不愿服从或者是没有进取精神，质疑团队的前景的人，都有可能成为团队前进道路上的坑，成为这个木桶上隐蔽的短板。

在现在这个时候就分道扬镳，总比出了事之后再来解决要好。

钱伟脸上的表情却一点儿也轻松不起来：“你想过没有，如果他们吃完了自己的东西，走投无路之后又来要求加入我们，那该怎么办？我们到时候是接收他们呢，还是不接收他们？”

张晓舟没有马上回答。

事实上，从刘玉成等人硬把他推到这个位置上来之后，他一直在想这个问题。

不仅仅是这些曾经和他们有过伙伴关系的人，未来必然会有上门求助的陌生人。到那个时候，他们应该怎么处理？

单纯从道德的角度来考虑，对于走投无路的人伸出援救之手是理所当然的。

但现在已经不是以前，在这个一切都已经发生了天翻地覆变化的世界，他们身边的物资极其匮乏，在找到可靠的食物和饮水来源之前，盲目地伸出援救之手很有可能意味着把自己生存的机会拱手让出去。

这无关道德，并非自私，而是每个人的生存本能。

但明白这个道理是一回事，能不能以一颗冷酷的心面对那些极有可能出现的求援者又是另外一回事。自私是每个人的天性，但同样地，张晓舟相信恻隐之心也是每个人内心深处都有的东西。

即便是完全功利地从团队的发展前景考虑，他们也必须认真地考虑吸收新人的问题。他们不可能凭借这么十几个青壮年再加上他们的家属就在这个世界存活下去。不可能人人都是多面手，这个小小的聚落，贫弱的人口不可能解决所有的问题，如果不持续地吸收新鲜血液，他们根本就没有发展壮大的可能。

张晓舟依然相信在渡过最初的困境之后，幸存下来的人们必将聚合在一起形成新的秩序，那么，那些曾经对别人的困难视而不见，甚至是落井下石的人，大家又会怎么看他们呢？不管最终的秩序变成什么样子，曾经拒绝他人，甚至是以残酷手段对待别人的那些人，终将会为自己的所作所为付出代价。

康华医院那些主事者的做法绝不可取，他们看起来是用雷霆一般的手段震慑住了所有人，堵住了人们对他们所拥有的物资的贪念，但他们又何尝不是把自己围困在了那个孤岛里面，让自己和外面的人隔绝了起来？

只要有一个目睹了那件事情的人活着，他们就永远不可能从耻辱柱上下来，在他们遭遇困难的时候，也不会有任何人去帮助他们。

但这些都只是他自己的想法，不能代表别人。

任何人都没有权利让别人为了自己的善心买单，任何人也没有权利让别人为了自己的长远计划挨饿，任何人更没有权利让别人为了自己的大义送死。

作为团队暂时的负责人，他认为自己有责任带领大家尽可能地获取更有利的生存条件，但他没有权利去决定别人该怎么活。

“这件事情我觉得应该由大家来决定。”张晓舟这样对钱伟说道，“不仅仅是这个问题，等一切都安定下来，有些根本性的原则我们必须首先确立起来，否则的话，我们这个小团队也走不了多远。”

有了第一天的经验，第二天搬迁的速度终于快了一些，但许多人仍然舍不得抛弃那些对于自己来说重要的东西，张晓舟不得不一次次地告诉他们，当最紧急的时间过去之后，他会再一次安排所有人回到自己的家里来把他们的东西拿走。

在这样的承诺下，他们终于在第二天中午把所有的急需物品都搬进了安澜大厦，并且以家庭为单位把大家安置在了二楼的办公室里，单身汉都住在一楼的大会议室里。

“我们现在一共有七十三个成员。”高辉被张晓舟安排统计人数，并且记录下每个人之前的职业和特长，第一步已经完成，但第二步却只能见缝插针，仅仅调查了一小半，“十六岁到六十岁的男人有二十六个，女人有十八个；六十岁以上的老人有十九个，其中七十岁以上的有五个；十岁以下的儿童有七个，四女三男；十岁到十六岁的小孩有三个，两男一女。”

张晓舟深深地吸了一口气，即便是有四家人在最后关头打了退堂鼓，人数也远远超出了他的预期。

“怎么会有这么多老人和孩子……”他忍不住说道。

“单身汉多半都跑到别的地方去了，加入我们的大多是上有老下有小的家庭。他们的负担最重，生存的压力和困难最大，所以非常渴望能够有一个集体可以依靠。”高辉也有些无奈地说道。二十六个男子当中，他们原先的小集体就贡献了十个，而且还有五个年轻人。加入他们的这些家庭，男人多半都在三十到四十五岁之间，家里小的小，老的老。

张晓舟摇了摇头，再怎么抱怨也解决不了问题，现在这种情况下，女人必须当男人用，男人必须当牲口用，即使是老人和小孩也必须做一些力所能及的事情。但即便是这么考虑，真正能够派上用场的人还是不够多。

他一想到什么要做的事情就马上用一个随身携带的小本子记下来，现在要做的事情已经密密麻麻地记了好几页，可已经完成的却只有寥寥几项。

“你继续忙去吧。”他拍了拍高辉的肩膀说道。

第二和第三个过来汇报情况的是孙然和刘玉成，孙然以前是会计，而刘玉成是做生意的，对于数字比较敏感，张晓舟让他们去清点现在手头上的物资，但不用听他们的结果，只是看看他们的脸色，张晓舟就先深深地吸了一口气。

“具体的清单没有几天时间出不来……”孙然絮絮叨叨的，半天说不到点子上，只是习惯性地先说困难，“东西太杂，各种各样的包装还有散装的都有，实在是不好统计……药品、工具那些东西也是这样，规格、品种、型号都太杂，没有十几个人花上几天的时间根本就清点不出来……”

张晓舟摇摇头，打断了他的抱怨：“孙哥，我们现在不是接受税务局的检查，更不是迎接审计，我不要很具体的数字，我只想知道，现在我们有大大小小七十三个人，这些东西够我们吃多久？”

孙然一下子愣住了，他习惯于以详细的数字来回答问题，这样笼统的概念却一下子难倒他了。刘玉成也答不上来，他以前在家里根本就不做饭，也不管这些东西。

最后还是和他们一起清点食物的刘雪梅给出了答案。“一天两顿，再想办法到周边找点野菜、果子、树叶之类的混在里面，省着吃，也许能吃一个月，最多一个半月。”她紧紧皱着眉头，连连摇头。

“怎么会？”李彦成在旁边说道，“我和蓁蓁之前买的一袋五公斤的大米，足足吃了两个多月呢！”

“你们不是天天都在家吃吧？”刘雪梅叹了一口气说道，“以前我家的米也是，买十公斤够吃好久。但那时候早点是在外面吃，午饭是在单位吃，家里只吃一顿晚饭，还时不时去下馆子，而且有菜，有肉，油水也够，还有零食，工作又不用怎么活动，三四天不吃饭都不会饿。现在每天都是喝粥，要么就是杂烩饭，大家的饭量都比以前大，还不扛饿，不到饭点就有人到食堂里坐着了。”

“如果我们能像之前那样抓到些秀颌龙呢？”张晓舟问道。

“要有肉的话，那饭量肯定就下来了，可现在有七十多个人呢，粥都得熬五锅，就算是每天都能抓到一两只秀颌龙，分到每个人头上也没多少啊。”

这样的话说出来，让在场的每个人都有点丧气。

一个半月……

“我们是不是得开始挖草根、啃树皮了？”李彦成忍不住说道。

“那你也得先知道什么东西能吃啊！”钱伟说道。

“这倒不是问题。”刘雪梅这时候说道，“薛奶奶对这些东西熟得很，就从我们那边走过来的路上，她就指给我看了好几种可以吃的野菜，还有可以入药的草。她说有些树叶用开水焯一下把苦味去掉就能拿来煮粥，不过之前都没有机会试，我们正商量着，明天让薛奶奶带我们去附近找找有些什么可以吃的东西。”

这倒是一个意外的惊喜，张晓舟没有想到曾经被他们看成是拖累的薛奶奶还有这么个本事。之前各家各户收集来的新鲜肉类和蔬菜基本上都已经吃光了，天气这么热，还没吃的基本上也都坏了、蔫了。张晓舟之前还在考虑大家摄入的维生素和纤维素不够的问题，如果真的能找到一些野菜和可吃的树叶，那这个问题就算是解决了一大半。

最关键的是，摘树叶和采野菜这种事情不用花多少体力，老人孩子都可以做，他马上把这个记了下来，并且在前面标记了一个星号："刘姐，麻烦你待会儿吃饭的时候顺便问问还有没有人懂这些，明天我把老人和半大的小孩都调给你们，先在附近找找看。"

"好。"刘雪梅答应着去了。马上就到一点钟了，七十几个人的饭，以他们现有的条件真的不好做，即便只是用最简单、最能保证食物中的营养物质不流失的方式把东西煮成杂烩饭，劈柴烧灶也要花费大量的精力和时间。张晓舟已经把几个五十来岁的女人分配给她带着做饭，但还是有点忙不过来。

"说起这个，是不是考虑把燃料也加入急需物资清单里？"钱伟说道。

"不是还有很多家具吗？"

"天气太热，厨房里随时都在烧水给大家喝，木头的消耗量很大。这家公司的办公家具都是好木头，尤其是那些经理级别办公室里的桌子和柜子，那些木头以后说不定能派上用场，烧掉太可惜了。"

张晓舟点点头，把这一条又记了下来。

"房间大致上已经划定了，空的房间还很多，按照你的想法，一楼留出来做仓库和以后的车间什么的，二楼三楼用来住人，大概还能接纳一百个人左右。如果是单身汉，那应该还能多一些，但这只是说住的地方。"钱伟继续说道。

"如果他们也能带来食物呢？"张晓舟说道。

"难。"刘玉成在旁边说道，"我和那些在旁边看热闹的人聊了几句，那些特别想加入我们的人，家里多半都是老人孩子多，吃的东西却没多少，所以危机感比较强。那些之前就下手弄了不少吃的东西的人家，现在都在观望，要么就觉得现在加入我们，把自己好不容易弄到的东西交公划不来。"

他说这话的时候表情有点阴郁，钱伟看了看张晓舟，这其实和他昨天说的意思差不多。

"你们几个多想想，也都让大家考虑一下，我们今天晚上吃完饭以后开个会，统一一下思路，把我们今后做事的原则定下来。”张晓舟说道，“下午钱伟你带一个组把安澜大厦彻底检查一下，把有用的东西清理出来，如果有可能的话，想办法把地下车库的门放下来。”

钱伟点点头。

张晓舟又看着自己的本子，分别安排了几个组的工作，让他们分别寻找和收集一些要用的物资，或者是整理分类现在已有的东西。

等到其他的人也给安排了任务，刘玉成感觉有些奇怪：“张晓舟，那我呢？”

“刘哥，我想请你开车带我出去一趟。”张晓舟答道。

“你还是想……”钱伟的表情一下子凝住了。

“不亲眼看看那几个地方的情况，我心里始终是放不下，如果能加入更好、更有前途的团队，我们又何必在这个地方死撑？”张晓舟说道，“即便是不加入任何团队，我们也得了解一下周边的情况，看看有没有可以合作的团队或者是需要提防的危险。我觉得我们应该定期到周边去看看，困守在这里太被动了。”

钱伟低着头什么都没有说，过了一会儿他说道：“也好，不过你要去的话还是多带几个人，最好是让李洪带上枪跟你去。我们这里人多，应该不会有人动歪脑筋，你们开着车在路上跑，要多加小心。”

张晓舟等人开着车一路向西，往地质学院的方向驶去，但速度却没有办法快起来。

街上到处都是被丢弃的车子，要么就是各种各样被人丢在路上的东西。

更加令人触目惊心的是倒在路边的尸体，不多，但却没有人管，露在衣服外面的部分都已经被啃得光秃秃的，看上去很瘆人。

偶尔会有三三两两的人手拿简陋的长矛或砍刀之类的武器从街上匆匆走过，看到这种地方也都是远远地绕开。

这样的景象让车上的几个人都没有心思聊天，只是沉默地看着道路的前方。

李彦成在后排有些不安，他偶然听到过刘雪梅、老王等人私底下的议论，他们都悲观地认为，像张晓舟这样的人很可能会离开他们这些人去寻找更好的地方，老孔甚至认为他只要有机会就会离开。这让李彦成很想问问张晓舟去地质学院到底是要干什么，但车里的气氛让他觉得很不舒服，最终还是没有问出口。

走出去不到两公里，路上的行人突然又多了起来，张晓舟和刘玉成都想起了之前在康华医院遇到的事情，不约而同地紧张了起来，这种情绪感染了坐在后排的李洪和李彦成，李洪下意识地把手枪掏了出来。

“别紧张。”张晓舟对他们说道。

远远地可以看到，地质学院的大门里面同样停了几辆公交车，把门堵得死死的，公交车上、学校的围墙和周围那些低矮的铺面顶上都有手拿简陋武器的年轻人在守卫着。

这样的景象乍看上去很像是康华医院的翻版，但人更多，气氛却不像康华医院那里那么紧张。

人多了起来，车子已经没有办法继续向前，张晓舟示意刘玉成把车子停下，他爬上车顶看过去，却看到学校正门边上的小门开着，外面放着几张桌子，人们正在排队。

学校的大门上拉着一块简陋的横幅，上面写着“请有序排队，等候审核”。

周围的人们虽然脸上同样有着极度的不安，但却多多少少有些希望。

“我过去问问情况。”张晓舟说道。

李洪和李彦成也跟着他下了车，但却没有走远。

“师傅，麻烦问一下这里是在干什么？”张晓舟问一个正在排队的男子，对方看了他一眼，却没有回答。

张晓舟有些气恼，不过这时候他却看到有些戴着红袖套的大学生模样的人正在维持秩序。在靠近人群边缘的地方，一个戴眼镜的年轻人正手拿一个铁皮喇叭，似乎正在向周围的人解答着什么，于是他向着那边挤了过去。

“……只要证明你们有一技之长，并且符合我们的要求，就能加入，但每个合格者只能带一个成年的不符合规定的人进入，未成年人可以跟随父母进入，每家限一名小孩。”

“刚才那个人为什么一家子都进去了！不是说只能带一个人吗？”

“他带进去那两个都是女孩儿，我刚才不是说了吗？三十五岁以下的单身女性有绿色通道，可以直接进入，即便小女孩也是。”

人群哗然，这种做法无异于鼓动女孩甚至是女人们在危急的时候抛下自己的伴侣。有人似乎想动手打那个眼镜男，但他身边那四个膀大腰圆的年轻人手拿棍子恶狠狠地盯着那几个闹得最凶的人，似乎随时都要扑上去打他们，这让他们不敢动弹了。

“什么叫符合你们的要求?”

“那边的墙上贴着明细表，大家可以自己过去看，我们会在门口随机抽出相应专业的问题询问，五个问题能答对四个就算合格。如果你们符合条件，可以在那边排队。但不要试图插队，现在是非常时期，插队的人取消审查资格，而且还有可能被揍一顿，这对大家都不好。”

“如果我家有两个儿子呢?”有个人大声地问道。

“双胞胎的话可以算一个小孩，如果你生了好几个小孩，那就对不起了。”

“这不公平!”那个人愤怒地说道。

“我们也没办法，不限定人数，很多人都把自己的孩子交给信任的人带进来，最多的时候甚至有带进来七八个小孩的。那个人只有三十一岁，你们觉得这有可能是他自己的孩子吗?”眼镜男说道，“我们也是被逼着这么做的，大家都知道现在是什么情况，我们肯开这个口子已经很不容易了，如果有人乱来，我们只能把这个口子也关掉，那就不要怪我们了。”

一些明显已经看过那张明细表，觉得自己没有希望加入的人想在人群里鼓动大家闹事，但很多觉得自己还有希望的人却自发地阻止他们这么做，甚至还向戴红袖套的学生执勤队举报他们，让他们被远远地赶出了人群，这让现场秩序虽然看上去很混乱，但却没有真正乱起来。

制定这个政策的人不简单。

张晓舟这样想着。他在这里，看了一会儿，侧门那里真正能够通过审核的人其实并不多，但他们却给了人们一个希望，从而让他们本能地维持起这里的秩序。非但如此，他们还靠这个办法引进了很多在这个世界里急需的人才，比起康华医院的那些人，地质学院的做法显然要聪明得多。

但这么多人长期聚集在这里，浪费了大量本可以用来干更有意义的事情的人力和时间，而且还很容易把强大的猎食者引到这里来，事实上，这么近的距离，张晓舟还是让刘玉成开车陪自己过来，就是考虑到躲避肉食恐龙的问题。

那群疑似恐爪龙的猎食者和他在第一天的时候就遇到的那只暴龙一直都没有出

现,这让张晓舟觉得有些不可思议。最大的可能是它们已经各自在这个城市划定了新的猎食范围,但随着速龙群的灭亡,会不会有其他猎食者进入他们所在的区域?

这样的担心让张晓舟突然有些急躁起来。

他费了很大的力气才挤到那张明细表前面,上面用毛笔字写了三十几项内容,名列第一位的就是各科医生,紧跟其后的是化工、机械加工、生物等专业,以前同城招聘中最常见的销售、财务、策划、文员之类的一概都没有。

他自己当然可以进入这里避难,钱伟和张孝泉应该也不会有什么困难,和他一起过来的刘玉成、李彦成肯定都没有资格。至于李洪,表格上列着军人、警察(含退伍军人)这一项,他虽然不完全满足,但协警的身份和手上的那把枪也许能让他通过审核。

但除了他们之外,团队里也许没几个人能够进入地质学院。

有可能和他们谈判吗?

看着挤满了学校门口这块空地的人群,他自嘲地摇了摇头,掉头向车子那边走去。

“其实你们也可以到其他地方去看看,或者是自己先组建起队伍来,没有必要在这里白白耗费时间。”眼镜男拿着那个铁皮喇叭继续叫着,“等到一切走上正轨,我们肯定会有进一步的举措,现在不能进入,并不代表未来也不能进入。大家要对克服暂时的困难充满信心……”

张晓舟摇摇头从他前面走过,他的话这时候也告一段落,放下喇叭开始休息,这时候,他却看到了张晓舟:“哎?是你!”

张晓舟根本就没有意识到他是在说自己,眼镜男跑过来拍了他一下,他才惊讶地转过了头。

“果然是你!”眼镜男有些兴奋地说道。

张晓舟这时候才想起,这个家伙曾经和自己一起被困在一个小店里。他已经记不住他的样子,但还记得他眼镜上的那条裂缝。

“你也来投奔我们了?”眼镜男的兴奋里有些不一样的东西,张晓舟明显可以感觉到他肢体语言里的潜台词:你来求我啊,求我的话我就让你进去。

“是啊。”他不想因为这种小事而和面前这个多多少少算是共患难过的陌生人有什么矛盾,于是随意地点点头,“不过我没在那张表上,有点遗憾。”

“没关系啊，”眼镜男小声地说道，“我可以帮你走个后门，我是学生会的宣传干事，这点面子我还是有的。”他这么做也不单单出于私心，眼前的这个家伙看上去没什么特别的，但却在灾难降临之后当着他的面就干掉了两只恐爪龙。就算他什么技能都没有，这种狠劲也足以让他有资格进入学校已经建立的护校队了。

“谢谢了，不过我还有些同伴在那边。”张晓舟对着他笑了笑，拍拍他的肩膀向车子那边走了过去。

“嘁！”眼镜男感到有些挫败。那时候张晓舟他们根本就没有把他和那个胖子放在眼里，这让他这个自视很高的年轻人感到很不舒服。

他肯定比那个只知道躲着的胖子要强得多，回到学校之后，他很快凭借在学生会的职务成为此刻地质学院最高权力机构的成员之一，这让他确信自己是优秀的，可以在这个危机四伏的世界里生存下来。不仅仅是这样，他确信自己可以比大多数人活得都好，甚至成为整座城市的领导者之一。

不是有人说过吗，世界归根结底是属于年轻人的。

但现在，张晓舟这种对他的善意视而不见的态度让他又一次产生了那种挫败感。

“有什么了不起的！”他在心里默默地说道，“总有一天你会哭着来求我……如果你有命活到那个时候！”

“那个人你认识？”李彦成问道。

张晓舟摇了摇头：“只是见过一面的人。”

他把地质学院推出的政策和大家说了一下，并且说明了自己的想法，李彦成和刘玉成都微微地有些激动，李洪用手摸了摸包里的枪，什么话都没有说。

“我们这就回去？”

张晓舟摇了摇头：“难得出来一次，我们到其他地方看看。”

车子沿着道路向西南方向驶去，因为中间有一条高速公路把南北两个部分分开，能走的通道并不多，张晓舟自己平时经常走的就只有弘昌路和它旁边的春莺路两条主干道，位置大概在正中心，但刘玉成对于这个区域显然比他熟悉得多，他熟悉地开着车子沿着一条荒僻的小路行驶，很快就穿过一条狭窄阴暗的下穿道路到了高速公路的南边。

“刘哥你来过这里？”张晓舟有些惊讶。

刘玉成微微有些自得地点点头:“我的铺子就在前面的三环五金机电市场里,弘昌路和春莺路不是老堵车吗?这边的小路知道的人少,我偶尔就会从这边绕路回家。”

这周围看上去像是一个规模不大的城中村,路上却没有什么人,所有的房屋都死死地关着门窗,看上去很萧条,往西边不远的地方就是张晓舟曾经看到过的悬崖,透过房子之间的缝隙,他们能够看到大片大片的绿色,一望无际。

“这附近都有些什么?”张晓舟问道。

“这边好像叫板桥村,具体情况我也不太清楚,不过这个村子里好像有很多大大小小的加工厂,那边有一个很大的木材加工厂,再往南过去就是三环市场了。”

张晓舟正想问问他是些什么样的加工厂,李彦成在后排突然大叫了起来:“小心!”

一个五颜六色的身影突然从他们车窗前面飞过,刘玉成吓得一脚踩在刹车上,但那个东西还是重重地撞在了挡风玻璃上,砰的一声,它被撞得尖叫了一声,但很快就消失在了房屋之间。

“你们看清那个了吗?”李彦成惊魂未定地问道。

“好像是一种鸟?”刘玉成有些不敢确定,因为那个东西看上去体形有点大,几乎和一条猎犬相仿。它的爪子在挡风玻璃上狠狠地扎了一下,弄出了几个小小的白点,好在没把玻璃弄碎。

“也许是一只很原始的鸟,孔子鸟那一类的。”张晓舟只是猛然间看到它拼命地扇动着翅膀,这种东西他很久以前曾经在《自然》杂志的某篇文章里见过,但已经记不清具体的内容了。

其他三个人对于这些东西根本就接不上话,他们对恐龙的了解几乎都来自电影,对于这个时代能够遇到什么样的东西,他们完全就两眼一抹黑。

“刘哥你要是再开快一点儿,我们今晚就可以加餐了。”张晓舟开玩笑地说道。

刘玉成却把车开得越发小心翼翼,张晓舟对他说道:“这个区域相对来说应该是安全的,悬崖那边距离下面很高,一般的动物肯定爬不上来,大概也只有刚才那样会飞的动物才上得来。”

“是吗?”刘玉成的心里稍微安宁了一些,不过周围诡异的安静还是让他有些担心,“这边的气氛不对啊!”他低声地说道。

其实这里跟刚才人山人海的地质学院直线距离应该不会超过一公里半，但因为高速公路高大的路基阻隔，中间又隔着很多建筑物，给人的感觉就像是完全到了两个不同的世界。

“这里的人大概是离开了？”张晓舟也感到有些奇怪，这个地方在他看来应该是比较安全的区域，但即便是年轻人都已经离开，一个地方总归还是应该有人留下的，不可能在短短的几天时间里就变成这样死城一样的区域。

“我们快点走吧。”李彦成说道。

“那边房子里有人。”李洪却这样说道。

他指着车子右前方的一幢房子，有烟雾正从窗户的缝里往外冒，但看上去不像是火灾，应该是正在烧火煮东西。

“为什么不开窗呢？”李彦成有些诧异地问道。

“要去问问吗？”李洪问道。

张晓舟没有回答，在他们说话的时候，车子已经走过了一小段距离，这让他看到了路边的一个东西，它在阳光下闪闪发光，但那种光线却不像是金属、玻璃，或者是水面的反光，看上去更像是一种磷光。

“把玻璃窗都关起来，快！”他终于看清了那是什么，脸色一下子白了。

刘玉成这时候也看到了那是什么：一大群正在原地扇动翅膀的虫子。

它们爬附着的那个东西让张晓舟有一种非常不好的联想，但就在这时，发动机的轰鸣声突然惊动了它们，就像是什么东西突然炸开一样，密密麻麻的飞虫突然腾空而起，犹如一个巨大的生物在半空中飞舞，随即向他们这边狂冲了过来。

就像是暴雨落下，无数的黑点狠狠地撞击在车身和玻璃上，发出砰砰的响声，刘玉成下意识地再一次踩下了刹车，车里突然就黑了下来，密密麻麻的虫子已经爬满了玻璃，遮蔽了所有的光线。

“该死！”李彦成忍不住大叫了起来。王蓁蓁的事情已经让他对这些东西有了一种强烈的恐惧和厌恶，他下意识地握紧了手中简陋的武器，咬紧了牙关。

“把空调口都关起来！”张晓舟说道。虽然虫子从什么地方爬进管路并且最终爬进车里的可能性不大，但他不想冒这样的险。

嗡嗡声响了起来，似乎有更多的飞虫在向这边飞来，他们什么都看不到，只能看到无数的躯体和脚在近在咫尺的地方爬来爬去。

“想想办法!”李彦成已经闭上了眼睛,张晓舟突然把雨刷控制杆按了下去,水流喷到挡风玻璃上,雨刷被卡了一下,但还是艰难地动了起来,把挡在自己面前的飞虫全都扫落到一边。

有一些虫子躲避不及,被雨刷一下子碾平,它们的身体就这样突然爆开,挡风玻璃一下子就变得血迹斑斑。

“那是个死人!”李洪叫道。

这时候他们已经能够看到之前这些飞虫所爬附的东西,那是一具几乎已经被完全吸干的尸体。

“还好刚才那个东西没有把挡风玻璃撞碎!”刘玉成心有余悸地说道。

“它们爬进去了!”李彦成惊恐地叫道。

雨刷仍在不停地与那些虫子进行着战斗,就在他们正前方,许多虫子正在引擎盖上乱爬,一些虫子明显已经沿着车身的缝隙钻了进去。

“启动车子!”张晓舟说道。

他们必须尽快离开这个地方,如果车子被这些虫子弄抛锚了,那他们的处境也许比他任何一次被困都要严重!

刘玉成马上把车子挂上挡,也许是车子的温度吸引了它们,更多的虫子从远处往他们这边飞来,雨刷再一次被卡住,然后又艰难地动了起来。刘玉成只能不断地让雨刷中的水喷出来,虫子身体里暗红色的血就这样一道道地不断从玻璃上往下流,看上去非常诡异。

随着车子动起来,终于有一些虫子被甩开,但仍有更多的虫子试图抓住这个古怪的巨大野兽。

“我们得开快一点儿!”李洪说道,“让风把它们吹开!”

“你说得倒是容易!”刘玉成忍不住叫道。

前面的路上就像其他地方一样都是各种各样的障碍物,即便他的车子是越野车,也不可能拿来当成坦克用。

但他还是尽可能地加快了速度,随着车子不断地碾到东西,产生颠簸、跳动,越来越多的虫子离开了车子。

“你们看!”李彦成说道。

在虫群比较稀疏的地方,几只之前差一点就撞上车子的动物正在忙碌地追逐着那些落单的虫子,就像张晓舟所看到的那样,它们除了上肢有漂亮的羽翼之外,下肢也有着类似的结构,只是稍稍比上肢的小一些。当它们飞翔的时候,就像是同时在扇动着两对翅膀,看上去诡异而又美丽。

它们的身体还有着明显的肉食恐龙的特征,但毫无疑问,它们不是恐龙,而是一种鸟类。

“这到底是什么?”李彦成忍不住问道,“为什么它们不怕那些虫子?”

“我不知道。”张晓舟摇了摇头。

第13章

威 胁

“如果它们飞到我们那个地方……”李彦成忍不住说道。王蓁蓁的过敏症状几乎已经好了，但气管上被切开的伤口还没有愈合，这样一来她还是只能在房间里休息。

那天晚上仅仅是一二十只这样的虫子就把他们所有在场的人叮得惨不忍睹，王蓁蓁还差一点因为严重的过敏反应而死掉，那如果是这样密密麻麻、铺天盖地的虫子……想到这里，他突然感觉全身寒毛都竖了起来，后背也凉飕飕的。

张晓舟却摇了摇头，这些东西看上去很恐怖，但对于这个陌生的世界来说，它们也算不上什么。

最简单的办法是用烟熏，张晓舟以前在研究所的基地曾经看过工人们如何处置偶然发现的巨大野蜂巢。那些俗名为“叮死牛”的巨大马蜂，身体里的毒素非常强烈，但工人在上风口远远地点燃一堆烟火，不断地用衣服和草帽把烟往蜂巢的方向扇，然后一步步把烟火移过去，那些恐怖的马蜂几个小时之后就完全失去抵抗力，整个蜂巢都成了他们的战利品。

张晓舟相信这些虫子不可能比高度社会化的马蜂更强大。

“可以用火。”刘玉成这时候说道，“就是发胶那些……对付这些东西应该有用，至少可以把它们的翅膀燎掉。只要事先穿好厚衣服，让它们叮不进去。”

“那么多一起扑上来，能把你一下子推倒吧？”李彦成说道。

“所以还是要许多人一起对付他们才行。”张晓舟说道，“刘哥说得对，提前做好防护，然后大家一起出动，即使没有足够的火源，用火把，甚至直接用拍子什么的都能打死它们。”

“这倒是没有问题，可是如果在野外突然碰到这些鬼东西……”李彦成还是心存恐惧。

“我们以后要尽量减少外出。”张晓舟点点头。当初他极力推动大家把基地安在安澜大厦时就有这方面的考虑，遇到这群虫子让他的想法更加坚定了。

这样的环境下暴露在外部是很危险的事情，周围的密林中不知道有多少这样的虫子，或者是比它们更加危险的东西。现在它们还没有完全侵入城市，他们还可以冒险到外面来，等到城市周围各种各样的生物熟悉了这个突然出现的区域，开始向城里迁移，最好的办法还是让所有人都躲在安全的建筑物里，只让少数做好了防护措施的人到外面来。

“我们现在回去吗？”李洪问道。他的意思显然是不想再继续这样在城里冒险了。

张晓舟点点头：“我们最后再看看汇通国际那边的情况，然后就从弘昌路直接回去。”

路上渐渐又有了一些行人，但数量不多，而且大多数看上去像是惊弓之鸟，高速公路以南的区域本身就没有北面那么多的居民区，而且有可能靠近恐龙能够直接进入城市的口子，这样的景象也算是正常。

他们开着车子远远地从何家营旁边过去，看到村口被几辆并排停着的明显是载着货物的卡车挡住了，只留下了一条窄窄的通道。一些人站在车顶向这边看着，手中拿着像是燃烧瓶一样的东西。

那块区域前面明显是曾经有什么东西被焚烧过，地上可以看到一块块火烧过之后留下的黑色的痕迹。

虽然被挡着看不到村子里面的情况，他们却隐隐约约地看到村子周边的房子有电火花在闪烁。

“真奢侈！”李彦成说道。

很显然，他们正在加固那些外围的房屋，把它们变成堡垒。

发电机、焊机、钢材、焊条、焊工，这样的举动说明他们最少也同时具备了这些条件,而且数量不会太少,张晓舟至少看到四五个地方同时有电火花在闪烁。与他们的这个不到一百人的小小聚落相比,何家营的阵容和资源的确可以说得上是奢华了。

“刘哥,我们绕过去看看。”张晓舟说道。

这个地方看起来比混乱不堪的地质学院更有章法,让他不得不把自己之前的想法更正过来。

但他们还没有到面前,已经有人从那条狭窄的通道里走了出来。

刘玉成没敢把车子开得太靠近,张晓舟打开车门下来,对方却警惕地举起了砍刀。

“你们是干什么的?”

“我们从城北过来……”张晓舟说道。

“滚蛋!我们这儿人已经够多的了!”对方马上说道。

“我们……”

“叫你滚蛋你没听到吗?”对方把手里的砍刀高高地举了起来。

张晓舟看到对面那些紧紧挨在一起的房子里有许多人在看着他们这边,平日里城中村就算是城市里一个人口相当密集的地方,也应该不会有这么多人。附近有条件的居民应该都已经逃到这里了。

他看着站在自己面前的这个男子,他看上去有些疲惫,张晓舟很熟悉这种疲惫,那是因为过于沉重的压力和层出不穷的无法解决的问题造成的心灵上的疲惫。也许何家营的情况也并不像他们刚才想象的那么好,张晓舟能够想到的最有可能的问题是,他们人手很多,但却没有足够的粮食了。

于是张晓舟点点头,默默地转身离开了。

他的这个举动让对方愣了一下,或许是没有想到他的动作会这么干脆。

“喂!”他突然叫了一声。

张晓舟于是停下了脚步,回过头来看着他。

“你说你是从北边过来的?那边情况现在怎么样?”

张晓舟摇了摇头,这千头万绪的,要从何说起?

“不太好。”他只能这样说道。

男子叹了一口气:“一样啊……我们这里实在是养不了更多的人了……你们到别

的地方去碰碰运气吧。”

“村里现在有多少人了？方便说吗？”张晓舟从出门前带着的半包烟里抽出一支递给他，他接过去却没有抽，而是小心翼翼地放在了胸前的口袋里。

“这没什么不能说的，只是没统计过，我估摸着怎么也得有一两万人了。”

他的意思显然是一万多接近两万人，这个数字让张晓舟有些吃惊。

他之前曾经估算过整个穿越区域的人口。以前他曾经看过一个数据，说远山市的城区平均人口密度达到了每平方公里一万两千人，但他们所在的区域本身就是远山市一个开发不到五年的高新开发区，而且以工厂和各种各样的单位为主，居民区并不算多。加上因为是长假，绝大多数企业和单位都在放假，而且还有很多人选择在这个时候出行旅游，这让人数有些难以估计。不过按照周围几幢楼的人口比例，他猜测像自己一样来到了这个时空的人应该会有四万到六万人。

地质学院的老师和学生加起来应该会有两三千人，学校周围算是一个比较集中的居民区，但即便是加上之前在校门口看到的人山人海，那边的人口应该也不会超过一万。

何家营这里就收容了现在整个穿越区域三分之一甚至是一半的人口？

“汇通国际那边是什么情况？你们既然有这么多人，为什么不想办法去那边弄点粮食？”张晓舟干脆把半包烟都给了这个男子，他下意识地看了看身后，用手挠了挠额头。

“那边？”男子叹了一口气，“我们这里将近三分之一的人都是从那边逃过来的，要不是那时候太紧急，我们也不会一下子就涌进来这么多人……看在这半包烟的分上，我劝你一句，去什么地方碰运气都可以，千万别去那边，那儿现在到处都是恐龙了！”

男子的话让张晓舟吃了一惊：“你说什么？”

“你信就信，不信就算了！”男子摇摇头说道，“那边有一大片地方比周边的树林还要低，前几天就有很多恐龙从那个地方跑进来……”他摇摇头，像是要把什么东西从脑海里驱逐出去，“我们这里也是好不容易才守住……”

这时候，有人在那个用卡车搭成的街垒那边叫了他一声，他答应着，匆匆回头走去。

张晓舟有点不敢相信，那个地方对于他们这些穿越到了这个恐龙世界的人来说意义非凡，超市里的东西姑且不论，张晓舟曾经到汇通国际旁边的那个副食品批发市场里逛过，里面至少应该有一两百家经营各种食品和日用品的商家。在张晓舟的记忆里，里面不乏经营米、面、油、盐之类他们急需的物品的商家，而且数量绝对不会少。

他从来没有奢望过占据了这个地方的人会把食物、食盐这些现在无比金贵的东西白白地送给他们，但他不止一次地想过，可以用别的东西来和他们交换。在他的构想里，这个地方是他们能够在这个世界生存下去的很重要的一环。

就这么被恐龙占领了？

他有心要多问一些关于那边的事情，占据那个区域的是什么样的恐龙，数量有多少，但那个人却已经匆匆忙忙地走了回去。

张晓舟脚步有些沉重地向车子走去，刘玉成马上就察觉到了他的情绪："张晓舟，怎么了？"

"刚才他告诉我，汇通国际那边被恐龙占据了。"

"什么？！"他们都叫了起来。

对于李洪他们来说，张晓舟一直鼓动他们加入地质学院这件事根本就站不住脚，虽然他们承认张晓舟所列举的那些理由都很充分，但有什么用？

知识、设备、人力资源、组织性，这些东西派上用场的前提是要能活下来，如果活不到张晓舟所描述的那个新的秩序建立的时候，这些东西又有什么用？

如果说非要投靠一个地方，那所有人心里的第一选择还是汇通国际。最关键的原因就是，人人都知道那里有足够的食物。

但它已经被恐龙占据了？

"怎么个占据法？"李洪忍不住问道。

张晓舟摇了摇头："他没有细说。"

"应该是像我们那边之前那个样子。"李彦成猜测道，"大概是有一群恐龙在那里筑巢了。"

大家都点点头，理应如此。

何家营村口这里，其实距离汇通国际已经不远了，如果是以前，这里只有两个红绿灯也就是不到五分钟的车程。

张晓舟很想去看看那边到底是怎么回事，但他看了看其他人，他们明显都不想去冒险。

收复那个地方怎么看都不是他们能够做到的事情，在他们看来，现在过去完全没有任何意义。

“我们回去吧？”李洪问道。

张晓舟只好点了点头。

车子继续向前，刘玉成准备从弘昌路左转，然后一直开到他们的基地。走这条路就要向汇通国际那边再靠近一点儿。

张晓舟打开天窗站直身体，远远地，可以看到汇通国际那边的街道上乱糟糟地停着许多车子，其中有几辆甚至已经翻倒在了地上，车体也凹了下去，看上去触目惊心。

“那是什么东西干的？”李彦成脸色苍白地问道。

张晓舟摇摇头。

既然能够看到暴龙，那他们所处的时代应该是白垩纪后期，按照人们的普遍认知，这个时代最为强大的陆上猎食者当然是暴龙。

但科学家们对于这个距离人类生存年代六千五百万年以上的时代所有的认识都源自化石，那些化石可以告诉他们一些关于白垩纪的信息，却不可能告诉他们所有关于白垩纪的信息。

人们就连自己生活的那个时代有些什么动物都还没有完全弄清楚，又怎么可能完全掌握白垩纪的信息？

如果有比暴龙还要恐怖的猎食者，只是它们没有变成化石被人们认知呢？

“不管那是什么动物干的，我们赶紧回去就是了！”李洪说道。那些被破坏的车子让他一下子非常没有安全感，如果它们能够掀翻那些车子，那他们现在所开的这辆越野车也面临着同样的危险。

刘玉成放缓了车速，小心翼翼地绕过横在路中间的一辆夏利轿车，开始凭借惯性向左转，这里是一个缓坡，他完全可以不用踩油门，而是凭借车子的重力和惯性，悄无声息地通过这段最危险的路程。

前面的桥洞里什么都没有，只有一辆车子一头撞在桥墩上，但并没有挡住道路。

大家都松了一口气。

车子开始滑行，并且越来越快。

就在这时，他们突然听到了车子的轰鸣声，随后，对面车道上，一辆越野车和一辆卡车出现在了他们的视野里。

很显然，那是从高速公路北面过来，准备到汇通国际去寻找粮食的队伍。

“慢一点。”张晓舟对刘玉成说道。

他把身体从天窗上探出去，准备告诉对方自己所知道的情况。

这只是举手之劳，却有可能救他们一命。

“喂！”他向那边招了招手，但出乎他意料的是，那辆越野车却突然加速，猛地撞上了道路中间的护栏，把他们的车子挡住了。

李洪马上把枪掏了出来，张晓舟轻轻地按住他，让他不要轻举妄动。

从越野车上下来了四个人，只有司机没有动，而卡车这时候也停在了离他们不远的地方，从车后座里下来了三个人，他们手里都拿着长长的砍刀。

让张晓舟最为惊讶的是，其中有两个人手里都拿着枪。

“是你！”其中一个人大大咧咧地走了过来，他故意把枪对着刘玉成，这让他一下子紧张了起来。

那个人哈哈大笑了起来。

“我们什么都没有。”张晓舟说道。

“真的吗？”那个人问道，同时继续用手里的枪对着他们。

“都给我下车！”他大声地说道。

李洪和李彦成的脸色都变得惨白，李洪的手一直放在包里，紧紧地握着枪，却不敢拿出来。

作为协警，李洪从来都没有像老常他们那样打过靶、受过训练，这把枪在他这里更多的是作为一种震慑、一道护身符。但即便是把眼前这个人打死了又怎么样呢？那边还有一个有枪的人，而且他们还有这么多人。

“没听到吗？都他妈的给我下车！”看到车上的几个人都没有动，那个人大怒了起来。

张晓舟脑海中飞快地盘算和评估着，对方的武力明显比己方强得多，但他们应该没有杀死他们的想法，只是想要抢劫。

“下车。”他对其他人说道，“别反抗，他们要什么就给他们什么。”

"聪明!"那个人转怒为喜，赞赏地说道。

他们几个人都下了车，有几个人走过来，在他们身上搜着，其中一个人马上就发现了李洪包里的枪。

"明哥!"他又惊又喜地叫了起来，"有枪!"

"是真家伙?!"拿枪的这个人也是又惊又喜地叫道。他小跑着到了那边，拿起枪来检查了一下，突然狠狠地用枪柄在李洪头上砸了一下："去你的，差点就被你们骗了!"

李洪一下子倒在地上，张晓舟把他扶了起来。

"怎么只有五颗子弹?"被称为明哥的人又踢了李洪一脚，骂骂咧咧地问道。

"捡到的时候就只有五颗子弹了。"张晓舟替李洪答道。

好在因为天气太热，李洪很早就把协警的制服脱了，不然这时候就麻烦了。

"我认识你。"明哥冷笑着说道，"你们不就是派出所旁边那幢房子里的人嘛！听说你们现在收拢了周边的一大堆累赘，准备在安澜大厦里面种田?"

张晓舟心里一冷，这个事情并不是什么秘密，但他没有想到，眼前的这些人也会知道。

"你们傻啊?"明哥却笑了起来，"那幢房子都是玻璃窗，住在那里面找死啊?"

他回头大笑了起来，他周围的手下都跟着笑了起来。

"还老老小小的弄了那么多累赘!"明哥摇摇头说道，"你们这要是都能活下来，那真是老天都开眼了。"

张晓舟他们一句话也没有说。

"明哥，车里什么都没有。"一个小弟这时候检查完车子，对他说道。

"油呢?"明哥问道。

"油还有半箱。"

"那好，这车子归我们了。"明哥说道。他把枪递给一个小弟，从他手里接过来一把砍刀，"你们有没有什么意见?"

"你们要的话就拿去好了。"张晓舟说道。

明哥摇着头笑了笑："你是个聪明人，我欣赏你!"他走过来拍了拍张晓舟的肩膀，"我听说你还会给人动手术？凭你的本事，在什么地方不是吃香的喝辣的？何必跟这些老弱病残混在一起？怎么样？来跟我混，我这个人最喜欢有本事的人了，你要是肯过来，我包你不愁吃喝，不愁女人，还让你带几个小弟，自己开一个堂口。”

“不好意思，我……”张晓舟说道。

旁边一个小弟一把抓住他，把砍刀抵在了他脖子上：“别他妈的找死！明哥这是抬举你！知不知道！”

“我真的……”

“这三个家伙看着真让人心烦，都给我砍了。”明哥突然说道。

“等一下！”张晓舟急忙叫道。

“怎么？”

“明哥是吧？”张晓舟把按在自己脖子上的那把刀轻轻推开，“行，我可以跟你们走，但你要放他们几个平安离开。”

“这才对嘛！”明哥大笑了起来，“你放心，你跟我几天就知道了，我这个人最讲义气，大家自己兄弟，有福同享，有难同当！”他搂着张晓舟的肩膀，大声地说道：“我告诉你，现在没有警察了，这个地方以后就是我们说了算！”

张晓舟不动声色地悄悄把自己的身体从明哥的怀抱里抽了出去。

他从来都不喜欢这样的流氓，在他看来，即使是骗子也比这些赤裸裸地动用暴力的人要强。至少骗子还有点脑子，懂得审时度势，不至于根本就看不清楚现在是什么情况。

他看着他们得意扬扬的脸，突然觉得有些悲哀。

这个世界早已经对他们所有穿越过来的人伸出了尖爪、露出了獠牙，即便是再愚笨的人也应该知道大家所面临的是什么样的危机。但这些人浑然不觉，甚至还因为没有警察，没有了法律的约束而沾沾自喜，以为自己可以在这样的世界里横行霸道。

不难想象，他们这种盲目乐观的根源在于他们相信自己可以凭借武力去抢到自己所需要的一切。

真是可悲！

让他们感到骄纵的暴力也许在面对他们这样的队伍时有用，但面对已经形成组织的团队会有什么用？

难道他们敢凭借这几把小手枪去冲击有着上万人口的何家营？难道他们敢凭借

这么几把砍刀去威胁勒索有着数千名学生的地质学院?

光靠他们这样的乌合之众,张晓舟觉得他们甚至不可能是康华医院那些心狠手辣之徒的对手。

他们所能欺凌的无非就是那些分散于各个角落、有家有口、顾虑太多而不敢与他们拼命的人,他们敢欺负的无非就是像他们这样被他们堵在路上的倒霉人。

张晓舟甚至怀疑,如果遇上恐龙,这些混混还会不会有面对同类时的嚣张和勇气?

"张晓舟……"李彦成把李洪扶起来,有些担忧地说道。

"你们三个回去吧!"张晓舟对他说道,"不用担心我,和其他人一起,好好地把基地建起来。"他把自己一直随身带着的那个本子交给了他,"这是我这几天的想法,你们看看,凡事商量着来,我打了星号标记的那些事情都是现在最重要的事情,一定要抓紧时间做了。"

李彦成还想说什么,明哥却对张晓舟的动作很满意:"行了行了,是不是还要开个欢送会啊? 你们走吧! 回去好好地弄,说不定哪天你们舟哥就回来看你们了。"

他自己哈哈大笑了起来,就像是说了一个很好笑的笑话,几个小弟也跟着笑了起来。

张晓舟当然明白他话里潜藏的意思,安澜大厦以后如果真的种出了粮食,那他们肯定会把那里作为一个目标,甚至有可能鸠占鹊巢,把他们辛辛苦苦建立起来的基地据为己有!

这让他坚定了自己的想法。

刘玉成从张晓舟的神情里看出了什么,但在这种情况之下,他没办法劝,也没有办法明说。他只是看着张晓舟,轻轻地摇了摇头。

张晓舟笑了笑,微微地点点头。

于是刘玉成轻轻地叹了一口气,拉着李彦成和李洪离开了。

"你要小心。"他只是在离开的时候对张晓舟说道。

"行了。"明哥大大咧咧地坐上了刘玉成的车子,这辆车比他们之前弄到的那辆高档一些,自然也就成了他的座驾,"真是的,浪费了那么多的时间。"

一个小弟把张晓舟拉上车,发动车子掉头。

“你叫张晓舟是吧？别说明哥不照顾你。”明哥把两把手枪拿在手里把玩着，头也不回地说着，“兄弟们这几天弄到不少好货色，回去你挑一个看得上眼的，就专门服侍你一个人。怎么样？”

张晓舟看着车子像他所预料的那样冲上那个缓坡，左转向汇通国际的方向驶去，淡淡地说道：“那就多谢了。”

“这算什么！”明哥却说道，“跟我们一起，不愁吃不愁穿，要什么有什么，也没人敢欺负你，不比跟着那些废物劳心劳力强？我知道你是好心，可好心现在有个屁用！拳头硬才是硬道理！你安安心心地跟着我混，我绝对不会亏待你。”

他侃侃而谈，丝毫也没有一点儿危机意识，张晓舟却忍不住屏住了呼吸。

那些恐龙躲在什么地方？

“明哥，有点不对啊。”开车的小弟这时候说道。

随着车子的靠近，所有的一切都在他们面前展露无遗。

倒在地上明显是被什么东西蹂轧和撕扯过的那些车子，路上那一摊摊让人看了瘆得慌的暗红色的污渍，还有被粗暴破坏的卷帘门，被撞得粉碎的市场大门，空无一人却满是杂物的街道，这些迹象无一不在向他们表明，这里有着巨大的危险。

明哥的嘴也停住了。

“停车。”他对那个小弟说道，“按按喇叭。”

他们停在副食品批发市场的入口附近，不停地鸣笛，但周围却什么声音都没有，也不见有什么东西出来。

“明哥？”

“妈的！来都来了，难道就这么空着手回去？”明哥骂了一声。他出来的时候是在看家的那些兄弟面前夸下了海口的，现在的情况看着是有点瘆人，可什么东西都没捞着，就这么回去，以后他还怎么当这个老大？

“开进去！”他大声地说道。

非但如此，他还把身体探出车窗，用力地挥舞着手臂，示意让另外两辆车跟上来。

但他们还是没敢深入市场内部，只是把车开到市场里面的大路上，就把车子掉头然后停下了。

“快！都动起来！”他一手拿着一把枪，给自己鼓着气，用满不在乎的声音叫道，

“快点把车子装满，回去睡娘们啦！”

大家心里的惴惴不安被他这句荤话一下子冲淡了不少，几个混混笑了起来，拿着早已经准备好的撬棍之类的东西跳下了车。

但距离市场大门近一些的店铺几乎已经被人洗劫过一次了，虽然地上还是能捡到一些东西，可对于想要大捞一票的明哥一行人来说，这些零零碎碎的东西显然不可能满足他们的胃口，他们甚至都没有弯腰去捡那些东西。只有一个混混随手捡起了掉落在地上的一瓶可乐，拧开喝了起来。

这么长时间里一直什么东西都没有出现，这让他们的心定了不少，明哥叫了开车的三个人一声，让他们把车子掉头跟着进来，自己则带着包括张晓舟在内的其他六个人慢慢地向市场深处走去。

几个人一边走一边吹着牛，似乎这样就能驱走他们心里的恐惧。

“那个谁还敢反抗，被我迎头就是这么一下……”一个染了一头蓝发的混混对其他人说道，“你们猜怎么着？”

“怎么了？”另外一个人问道。

“啪的一声，脑浆子都出来了！”蓝头发说道，他一边说还一边挥动了一下手里的锤子，以此来增强自己的气势。

“吹牛吧，就你小子这身板，还能把人的脑浆子砸出来？”另外一个光头不屑地说道。

蓝头发突然就愤怒了起来：“尸首还在那儿摆着呢！你要是不信，回头我带你去看。”

“你就说有谁看到了吧，”光头不依不饶地说道，“谁跟你一起去的？问问不就知道了。”

“妈的！你信不信我现在就把你的脑浆子砸出来？”蓝头发的面子一下子挂不住了，大声地嚷嚷了起来。

“来！来来！老子就站在这里让你砸，要是皱一下眉头就算我输！”光头也大声地叫了起来。

张晓舟完全无法理解他们的逻辑，姑且不说这件事的真实性，它又有什么可骄傲的？

难道敢于动手杀死一个无辜的人就能够让他在这个团伙里成为英雄?

在这种危机四伏的地方,他们不想着怎么尽快完成自己的任务,而是为这样的事情抬杠甚至是争执,这让张晓舟越发地看不起他们。

恐龙怎么还不出来?

他看到路边有一根撬棍,走过去把它捡了起来。

明哥看了他一眼,看到他似乎没有逃走的意思,便也没有去管他。

“你们俩找死是吧?”他只是从背后踢了蓝头发一脚,后者向前一个踉跄,差点就摔倒在地上。

“闭嘴! 都给我安分一点儿,你们当这是出来玩啊?”

蓝头发不敢再说什么,只是怨恨地看了一眼光头,而光头就像是获得了什么了不得的胜利,大笑了起来。

“刚子,把这个店撬开看看!”明哥对光头说道,“你们几个,把周围的这几家店都给我撬开!”

被称为刚子的光头一看就是惯偷,他身上的腱子肉也不是白长的,十几秒后,卷帘门的锁就被他彻底破坏,他一伸手,把卷帘门整个扯了起来。

“发财了!”一个小弟忍不住叫道。

这个名叫“刘记粮油杂货店”的门店里满满的都是一袋一袋的大米,角落里还有一堆箱子,看上去应该是油。

明哥大笑了起来。

这时候另外一家门店也被撬开,里面却都是一缸一缸的咸菜。

“靠!”那个小弟一下子没有了兴致,转身就走。

张晓舟却走了过去。

这些人真是没有脑子。

对于他们来说,粮食当然很重要,但在某种程度上,当粮食满足了基本的生活需求之后,咸菜这样含盐量高的东西却比粮食更加重要了。

他们现在所处的区域周围都是丛林,虽然南边能够看到一片水面,但那明显是一个湖泊而不是大海。

对于他们来说,也许能够种出粮食,甚至是打猎获得足够的食物,但盐却是很难找到的资源。

卤水、盐矿都是可遇而不可求的宝藏，在他们敢于走到丛林深处寻找这些东西并且有结果之前，任何高含盐量的食物都是宝贵而且不可再生的资源。

更不要说那些泡菜和辣椒本身就有着大量的维生素，可以满足他们身体的需求。

张晓舟伸手把卷帘门拉了下来，悄悄地记下了这个地方的位置。

“你在这儿干什么？快点过去帮忙！”突然有人从背后狠狠地扯了他一把，让他差一点摔在地上。

张晓舟回过头，看到是另外一个持枪的人，不知道为什么，他对张晓舟满是敌意。

“你应该知道我是医生。”张晓舟慢慢地站起来，整了整自己身上的衣服，“你觉得自己永远不会生病？永远不会受伤？要是你想活得久一点，那就最好别来惹我。”

这个人一下子愣住了，脸色一下青一下白，变得很难看。

这样的报复让张晓舟心里稍稍舒服了一点儿，但他一直在等待的东西却还是没有出现。

难道它们已经离开了？

这些混混的运气不应该这么好啊！

“啊——”就在这时候，不远处突然有人尖叫了起来。

第14章

逃 亡

这声尖叫让周围的人一下子乱了起来，几个正在扛米的混混丢下东西就往市场门口跑，停在最外面的那辆越野车也跟着他们慌慌张张地就往外冲，结果把一个跑到它前面的混混撞飞出去两三米，司机惊慌之下把车一头撞在了路边的花坛上。

明哥等人也跟着跑了起来，但跑出几步之后才看到那个蓝头发连滚带爬地跑了过来，满脸惊慌，后面却什么也没有跟来。

“李冲！你他妈的遇到什么了?!”明哥大声地问道。

“那边有东西……”蓝头发还在继续逃，明哥一把抓住他的衣服，随手给了他一个耳光，把他拖到了自己面前。

“到底是什么东西?”他气急败坏地问道。

“我不知道，没看清楚，但肯定是恐龙！”蓝头发惊慌失措地答道。

那个被撞倒的混混捂着被撞的地方龇牙咧嘴一脸痛苦地爬了起来，应该是受了伤，有两个混混早已经逃到了市场门口，这时候终于停了下来，气喘吁吁地看着他们这边。

明哥心里气不打一处来，这些杂碎，有吃有喝有女人的时候胸脯拍得比谁都响，对天发誓说为了他明哥可以赴汤蹈火，指谁砍谁，但一有风吹草动，一个个跑得比兔子还快！

他心里一阵窝火，恨不得直接一枪一个把逃走的那几个人打死。

就在这时，前面蓝头发逃回来的地方突然传来了响动，人们都吓得伏下了身子，有几个混混又准备开跑，却看到一只狼狗那么大的恐龙慢慢地从墙角那边走了出来。

它的样子很怪异，就像是一只缩小版的鸵鸟，身上满是羽毛，但长长的脚和脖子上却是细细的鳞片一样的皮肤，它长长的脖颈上安着一个蜥蜴的脑袋，眼睛很大，尖尖的嘴巴里满是利齿，前肢又细又长，尖锐的爪子垂在胸前。

“这是什么鬼东西？”光头刚子大声问道。

这东西比最常见的秀颌龙要大一些，如果算上那长长的脖子，几乎快有一米二三高了，但看它细细的腿、细细的身体和小小的脑袋，谁也不会觉得它能有什么威胁。

“哈哈哈，你小子不是很厉害吗？怎么被这种东西吓成这个鸟样了？”刚子大声地嘲笑起蓝头发李冲，其他人也觉得自己刚才的举动太没面子，不约而同地把目标转向李冲，把他奚落得一塌糊涂。

那两个跑远的人也慢慢走了回来，他们脸上有点挂不住，没敢走到离明哥太近的地方，只是跟着其他人一起往李冲身上泼脏水。

“得了得了，都不是什么好货！”明哥心里一阵腻烦，他看到张晓舟走过去检查那个被撞的混混的情况，脸上突然臊得厉害，于是随手又给了李冲一个耳光，大骂道：“屁用都没有！”

“明哥，我……”李冲脸上又疼又热，窝火得要命，但他知道自己现在是众矢之的，再说什么也是找打，只好哭丧着脸，装出一副老实听话的样子。

那只恐龙看到他们这么多人却一点儿也不害怕，非但如此，它还轻轻地叫了几声。它的叫声就像是家里养的鹅，但声音却比鹅的叫声要尖细得多。

“这鸟东西！”明哥心里不爽，随手捡起一把不知道是谁扔在地上的砍刀，塞在了李冲的手里：“去！弄死它，今天晚上我们加个餐！”

“明哥！”李冲越发沮丧了起来。这东西看起来倒是没什么威胁，可谁知道呢？

它看起来比狼狗可厉害多了，要是以前，就算是有刀在手里，又有几个人敢就这么去和狼狗拼命？

“快点！”明哥眼睛一鼓，把手里的枪举了起来。

“你刚才不是说把人的脑浆子都给砸出来了？”刚子在旁边笑道，“不就是个狗一样的东西，你怕啦？”

“怕个鬼!”李冲愤怒地说道。两人的积怨由来已久,李冲曾经在其他人面前说过刚子这样的人没什么脑子,就会仗着有点蛮力硬来这样的话,结果那人转身就和刚子说了,然后李冲被打了一顿。从此以后,两人的关系就一直都很糟糕。

“那你去啊!”刚子笑眯眯地说道,就像是在等着看戏。

其他几个人也乐呵呵地站着等着看热闹,明哥气不打一处来,狠狠地踢了离自己最近的那个人一脚:“都给老子动起来! 还想不想回去了?”

李冲有些犹豫,他悄悄地咽了一口唾沫,握紧了手里的砍刀。

走近以后,那东西看起来更高、更恐怖了,他忍不住回过头,明哥正在指挥其他人把米和油搬上卡车,而刚子却一直在看着他,还回头和身边的人说了句什么,听上去像是在嘲笑他。

怒火再一次上涌,但等他转过头来面对那个古怪的动物时,勇气和怒火马上又烟消云散了。

“明哥,要不算了吧,咱们吃罐头不行吗?”他苦着脸说道,“这东西看起来就不好吃啊。”

刚子哈哈大笑了起来,随手拿起一把砍刀向这边走了过来。

“孬种!”他故意大声地说道。李冲的脸一下子涨红了,却什么话也说不出来。

“算了算了。”明哥这时候气也差不多消了,刚子算是他手底下最能打的几个人之一,刚才也是少数没跑的人中的一个。虽然很有可能是因为他反应慢,没想到要跑,可这样的大将要是被这些鬼东西给咬伤了,对他来说也是个损失。

“就这种东西,一刀下去就死了。”刚子漫不经心地说道。他读书少,脑子也的确不怎么好使,但现在这种情况,读书多、脑子好有个屁用? 能打能杀才是本事!

虽然明哥把他当成心腹,但团队里还有两个人比他更受信任,这让他感到很不满意,拿李冲这个没用的东西出气是一方面,另一方面,他也想让大家看看,他才是团队里最厉害的人!

他这么想着,随手把手里的砍刀舞了个刀花,装作没有听到明哥的话,依然慢慢地向那个东西走了过去。

乌合之众。

张晓舟这样想着,这样一帮人竟然还梦想着在这个世界称王称霸?

他装作和那个受伤的混混说话，眼睛却小心地四处观察着，时刻准备逃离。

眼前的那个应该被命名为似鸡龙或者是似鸵龙的恐龙，看上去体形不大，却是一种群体行动的猎食动物。科学家通过分析化石认为它们可能是一种杂食动物，既能吃果实、植物的嫩叶、花朵之类的东西，也能以昆虫、小动物甚至是大型动物的尸体为食，但看现在这个样子，它们显然更喜欢新鲜的血肉一些。

就在刚子距离那只恐龙不到三米时，转角那边突然又有一个同样的脑袋出现了，两只恐龙对着空中叫了几声，很快，更多一模一样的恐龙出现在了他们周边，隐隐约约地把他们包围了起来。

"刚子！回来！"明哥的脸色一下子变了。这些东西显然已经把他们当成了猎物，这可不是什么好兆头。

刚子面前的那四五只恐龙开始跃跃欲试，他这时候也不敢逞强了，握紧了手里的刀，眼睛紧盯着它们的行动，快步地向后退了回来。

"不用怕它们！"明哥大声地说道，"快点！再搬几袋米，我们走人啦！"

满满一个铺面的米和油，但他们因为之前那些事情的干扰只搬了不到十袋米，油也只是搬了两箱，这让他不甘心就这么离开。

"明哥……"那几个混混却没有那么淡定了，周围全是这样的东西，谁知道它们会不会突然发疯似的扑上来？

"怕什么怕！"明哥再一次愤怒了，他举起手里的枪，对着距离自己最近的那只恐龙开了一枪，子弹不知道偏到了什么地方，但枪声显然吓了它们一跳，它们一下子跑散了。

"看到了吧！"明哥大声地叫道，"快点！快点都给老子动起来！"

混混们终于认真了起来，那辆越野车已经不能用了，只能放弃，除了受伤的那个混混之外，其他人都开始没命地往返于粮油店和卡车之间。

其实可以有更省力、更高效的办法。

张晓舟忍不住这样想着，但他没有说话，只是跟着他们行动。

这些混混显然很少从事这样的体力劳动，除了刚子之外，其他人没跑几趟就开始气喘吁吁。

"明哥……差不多了吧？"一个混混摇着头对明哥说道。

卡车的车厢还没有装满五分之一，但看着手下们的样子，再看看周围那些渐渐又围拢上来的恐龙，明哥只能认命了。

明天重新找几个有用的过来。

他这样想着，对着混混们叫道："可以了，上车！上车！"

大家都如释重负，一个明明已经把一袋米扛到半路的混混顺势把肩上的米袋扔在地上，跟着其他人一起爬上了卡车。

"开车！开车！"他们大声地叫着。

"我们走！"明哥也快步坐上了从张晓舟他们那里抢来的那辆越野车，"快！"

但张晓舟没有跟着他们行动，一股奇怪的腐臭味从市场大门那个方向传来，他注意到，之前那些包围在他们周围的恐龙突然无声无息地消失了。

有东西来了！

"那个谁！你发什么呆？"明哥对着他大声地叫道，"上车啊！"

就在这时，一个巨大的身影突然从侧面的通道里冲了过来，一头撞在越野车上，驾驶室整个陷了下去，明哥在撞击中直接从车窗里被抛了出来，落在距离张晓舟不远的地方。

那东西直起身来，巨大的影子遮蔽了阳光，让所有人都无法遏制地尖叫了起来。

暴龙！

突如其来的袭击让所有看到这一幕的人都愣住了，即便是早已经想过这种情况的张晓舟也感觉手脚发麻、无法动弹。

"怎么还不走？"卡车车厢里的人只听到一声沉闷的撞击声，其中一个人敲了敲车厢，大声地问道，"又怎么了？"

暴龙的注意力被这个声音所吸引，张开大嘴咆哮了起来。

这下子，所有人都被震住了。

张晓舟紧紧地盯着眼前这个庞然大物，这一次他与它的距离甚至比之前那一次还要近得多，他看着那双黄褐色的细小而又可怖的眼睛，感觉自己全身都僵硬了。

"霸王龙……"坐在卡车副驾驶室的刚子几乎连呼吸都停止了，好不容易才轻轻地吐出这个名字。

虽然它的样子与电影中有着许多不同的地方，它那巨大的头颅和足以直接吞下一个人的血盆大口却让任何人都不会认错它。

他下意识地把身体紧紧贴着椅背，似乎这样就能让自己远离那个可怕的东西。“倒车！倒车！快点倒车！”他对身边已经彻底呆掉的司机说道，但那个混混看着近在咫尺的巨大身躯，全身都颤抖着，什么动作都做不出来。

越野车和暴龙一起挡住了卡车前进的道路，往前已经没路可走了！

“倒车！”巨大的压力让刚子终于叫了出来，同时重重地给了那个混混一拳。

疼痛终于让那个混混清醒过来，他慌张地挂上倒挡，右脚死死地踩在油门上。

卡车轰鸣起来，震动了一下之后，向后面飙了出去。

发动机的轰鸣吸引了暴龙的注意力，它马上放弃了眼前这个东西，转身向卡车追了过去，它的尾巴从侧面撞在越野车上，把它抽得向旁边晃动了一下，差一点就倒在明哥的身上。

张晓舟终于恢复了行动的能力，他拿着之前捡到的撬棍，以最快的速度向距离自己最近的下水道口狂奔过去。他所期望的事情终于发生，而现在，则是他为自己的生存努力的时候了。

被明哥等人胁迫并且看清了他们的本质之后，他就已经下了决心。

即使是赔上自己的命，也要看着他们在这里被毁灭。

这群渣滓是这座城市里的癌细胞，如果是在以前，或许可以通过法律和其他手段让他们改过自新，但在这个秩序暂时崩塌的时刻，没有人能够制约他们，他们将造成难以估量的恶果。

很显然，和他们讲理是没有用处的，他们这样的人也不可能老老实实地用自己的双手努力去建设和改造这个世界。他们有枪，有刀，有人，张晓舟一点儿也不怀疑，他们将会很快找到对于他们来说更加便捷、更加高效，而又不用付出任何努力、不用忍受任何痛苦的方式。

他们将会开始抢劫，并且破坏和践踏别人辛辛苦苦取得的成果。

但他没有能力去消灭他们，只能借助于恐龙。

他原以为自己必须要弄出足够大的声音，或者是用什么办法拖延他们在这里的时间，但他万万没有想到，这些混混自己就完成了他觉得必须要做的事情。

暴龙之前一定是在市场的某个角落里休息，是他们的喧哗声和枪声把它惊醒，并且最终被他们引了过来。

这些人根本就没有能力，也不配在这个世界里生存，这让张晓舟替自己感到不值。

我绝对不能和他们一起埋葬在这里。

他一路上都在考虑逃亡的方法，之前那几次与恐龙的相遇让他很清楚，以人类奔跑的速度，不可能从这些怪物的面前逃走。

行动敏捷的速龙和恐爪龙自然不用说，它们全力冲刺的速度也许比高速奔驰的汽车还快，眼前的暴龙也许不是短跑健将，但以它的身高和步幅，任何人都不可能凭借自己的双腿跑赢它。

唯一的办法只能是逃到一个以它们的体形没有办法进入的地方，而在城市里，张晓舟能够想到的最符合这个条件的就是下水道。唯一的障碍在于徒手无法打开井盖，所以他一有机会就弄了一根撬棍拿在手里。

这样的活计对于张晓舟来说也是第一次，但在极度的恐惧中，他几乎毫不停顿地就把那个井盖撬开，正当他准备把它搬到一边时，明哥也跑了过来。

“还是你聪明！”他一边和张晓舟一起把井盖移开，一边说道。

卡车已经被暴龙追上，它用脑袋从侧面狠狠地撞在驾驶室的侧门上，这一击直接让开车的混混尖叫着丢开了方向盘，向旁边逃去，失去控制的卡车很快就停了下来，暴龙一口咬住车门，用力地甩动强大的下颏，几乎把卡车从地上掀了起来。

刚子从另外一侧打开车门就往下跳，车厢里的混混们也开始一个个跳出车厢，向着周围四散逃开。

暴龙马上放开了卡车，向距离自己最近的一个混混追了过去，它庞大的身体以一种不可思议的灵巧动作转了一个身，从卡车与房子之间的通道穿过，那个混混拼命地向前跑着，但它只是向前跨出三步，比那辆小卡车还要庞大的身躯就已经追上了他，众人眼前一花，只听到一声响亮的咔嚓声，那个混混就消失在了半空中。

“快！”明哥看到这样的景象，腿都软了，这时候，曾经故意扯了张晓舟一把的那个人也终于从越野车上逃了出来，拼命地向这边跑过来。

张晓舟有些无奈，但两人已经争先恐后地爬了进去，他只能跟在他们身后，拿着那根撬棍爬了下去。

下水道里满是污泥和积水，好在不是很深，三个人挤在这个狭小的检查井里，有些腾挪不开。

这时候，又一声惨叫从头顶不远的地方传了过来。

“我们往哪边走？”明哥也顾不上下水道里的污泥和恶臭了，他低声地问张晓舟。

“左边。”张晓舟答道。

“泥鳅，你去把井盖关起来！”明哥对跟下来的那个人说道。

被称为泥鳅的男子面露难色，张晓舟说道：“不用关，那些东西进不来。”

“好，好！”明哥的脑子里现在显然很混乱，他点点头，用力拍了一下张晓舟的肩膀，“你放心，这次只要我们能逃出去，我不会忘记你的好处！”

头顶突然传来一阵纷乱的脚步声，三人还来不及做出什么反应，一个身影就从天而降，重重地砸在了他们的身上。

腐臭味从头顶上传来，碎肉和血滴滴落在他们头上，一块头皮落在泥鳅脸上，让他惊叫了起来，这时候，震耳欲聋的咆哮声从他们头顶不远的地方传来，随即是重重的冲撞，暴龙的大嘴重重地撞在井口，却没能伸进来。

它愤怒地用脚在井口抓了几下，但混凝土的路面却在这个时候保护了他们，它再一次愤怒地咆哮了起来，却无可奈何。

“快！”明哥想要沿着下水道逃离，但黑漆漆的什么都看不到的洞让他望而却步，于是他抓起那个落在他们身上的人，把他塞了进去，“李冲你开路！快点！”

李冲惨叫了一声，之前他从上面摔下来的时候在井壁上擦伤了手臂，身上也有好几个地方撞得青肿，但明哥根本就不管这些，在后面狠狠地推了他一把：“快点！”

李冲忍着痛爬起来，这个下水道用的是八〇管，他们只能跪在里面往前爬，他伸手去摸索打火机，却被张晓舟阻止了：“小心沼气！”

几个人多多少少有些常识，知道沼气是一种易燃易爆的气体，也知道这样的污泥中很有可能产生这样的气体，于是他倒吸了一口凉气，手脚着地向着黑暗中爬了进去。

“泥鳅！”暴龙再一次咆哮了起来，明哥不得不大声地叫道。

等第二个人也进去之后，他回头看了看张晓舟。

“明哥你先走，我断后。”

“好兄弟！我不会忘记你的！”明哥说道，跟着泥鳅爬了进去。

张晓舟等待了一下，确认他们并没有因为下水道里的毒气或者是空气不足而昏倒之后，慢慢地跟在他们后面爬了进去。

理所当然地，他并没有忘记拿上那根撬棍。

唯一的一点光亮在他们离开那个井口后不久就消失了，黑暗之中，每个人都只能听到其他人的喘息声。

幸运的是管道中的空气并不算太混浊，在他们穿越过来之后，城市的范围内还没有降过雨，下水道里只有浅浅的积水。

管子里的污泥足有五厘米厚，这让他们感觉自己的手就像是按在一团让人心里发腻的腐烂肥肉上。但身后那依然清晰可闻的咆哮声让他们不得不把心里的不适强压下去，拼命地继续往前爬。

爬在第一个的李冲突然尖叫了起来。

这让跟在后面的泥鳅和明哥都吓了一跳，马上就停下了。

管子的直径仅仅是够他们向前，甚至连做出什么更复杂一点儿的动作都困难，在这种地方如果遇上个什么东西，那就真的完蛋了。

“怎么了?”明哥不安地问道。

“我好像摸到一只死老鼠……”李冲的声音听上去就像是要哭起来了。

“你怎么像个胆小鬼一样!”明哥大声地骂道，“既然是死老鼠，那它就不会咬你，你怕什么?”

但骂归骂，他心里也有点发毛:“在什么地方? 左边还是右边?”

“左边。”李冲答道。泥鳅和明哥都默默地记下了他的位置，准备在靠近那个区域的时候尽可能地往右边靠。

“你给我快点!”明哥叫道，“爬得那么慢，你想在这里面待一辈子啊?”

“明哥，什么都看不到，我好怕啊!”李冲答道。

“少废话! 给我快点!”明哥下意识地回头往后面看，张晓舟的身体遮住了光亮，让他只能看到一个模糊的影子。

“张、张晓舟是吧? 我们要爬多远?”他心里有些发毛，于是问道。

“到大路那边的话，应该有一百米左右。”张晓舟答道。

“那也没有多远嘛。”明哥的心一下子定了下来。

“我们现在只爬了不到十米。”张晓舟告诉他。

“李冲，你给我快点！”

张晓舟忍不住在黑暗中摇了摇头。

色厉内荏，这是他对明哥的评价，这样的人怎么可能在进入到这个新世界后迅速拉起一帮人？这让他感到有些费解。如果他们只有这点水平，那根本就不足为虑。

于是他试探着问道：“明哥，如果我们一直被困在这里，会有其他兄弟来救我们吗？”

“这个……应该会吧？”明哥显然有些不能确定。

爬在他前面的泥鳅却轻轻地哼了一声，显然并不赞同他的说法。

“家里还有多少兄弟？”张晓舟问道，“还有没有枪？”

“你问这个干什么？”明哥突然警觉了起来。

“我想知道他们能不能把外面那个东西吓跑。”张晓舟很镇静地答道，“明哥，你们的枪没丢吧？”

“没丢！”明哥答道，“妈的，刚才忘记开枪了！”

张晓舟没有说话，对于暴龙这样的动物来说，这样的枪唯一的作用或许只是能够把它彻底激怒。射程短，威力小，精度低，这样的武器唯一的作用或许只是能够威胁同类。

但不得不承认，这个东西也许比任何武器都更有震慑力。随着粮食的逐渐紧张，以后难免会出现像他们这样的抢劫者，如果团队里有枪，吓走抢劫者的可能性也许比其他武器都要大。

张晓舟考虑着要用什么办法才能把明哥和泥鳅身上的三把枪弄过来，却听到泥鳅在前面说道：“明哥，这次的事情我越想越不对。樊彪他们上次抢到的东西到底是不是从这里弄的？为什么他们都没有提起这里有恐龙的事情？”

“恐龙大概是后来从别的地方跑来的。”明哥说道，但他的声音里明显开始有了怀疑。

“樊彪那小子不会是故意坑我们的吧？”泥鳅突然说道。

明哥沉默了，过了一会儿，他才说道：“没事别瞎猜！都是自家兄弟！”

“明哥，你对他讲义气，把他当兄弟，可他有没有把你当兄弟？”泥鳅一边爬一边继续说道，“我早就想提醒你留神那小子，你看他一有机会就拉拢那些跟他一样后来的人，明显是居心不良。那小子……我看他脑后有反骨！”

张晓舟差一点没笑出来,好不容易才忍住了。

明哥的声音却凝重了起来:“你的意思是,他早知道这个地方危险,明明是从别的地方弄到的东西,却说是从这里搞的,让我们过来送死?”

“没错!”泥鳅答道,“要不然他怎么一再地说这里东西多还好弄,拼命地在我们面前表功? 这不就是故意用激将法,让我们主动出头吗?”

“啊!”明哥脑子里想着这个事情,左手突然摸到了一个躺在污泥表面毛茸茸却又一团稀烂的东西,忍不住大声地叫了出来。

“明哥?”李冲在前面吓了一跳,急忙问道。

“没事! 你走你的!”明哥拼命地把手在裤子上擦着,心里别提有多硌硬,连带着对他们所谈论的那个人也不满了起来,“等我回去,看我怎么收拾他!”

黑暗中有点声音似乎让李冲的心里多少有了点胆气,张晓舟感觉他在前面开路的速度明显比之前快了很多。

十几分钟之后,他惊讶地说道:“前面有光!”

这里是一个地下的集水井,相对于狭窄的管道来说,这里的空间可以说得上是非常开阔了。

三个人都爬了出去,空间实在是过于狭小,张晓舟于是留在了通道里。

“这里应该是一个和刚才那里一样的井口。”张晓舟对他们说道。

几个人都仰头看着上面,两个小小的洞口有微弱的光线透进来,让他们勉强能够看清周围的东西。这来之不易的光线让他们都有点不舍。

除了他们来的方向,还有两个方向有管道,而更高的地方则有几根比较细的管子,里面有少量的水流下来,张晓舟觉得那应该通往地面收集雨水的集水井。

明哥问道:“现在怎么走?”

三个人都看着张晓舟。

怎么办?

在地面上,方向很容易确定,但在这样的洞穴里,方向感完全不起作用。在黑暗中前行的时候,他一直在小心地用撬棍做参照物,校对他们前进的方向,同时也用撬棍测量着长度。管道在前进的过程中向左转了一个很缓的将近二十米长的弯,这就意味着,公路已经到了他们的右边。

把他们带出去?

张晓舟微微地摇了摇头。

“应该是往前吧?”泥鳅这时候说道,“之前我们前进的位置不是正对着公路吗?”

“我觉得也是。”张晓舟说道。

明哥沉吟了一下。

“要么打开上面的井盖看一下?”李冲说道。

“好。”明哥说道,“你去。”

“我?”李冲的声音变得很苦涩。

“快点!”

他哆哆嗦嗦地沿着爬梯向上,用手摸索着,试着推了几下。

“明哥,推不开啊!”

“用力一点!”

李冲在上面哼哼了一下,这个爬梯设计的时候应该就没有考虑过有人要站在那儿用力的情况,他换了好几个姿势,但井盖就像是焊死在上面一样,动也没有办法动一下。

明哥和泥鳅站在下面,习惯性地仰着头,井盖上的泥灰落在他们脸上、嘴里和眼睛里,让他们愤怒地叫了起来:“你他妈的到底在干什么?”

“明哥,真的推不开啊!”李冲满腹委屈地说道。

“算了算了! 快点给我下来!”

李冲一听这意思,明显是又要让他负责开道了,他哼哼着赖在爬梯上不下来,明哥只好让泥鳅开路,但泥鳅看了看那个黑漆漆的洞口,也不愿意第一个爬。

“我来吧!”张晓舟说道,他顺手扶了李冲一把。

“好兄弟!”明哥由衷地说道,“等回去以后,泥鳅当老二,你来当老三!”

张晓舟笑了笑,拿着撬棍从通道里钻了出来,快速地爬进了对面的那个管子里。

泥鳅跟在他后面,而明哥应该还是在相对来说最安全的第三位。

张晓舟保持着前进的节奏,他的行动速度比李冲快得多,几乎只用了一半的时间就爬到了另外一个井口。上面依然有微弱的光线透下来,但却没有了岔路,也没有了之前那样沉下去的结构,只是在管子上方有一个向上的开口。

张晓舟回头看看后面,几个身影还在慢慢地往前爬,他于是沿着爬梯迅速地爬到井口,把眼睛凑在那个洞口往外看。视线很受限制,但他还是看到了汇通国际的那幢写字楼。

他们果然是在地下绕了一个圈子。

张晓舟用一块泥巴把那个洞口堵了起来,然后快速地爬了下来,这时候,泥鳅才刚刚从管道里露出头来。

“这里没有岔路,只能继续往前走了。”张晓舟对他们说道。

“不行了,歇一会儿吧!”明哥从管道里爬出来,难得这里可以直一下腰,他气喘吁吁地说道,“这里怎么没有光了?”

“可能是被什么东西堵住了。”张晓舟答道,“要不,你们休息一会儿,我先到前面看看还有没有岔路?”

泥鳅有些怀疑,但明哥却毫不在意地说道:“也好,那你小心一点。”

张晓舟很快就消失在洞口,泥鳅估摸着他已经去远了,才小声地在明哥耳边说道:“明哥,你得防着这小子一点儿,我看他也不地道。”

“行了行了,我自有分寸!”明哥有些不高兴地说道。

三人按照之前的顺序往前,张晓舟一直在前面招呼着他们,让他们加快速度,但前面却一直都是黑暗,似乎永远也没有尽头。

明哥累得不行,感觉自己的腰都直不起来了,他大声地叫道:“张……那个,张晓舟!你不是说只有一百米吗?这都爬了多远了?”

他的声音在黑暗中回响着,隐隐约约有回声从很远的地方传来。

却没有回应。

“我就说这个家伙靠不住!”泥鳅焦急地说道。

“张晓舟!”明哥再一次叫道。

无边的黑暗就像是在嘲笑着他们。

“回头!”明哥马上说道。

但在管径只有八十厘米的管道里,他们三个人却怎么也没有办法完成转身这个动作。

“打火机!打火机!”明哥叫道。

李冲摸了一下裤袋,惊讶地叫了起来:“怎么不见了?”

第15章 反击

张晓舟其实就在他们前面不远的地方。

从中午到现在已经过去了好几个小时，他滴水未进，全靠中午的那碗粥顶着，在这样的运动量之下，他也有些支持不住了。管径八十厘米的管子，以一个成年男子的体形来说，只能采用半匍匐的姿态，在这样的姿态下，想要迅速地前进而又不发出很响的声音，所要付出的体力非常大。

他们的原意只是出来侦察一下周边的环境，甚至没有奢望能够有什么实质性的收获，所以他没有准备任何额外的口粮和饮水，经历了这样高强度的活动之后，他的眼前有些发黑了。

但他知道自己不能休息，他已经搞清楚这个副食品批发市场下水道系统的大致走向，所有的管网连接起来，正好是一个近似的圆形，与市场里面的那条主干道相同，中间还有很多细小的支管，通向市场内的那些小巷道，但管径足够人们在里面移动的，就只有这条圆形的主管道而已。

唯一的出路就是他们之前发现的那个集水井，张晓舟相信，如果他们之前往右走的话，应该已经到了外面公路下面的主管道。那里的管径应该会比这里大得多，而他们一旦到了那里，逃生的概率就会很高。

他们甚至可以一直沿着主管道走到很远的地方，再寻找上到地面的井口。

那样的话，他的努力就全都白费了。

他静静地听着身后三四十米外明哥等几个人的争执。

泥鳅的意思是往回爬，但在这么狭窄的地方，往回爬的难度比向前爬艰难得多，而且前面的人很容易被跟在后面的人用脚踩到脸，于是明哥和李冲都提议继续向前。

“前面应该还有可以通往地面的井口。”李冲说道。

他的想法一点儿都没错，这条主管道上大约三十米就有一个向上的井口，但张晓舟在前面已经把每个井口的缝隙都用泥土堵了起来，这让他们在后面很难发现头顶的孔洞，长期保持这样的姿势，他们的体力会消耗得很快，而他们如果不断地寻找头上的井口，也会进一步减缓他们前进的速度，他们在这样的姿势下只会消耗更多的体力。

他听到他们在后面骂骂咧咧地继续向前，于是深深吸了一口气，加快了自己前行的速度。

外面的恐龙对于他来说同样危险，而且他还面临着更大的危险：从明哥之前的话里可以知道，他们很清楚张晓舟他们所在的位置，如果他们三个人里最终有人平安地逃了回去，他们设在安澜大厦的基地很有可能遭遇可怕的报复。

要怎么把他们彻底留在这里？

张晓舟一边向前爬一边想着。

如果没有地面上的恐龙，这会是很简单的事情，但如果没有恐龙，他们也不会跟着他逃到这个地下的迷宫里。怎么利用好现在的环境，这让张晓舟感到十分头疼。

这对他的体力有着非常高的要求，而且还需要足够的运气。

但他并不后悔，这些人必定是他们生存发展的巨大威胁，有这样的机会除掉他们，他绝对不会放过。

外面的天色已经开始暗了下来，张晓舟估计了一下自己所在的位置，终于下了决心，用手中的撬棍打开了一个通往地面的井盖。

天色已经开始变暗，他们在这短短几百米长的地下通道里已经耗费了将近两个小时，张晓舟小心翼翼地听着周围的动静，除了风吹杂物在地上滚动的响声之外，什么声音都没有。

他小心翼翼地把井盖推开，这里是批发市场最中心的位置，不管距离哪道门都最远。不远的地方有一具被扯得七零八落的尸骨，但看上去已经是好几天以前的事情了。

他的注意力很快就被地上的一个东西所吸引，那是一袋真空包装的卤蛋，更远的地方，还散落着更多的火腿肠、真空包装的鸡腿等东西。

唾液马上就不由自主地流了出来，他犹豫了一下，小心翼翼地伸出撬棍，把它一点点地钩了回来。

一个身影突然从十几米外的地方一闪而过，张晓舟吓得差一点从爬梯上摔下去，但他很快就看到，那是一只之前曾经见过的似鸟龙。

它似乎并没有看到张晓舟，他屏住呼吸，小心翼翼地把那袋卤蛋钩到自己面前，然后马上退回洞内，迫不及待地把它扯开。

从未有过的满足感一下子填满了他的身体，盐分和鸡蛋的香味几乎让他想把自己的舌头吞下去，他几乎只是两口就把它吞了下去。

洞里突然传来了嗡嗡的叫喊声，但听不清楚说了什么，那应该是明哥他们看到了前面的亮光后发出的呼喊。张晓舟深深地吸了一口气，重新回到洞里，以最快的速度沿着通道向前爬去。

前面的通道又开始转弯，他停下来向后面张望，但明哥他们却还没有到达那个井口，于是他稍稍犹豫了一下，决定不再等待他们，而是继续向前。

他们会从那个井口出去吗？

张晓舟无法确认，那些食物对于他们来说应该同样具有极大的诱惑力，但要取得那些东西，就意味着必须离开安全的下水道，这要冒很大的风险。如果他们敢从那里出去，那张晓舟的任务也许就已经完成了。但凭借他对他们的了解，他们应该没有这样的胆子。

但这应该会吸引他们、迷惑他们，让他们在那个地方停留很长时间，都足够张晓舟绕到前面去了。

虽然仅仅是一个卤蛋，却让张晓舟恢复了不少体力。

不管明哥他们到了那个地方之后是选择继续向前，还是转身向后，他都有足够的信心在他们之前走出去。

时间一点点过去，因为不再需要观察自己的位置并且堵住那些光源，他的行动比之前足足快了一倍，膝盖和双手因为长期浸泡在污泥中而变得有些疼痛起来，但他只是每隔三十米才坐起来休息一下，然后继续向前。

光线很快就变得微乎其微，但他还是在天完全黑之前回到了之前他们下来的那个地方。

暴龙已经不知所终，他小心翼翼地探出头去，看到越野车已经被掀翻在地，而那辆卡车却几乎完好，只是靠驾驶室的那一侧车门被咬得变了形。

地上满是鲜血和被咬碎的骨肉，周围却非常安静，张晓舟心里突然涌出一种强烈的想法，也许他可以从这里悄无声息地跑出去，开着那辆车逃离这个地方。

车上的粮食虽然不多，但对于他们这些在这个世界挣扎求生的人来说，依然是一笔巨大的财富。

不行。

他好不容易才把自己的欲望压制下去。傍晚是猎食者们开始活动的时间，他现在的位置距离那辆车子足足有十几米远，这么长的距离根本就没法预料会发生什么样的事情。

即便是他能够平安地跑过这段距离，车子如果已经抛锚无法启动了呢？

他叹了一口气，重新回到洞里。

他很快就到了那个三岔口，这一次，他毫不犹豫地选择了往右，大概爬行了二十米之后，他来到了一个很开阔的空间里。

那是直径达到两米的下水主管道，在经历了那么长的爬行之后，这个地方让他感觉空旷无比。

他轻轻地舒了一口气，用衣服把手上和撬棍上的污泥擦干净，然后找了一个干燥的地方，靠着墙坐了下来。

许久之后，他终于听到了泥鳅的抱怨和明哥的咒骂。

他们过来了。

“妈的，总算是又回到这里了！”明哥的声音在不远的地方响起。他听上去非常疲倦，这对张晓舟而言是个好消息。

“明哥，咱们休息一会儿吧？”李冲也气喘吁吁地说道。

张晓舟没有听到泥鳅的声音，但却听到了他同样粗重的喘息声。

过了好一会儿，明哥才问道："泥鳅，你说是这条路？"

"应该是。"泥鳅的声音答道。

"要是之前就走这条路……"李冲心怀不满地说道。

泥鳅哼了一声，但走左边的确是他先提议的，这个锅他甩不出去。

"别他妈啰唆了。"明哥说道，"那个张什么明显是想搞鬼，就算泥鳅不开口他也肯定会故意骗我们走错路。"

"妈的！"李冲骂了一句脏话，随后说道，"不知道他死了没有？"

"给脸不要脸的杂碎！"明哥怒气冲冲地说道，"管他死不死，反正回去我饶不了他！我明辉这辈子还没吃过这么大的亏，这个场子非找回来不可！"

"对！就算那家伙死了也不能放过他们那伙人！"泥鳅这时候也说道。

"烧了他们的房子，抢了他们的女人！"李冲在旁边兴奋地叫道。

三个人在那边轮番大骂着，张晓舟闭着眼睛，静静地听着他们的动静。之前他就已经下了决心，而现在听到的这些只是让他的决心更加坚定而已。

三人骂了一阵，终于安静了下来。

"饿死了……"李冲突然低声地哼哼着。

"少废话，快点给我开路去！"明哥说道。

"明哥，你饶了我吧，我真是没力气了。"李冲叫苦道，"要不再歇一会儿？"

"你他妈就是个累赘！走不了几步就要休息，你不看看，这他妈都天黑了！"明哥骂道，"给我起来！"

李冲嘟嘟囔囔地说着什么，通往这边的管道里响起了声音。

张晓舟放松的身体一下子紧张了起来，他手里紧紧握着那根撬棍，缓缓地站了起来，悄无声息地站到了洞口，靠在墙壁上静静地等待着。

对于他来说，这就是图穷匕见的时候了。

这样的决定草率吗？

张晓舟没法回答。但就在明哥用枪逼着他们下车，以李彦成他们三个的安全逼迫他加入的时候，他就做了这个决定。

唯一不同的，只是完成这个任务的过程和方法。

他并非那种崇尚暴力的人，作为一名研究者，他在面对任何事情的时候，第一选择永远都不会是暴力。这是他的本能。

但问题是,他们现在所在的这个世界却没有给他太多选择的机会,也没有给他更多的选项。

他最初的想法是趁乱逃走。

看明哥他们的样子很明显是要去副食品批发市场抢东西,而他恰恰知道那个地方已经被猎食恐龙所占据。对于他来说,最好的情况当然是这群混混在市场里遭到恐龙的袭击,全军覆没,而他则设法逃出来。

这样一来,剩下的混混不知道曾经发生的事情,他可以回到安澜大厦,继续履行自己未尽的责任。

但这个想法在明哥和泥鳅抢先进入下水道的那一刻破灭了。

他们至少有三把枪,而且很清楚安澜大厦的位置和情况,如果他选择逃走,他们必然会报复安澜大厦内的其他人,把他们辛辛苦苦取得的微不足道的那点成绩毁掉。

对于张晓舟来说,这是无法接受的结果。

但他也无法接受自己成为他们当中的一员。

明哥永远也不会知道,自己用来拉拢张晓舟的那些话却让张晓舟坚定了绝不与他们同流合污的决心。

如果和他们一起回到据点,看到他们所做的那些事情,他该如何自处?装作视而不见,还是与他们同流合污?

他无法想象,如果有人在他的面前欺凌一名无辜的女子,残害那些无力抵抗的人,他可以无动于衷。

他也许不能成为一名英雄,但他绝对不会让自己变成一个可悲的缩头乌龟,更不会让自己变成欺男霸女的禽兽。

但他的力量却没有办法让他摆脱这样的命运,在这种情况下,他只能诉诸暴力。

杀死他们,或者是被他们杀死。除了这样的结果,没有第三条路可以走。

爬在第一个的是李冲,第二个是明哥,这对他来说已经是不能再好的情况了。

随着他们的声音的逼近,他高高地举起了手中的撬棍,屏住呼吸,准备给出致命的一击。

李冲慢慢地往前爬着,浑然不知前方不远的地方有人在等待着他们,他感到又饿又渴又累，全身都因为一直重复着这样的动作而感到痛苦不堪。

为什么要来这里遭这个罪啊！他一边愤愤不平地想着，一边在明哥的催促下慢腾腾地往前爬着。无穷无尽的黑暗让他感觉有些绝望，他们真的能逃出去吗？如果前面一直都是这样的地洞，那他们该怎么办？

一想到这个，他就提不起半点精神，身体中的困倦也越发强烈。如果不是这些洞里都是积水和污泥，他一定会提议就在这里睡一觉再继续走了。

明哥又在后面用枪柄戳他的屁股，这让他腻烦透了，恨不得狠狠地在明哥脸上蹬一脚。

但他不敢。

于是他只能勉为其难地加快了自己爬行的速度。

突然，他的手一空，差一点摔了出去。

"怎么了？"明哥看到李冲又停了下来，心里一阵无名火起，用手中的枪柄狠狠地又戳了他一下。

"明哥，前面好像有个坑！"李冲有点惊慌地说道。

"什么坑？"明哥和泥鳅都惊讶地问道。

"不知道……"李冲惊慌地答道，"摸不到底！"

张晓舟忍不住想要叹气，好不容易才忍住了。黑暗中他也看不清楚李冲的样子，只能听到他的手在洞口周围胡乱地拍打和摸索着，但因为怕死，他竟然没有摸到前面的地面。

张晓舟不得不轻轻地往后退了一点，以免被他摸到。

"你搞清楚了没有？"明哥愣了一下。

黑暗中出现一个深不见底的洞？这完全颠覆了他对远山市地下管网的认识，这不可能啊！

"真的摸不到底！"李冲想要退回去，他的脚不小心踩在了明哥的身上，明哥一下子怒了。自己怎么会有这样的小弟，完全就是一个累赘！

弄死他算了！

他把枪插回后腰，双手抓住李冲的脚，把他狠狠地往前面推。

"明哥你干什么！明哥别！明哥不要啊！！我……"光滑的管道里连可以借力的

地方都没有,在李冲想到可以抓住洞口之前,明哥已经把他直接推了出去。

他的双手都在试着往回抓住明哥的手,根本就没有对自己的身体做出任何的保护,就这么直挺挺地摔在了地上,砰的一声,脑袋直接撞在了水泥地上。

“浑蛋!”这声响也让明哥马上就明白了洞口距离地面根本就没有多高,这让他越发地愤怒了。

“废物!”他忍不住骂道。

“明哥?”泥鳅在后面不明就里。

“这小子真是个废物! 那下面根本就没有多高!”明哥一边骂一边往前爬,前面那个明显广阔得多的空间让他迫不及待地把头探了出去。

一阵风声突然从耳边传来。

“啪——”

随后又是两声:“啪啪——”

几声枪响吓得明哥浑身一激灵,赶紧掏出腰间的枪转过身。他看不清泥鳅的表情,但看见他手上好像拿着什么。

“啪啪——”

又是几声枪响之后,泥鳅应声倒地,明哥一头栽到了管道里,再也没有爬起来。

张晓舟无数次在脑海中上演的场景,此刻以最好的方式完成了。

虽然有他声东击西、制造烟幕弹在先,但是实际上还是混混们彼此缺乏信任的自相残杀让他们送了命。

“我要去找他! 你们谁跟我来?”钱伟站在一楼大厅里,对站在自己面前的人大声地说道。

他一整个下午都在按照张晓舟的安排检查安澜大厦里面的东西,并和张孝泉一起把那个最大的安全隐患——地下车库的门——想办法降了下来。车库里停着差不多二十辆车子,这对于他们来说也许是一笔宝贵的财富,但更让他惊喜的是,他们在地下找到了安澜大厦的食堂,经过初步的清点,他们找到了将近两百公斤大米和四十升食用油,还有大量的调味品、干菜和腐烂的菜蔬,冷柜里的肉已经开始腐臭,可对于外面的秀颌龙来说,这是再好不过的诱饵。

钱伟又惊又喜，忙得几乎忘记了时间。

等到他带着自己这个组的人上楼，却看到刘玉成、李洪、李彦成他们面色凝重地坐在一楼大厅里。旁边的人也是一脸的阴霾。

“你们怎么了？张晓舟呢？”钱伟心里突然有一种不好的感觉，他跑到李洪面前，大声地问道。

“他被那些人带走了……”李洪摇摇头说道。

“什么人？”钱伟脑子里嗡了一声，一下子蒙了，“你不是有枪吗？什么人能……”

“他们也有枪。”李洪答道，“而且他们人多。”

“孬种！”钱伟忍不住给了他一拳，周围的人急忙上来拉住了他。

“是张晓舟让我别反抗的。”李洪委屈地说道。

李彦成急忙上来把之前告诉其他人的经过又说了一遍，听到张晓舟为了他们三个的安全自愿地跟那些混混走了，钱伟一口气憋在心里，感到非常难受。

“这样的事情为什么不马上来告诉我？”他大声地叫道。

“你去又有什么用？难道你打得过他们那么多人？他们还有三把枪！”李洪说道。

“你看不出来张晓舟是故意准备带他们去死吗？”钱伟大声地说道，“也许我们赶过去就能帮他一把！”

“已经过去三个多小时了，要是能回来，他早就回来了。”刘玉成摇了摇头，“他们要么死在那儿了，要么就已经回到他们的据点去了。你现在过去根本就没有意义。”

“这个世界上没有意义的事情多了！”钱伟愤怒地说道，“什么事情有意义？如果张晓舟也这么想，王蓁蓁早就死了！老常早就死了！你们这些人现在都还困在那个超市里！我们所有人都还困在房子里！什么叫有意义？什么叫没意义？”

“我要去找他！你们谁跟我来？”他大声地说道。

“我！”张孝泉说道。

除他之外，没有人回答。

外面的天色已经暗了下来，在这样的时候到外面去，要冒很大的风险。而站在这里的人，大多数都有着各种各样的牵挂。为了一个很可能已经死了，或者是已经到了另外一个团队的人冒这样的险，真的值得吗？

钱伟看着站在自己面前的这些人，心里突然感到有些悲凉。

这就是他和张晓舟宁愿放弃更好的机会也决定带领和帮助的人吗?

“我们走!”他对张孝泉说道。

如果找不到张晓舟,那我也没有必要回来了。

他对自己说道。

就在这时,站在门口的人突然骚动了起来。

“回来了! 回来了!”人们惊喜地叫着。

钱伟推开挡在自己前面的人,只见张晓舟浑身都是黑色的污泥,神情疲惫地站在门口,眼神中有着一种说不清的东西。

“张晓舟!”他上去重重地拥抱了他一下,“你怎么样?”

张晓舟看上去身心俱疲,他勉强挤出一个微笑,用力地摇了摇头。

“你身上怎么了?”刘雪梅说道,“我去给你烧点热水,好歹要洗一洗。”

“谢谢。”张晓舟说道。

李洪、刘玉成和李彦成有些羞愧地从人群里挤了过来。

“你没事就好。”刘玉成有些不自然地说道,钱伟的做法让他觉得自己有些愧疚,“那些人?”

张晓舟木然地摇了摇头。

他把三把枪递给钱伟和李洪,对大家笑了笑,跟着刘雪梅上了楼。

大家都在议论纷纷,不知道发生了什么事情。

李洪下意识地低头看了一眼,枪里已经没有子弹了。

第16章

立 约

“饶命！求求你饶了我吧！我什么都没有干过，真的，我什么都没有干过啊！”

“砰——”

……

“张晓舟，张晓舟！”有人在轻轻地摇动他的身体，他终于醒了过来。

是钱伟。

“你做噩梦了？”他问道。

“不记得了。”张晓舟说道，随即从床上坐了起来。

光线昏暗，雨点打在玻璃上，发出啪啪的声音。

“你一直在挣扎，就像被鬼压床了。”

张晓舟摇摇头，回避了这个话题：“几点了？”

“四点多，快五点了。”钱伟答道。

大雨在张晓舟回来之后不久就开始淅淅沥沥地下了起来，而且越来越大，丝毫也没有要停下的意思。

所有外部的工作只能停下，好在安澜大厦里有足够的空间，而且他们之前也搬了很多杂七杂八的东西进来。收集、整理、分类、清点，腾出一个又一个房间，把不同种类的东西搬来搬去。为了能够在这个世界里更好地生活下去，身边总是会有很多事情要做，永远也不可能闲下来。

但张晓舟已经在床上睡了整整一天。

没有人来催促他做点什么，他的那个小本子被李彦成交给了钱伟，大家于是商量着把上面能够做的事情分了一下工，一大早就分成几个组，开始了一天的工作。

“我们把所有的大锅和桶之类的东西都拿到天台上去了，等雨停了应该会有不少水。”钱伟说道。

“嗯。”张晓舟点了点头。

他看着外面的瓢泼大雨，看上去有些心不在焉。

钱伟很想问问他发生了什么，但张晓舟的样子却让他无法开口。

所有人都在猜测发生了什么，张晓舟是趁那些人不注意逃了回来，还是成了那个探险团队里唯一的幸存者？

大多数人都觉得应该是后者，因为他把枪带了回来，如果那些混混都还活着，这根本就不可能做到。

但没有经过证实，谁知道事实究竟是怎么样的。

“那些人会来报复吗？”有人提心吊胆地问道。

他马上遭到了身边好几个人的责骂，怪他不应该有这样的担心，因为这无论如何也怪不到张晓舟的头上。但事实上，许多人心里都有着同样的担心。

从理论上说，他们有七十几个人，但谁都清楚，里面究竟有多大的水分。如果那些混混真的找上门来，他们真的能够抵抗吗？

“这有什么好说的？他们要是敢来，那就鱼死网破好了！”张孝泉这样说道。

很多人都在点头，但他们的表情却出卖了他们内心深处真正的想法。

更糟糕的事情却在中午吃饭的时候发生了，不知道是谁第一个这么说，但钱伟很快就听到有人在窃窃私语着：张晓舟把那些混混都杀了！

这种说法显然有着充分的理由，对方足足有九个人，而且有刀有枪，即便是真的遇上了恐龙，也没有理由只有张晓舟一个人能够安然无恙地逃回来。

张晓舟回来时的样子在大厅里的人都看见了，那时候他的神情绝对不是一般意义上的疲惫或者是恐惧，而是有更复杂的东西。

甚至有人信誓旦旦地说，看到张晓舟换下来的衣服上有血，在袖子那个位置。

他杀了那些混混。

也许是设下陷阱,也许是借助恐龙,这个未经证实的事实在人们的议论中渐渐被确定,并且成了大家心照不宣的共识。

九个人啊!

人们谈论这个事情的时候有着非常复杂的情绪。他们当然都明白这个世界生存的规则已经变了,死亡也早就已经成了一种生活中的常态。

但杀人……

他们的谈话变得小心翼翼起来,用来充当食堂的会议室里,气氛变得诡异而凝重。钱伟吃着属于自己的那份稀粥,心情突然变得很糟糕。

张晓舟杀了那些混混吗?

钱伟无法判断。

也许吧。

钱伟无法否认他们说的那些理由。

但这又有什么问题?

即使是在之前的那个世界,灾害来临时,政府对于抢劫、强奸这样的事情也绝对不会手软。而在刘玉成他们的描述里,那些混混绝对已经做过这样的事情,既然是这样,那他们就该死!

就算张晓舟真的杀了他们,那他也是一个英雄,而不是像现在这样,变成了人们议论中的凶手。

看着那些人小心翼翼、鬼鬼祟祟的表情,他就像是吃了苍蝇一样,不爽到了极点。

“地下车库开始进水了,没有电,水抽不出去。如果经常下雨的话,那下面的积水以后很可能会成为一个大问题。”

张晓舟点点头。

雨水应该可以喝,但地下室里淤积的雨水绝对不能喝。

就算是那些车子和其他东西没有泡在水里,不流通的死水也很容易滋生水藻和其他东西,成为虫子和病菌繁衍的温床,带来严重的健康问题。

但地下车库如果真的积满了水,也未必完全是一件坏事,至少,如果他们未来真的要大规模进行种植的话,那些水应该可以用来浇灌。最不济,也可以用它们来冲厕所。

这是脱离了现代社会之后的又一个弊端。没有了数量众多的抽水设备,周围的地形又发生了变化,排水系统很有可能无法正常运作。张晓舟曾经考虑过以周围的地下管网作为行动的通道,但在这样的大雨面前,这样的设想很可能已经没有什么可行性了。

他从床上爬了起来,说是床,其实也就是一张三人沙发,只是在上面铺了一条床单。

“对不起,今天我……”

“没事。”钱伟连忙说道,“这么多天以来你一直都在连轴转,也应该休息一下。”

张晓舟笑了笑,没有再说什么。

“你饿了吧?”钱伟问道,“食堂里的粥应该好了。”

“那我们就过去吧。正好我有话对大家说。”张晓舟点点头说道。

他们俩下楼,到了位于一楼的大会议室,这里因为空间大、座位多,已经成了他们的食堂。虽然还没有到正式的吃饭时间,但粥已经熬好了。因为今天没有外出的重体力劳动,粥很稀。刘雪梅尽量从下面打了一勺比较厚的给张晓舟,他笑了笑,没有多说什么,捧着碗到了自己的位置上。

每个人的位置都是固定的,自己的碗筷也都放在自己那个座位的抽屉里。

现在没有条件每天都用水洗碗,事实上,每个人的碗也都吃得很干净,几乎不需要怎么洗。喝开水的时候用开水烫烫就算是唯一的消毒措施了。

张晓舟和钱伟的位置都在最前面,分配座位的时候考虑过,这个位置比较方便他们进出以及站起来和大家说事情。

钱伟坐在旁边看着张晓舟喝粥,陆陆续续有人从外面进来,他们看到张晓舟之后,大多都愣了一下,随后装作什么事都没有,但他们的表情还是被钱伟看在了眼里。

他担心张晓舟有想法,准备低声地告诉他人们的议论,给他一些心理准备,但张晓舟却笑了笑,道:“没关系,等人到齐之后我会和大家说清楚的。”

五点半不到,除了两三个负责放哨的人之外,所有人都到食堂了。张晓舟看了看大家,走到了前面的讲台那儿。

大家渐渐地安静了下来。

“我知道大家对我昨天经历了什么事情一定很感兴趣。”他对他们说道。没有了话筒和扩音器，要让所有人都听清他的话并不容易，但这是每个人都想知道答案的事情，周围一下子安静了下来。

“具体的过程我就不说了，我被那群人胁迫，跟着他们到了副食品批发市场那儿，然后遇到了一群恐龙，遭到了袭击，后来还遇上了霸王龙。”他看着下面那些表情各异的面孔，用正常的声音说道，“他们都死于恐龙的袭击，我跳进下水道里，在那里面等了几个小时，直到恐龙离开才逃了回来。整个事情的经过就是这样。”

议论声一下子响了起来。

这样平淡的故事显然不能满足大家的好奇心，很多人甚至明显地感到失望，但张晓舟并不准备把真相告诉他们。

事实上，昨天夜里他一直都没有睡着。

每次一闭上眼睛，曾经发生的事情就会像电影一样浮现在他的面前。

一次又一次。

就像是一个梦魇，不断地折磨着他。

他很清楚大家会想要知道发生的事情，他们会有很多猜测，也许有的人会扭曲真相。

但最终，他还是做出了这样的决定。

因为真相对于他们来说没有任何意义。连他自己都无法相信命运的巧合给了他侥幸逃脱的机会，别人又怎么会相信呢?

他并不认为自己做了一件无比正确或者是很光荣的事情，这并不是什么值得宣传或者是炫耀的事情。如果不是因为太过于弱小而且缺乏保护自己的力量，他绝对不会那样做。

但如果再来一次，他还是会做同样的事情。

因为他别无选择。

“这个事情没什么可说的，也真的是不怎么光彩，我吓得够呛，又饿又累，狼狈不堪，好不容易才逃回来。也许大家把我想象成一个英雄，但我不是，我只是走了狗屎运，恰好就找到了一个逃命的地方。这个事情最好是到这里就结束，那些人虽然死了，但他们还有同伙。那些人应该不知道我们曾经遇到过他们，但如果我们当中有谁把这个事情当成一个故事讲出去,很有可能会让他们找上门来报复,那就糟糕了!”

他看着台下的那些人。

“请大家一定要记住。”他再一次说道,“这不是以前,有些事情是不能开玩笑,更不能拿来作为谈资的。昨天的事情如果传出去,哪怕只是无心地告诉了一个毫不相干的人,都有可能给我们所有人带来灾难。请大家一定要记住这一点!”

也许他们不相信这个说法,但从今以后,这就是唯一的真相。

张晓舟继续留在了台上:“还有个事情要和大家谈谈,正好今天下雨,人都齐了,也没有太多的事情要做。”

大多数人都愣了一下,不知道他要说什么,但钱伟等人知道,这是他早就说过要做的事情。

“我们要把我们今后行动的基本原则确定下来。”张晓舟说道,“比如说,我们现在所执行的粮食和饮水管理政策要不要调整?我们个人的财产怎么处理?我们的管理机构怎么产生、怎么换届?我们内部如果出了问题,有了矛盾、分歧,甚至是有人造成了危害,要怎么处理?我们团队里的每个人要承担什么样的义务和责任,享受什么样的待遇?要不要实现差异化?我们要不要吸收新人?有什么条件,有什么标准或者说是门槛?新人进入之后是什么样的待遇?要不要和我们在座的人有什么差别?”

下面坐着的人一下子议论开了。

“我想到的就是这些,大家不要着急,离天黑还有一段时间,我们先吃饭,吃完饭大家可以考虑一下,哪些东西是我们最需要、最迫切要决定的东西。我的想法是,现在这个局面下,不需要搞得太复杂,也不要一下子搞太多,能够解决我们所面临的问题就可以,但一定要把最关键的原则都确定下来。一旦确立,这就是我们每个人做事的准则。”

他从讲台上走下来,坐到了自己的位置上。

钱伟拍了拍他的肩膀,他突然想起了什么,把张晓舟的那个小本子掏出来还给了他。

食堂里一下子变得乱糟糟的,各个组的负责人早就知道张晓舟有这样的想法,并且早就做好了准备,但绝大多数人还是第一次听到这个事情,马上开始相互打听了起来。

年纪大一些的女人们对于这样的事情没什么兴趣，小孩们则在这样难得的气氛里悄悄地玩闹了起来，一些人显然想法很多，忙着找纸笔要写下来，但也有一些人觉得这是多此一举。

“就这么点人，有必要搞这种东西吗？”有人小声地说道，“你们几个负责的商量好了之后告诉我们不就行了？”

“你这话不对。”张晓舟摇了摇头说道，“要在这个世界里生存下去，不能仅仅是依靠我，或者是依靠少数几个人。所有人都必须为了这个集体出谋划策，都必须把自己的知识、智慧和力量贡献出来。最起码，你也必须担负起相应的责任来。每一个重要的决定大家都要参与，而不是把它变成少数几个人的事情。”

这并不是要推广某种普世价值，也不是在作秀，经历过许多次失败也看过很多成功例子的张晓舟很清楚，成功永远都不可能是少数几个领导带领下就能做到的事情。

在一线尤其如此。

这样的极端环境下，最有效率的规章制度其实并非民主而是集权，但在领导者没有办法树立起绝对权威、没有一批志同道合的骨干分子、没有强大的制约手段的情况下，集权不可能推行得下去。

从理论上说，每个人都要为了自己和家人的生存而努力，但问题是，只要有人的地方，就一定会有人愿意付出努力，也一定会有人只想缩在后面。

很多庸碌的人往往甘愿被人领导，但他把领导权交出去的同时，却有着一层潜台词：你是领导，你说了算，你能力强，那你就要多负责一点，多干一点；我是下属，我能力弱，那我干不了的事情你就别勉强我。

而另一层潜台词则是：我听你的指挥，那你就要为我的生存和安全负责；如果我出了什么事情，那你就得负责到底。

张晓舟看过很多失败的团队，大量的工作往往由基层领导带着几个骨干分子完成，很多人仅仅能够完成及格线水平的工作，甚至只是在一边混日子。这样的人还往往充当着释放负能量、在出现问题的时候跳出来推卸责任、给干活的人抹黑的角色。

即便是成功了他们也不会满意，他们的潜台词往往是：对啊，你有本事，你爱表现，你想当领导、想晋升，你想从中捞好处，当然你要多干一点。我又没好处拿，凭什么我要干活。

七十多个人的集体不算小,但也不算大,张晓舟很清楚自己在里面充当的是什么样的角色。说得好听一点,人们是因为信任他而推选他出来带领大家求生,但未必没有人是希望能够找出几个愿意干活的人来承担更繁重的工作,完成更危险的任务。

如果处理不当,工作、责任和危险就会越来越多地压在那些愿意做事的人头上,七十多个人的求生之路很有可能会变成少数人拼命努力去养活多数人,而这绝对不可能长久,也不公平。

张晓舟想要让每个人为了这个集体而努力,并且把这变成一种常态。最起码,他们必须要开始去承担最基本的责任。在出了问题需要他们站出来的时候,他们没有借口说:都是你们几个人瞎搞弄成现在这个样子,我不管,反正你们要负责解决。

所有人都要为自己负责,而不是把这么沉重的包袱扔给别人,然后心安理得地去把自己摆在弱势群体的位置上,逃避自己应该要负的责任。

“这么多人,不知道要吵到什么时候。”李洪轻声地说道。

“我们搞民主集中制吧。”一个组长说道,“先在今天分工的小组里拿出一个初步的意见,然后再拿出来讨论,这样会更有效率。”

张晓舟点点头。

“今天的分工和昨天的不一样,大家相互之间都不熟。”另外一个组长说道,“我觉得按家庭或者是按居住的区域来分组,讨论的时候更方便。”

“等会儿要投票吗?老人和孩子怎么算?”另一个人说道,“所有人的投票权都一样?那本身就不公平啊!”

“我们可以先把这个问题作为第一个议题确定下来,然后再讨论下面的议题。”张晓舟说道。他很高兴有人提出了他自己没有想到的问题。

“那我们是先分组收集整理出一个大致的条款,由组长做代表,逐项宣读讨论通过,还是每个人都有发言的机会?”

“每个人都发言?那不可能!”之前对投票权提出异议的男子说道,“提出议题之后要不要讨论?如果有人提出疑问,要不要解答?哪怕是限定每个人的发言时间,老人小孩不发言,一个晚上也定不了多少事情!各位,现在不是以前了,那些繁文缛节全丢掉吧!效率才是最重要的!难道我们还每天拿几个小时出来浪费在开会上?”

“反正晚上也没有灯，讨论一下这些事情也没什么不好的吧？”一个组长说道，“一家人住在一起，你也不会每天都想早早地搂着媳妇上床吧？”

这个并无恶意的玩笑让大家都笑了起来，很快就有人提出，是不是可以弄一间房子出来给夫妻使用，就像以前部队上曾经有过的探亲房。

“总不能让小孩子看着……”他悻悻地说道。

“这种事情就别拿到这个会上讨论了。”张晓舟说道，这种把事情无限扩大、严重跑题的情况正是他最不想看到的结果，“我们时间有限，这些具体的事情可以以后来处理，今天我们只确定最基本、最原则性的东西。比如我之前说的内部矛盾的问题，我们今天不讨论具体的条款，只把最基本的东西定下来，什么人来处理，分哪几种处理标准。具体的东西以后再来考虑。”

这样的说法大家都接受，旁边有几个正在奋笔疾书的人听到这话，犹豫了一下，看看自己所写的东西，突然没兴致了。他们写下来的大多数都是所谓“具体”的事情，真正提纲挈领的建议却几乎没有。

并不是每个人都有高度概括和总结的能力。

几个坐在前排的组长热烈地讨论了起来，关于张晓舟的事情就这样迅速被淡化了，这样的局面让钱伟心里终于高兴了一些。

稀粥没几分钟就喝完了，大家一边喝水一边洗着碗，张晓舟再一次走到台上，大声地对大家说道：“我们现在先来确定两个基本的原则。第一，我们采取什么样的讨论形式……”

第一个原则很快就被确定了下来，经过一番争论，最终确定具有投票和表决权的是十六岁以上、六十岁以下的中青年，不分男女，这些人也是目前他们这个团队所有工作的主力，而具有提案权的则是每个家庭的户主，这是因为每个家庭的意见相对来说比较容易收集和统一，有利于提高提案的效率。单身者从理论上说都是提案人，为了提高效率，以宿舍的舍长为提案代表，但每个人都有补充提案的权利。这个原则不单单适用于今天的讨论，也适用于今后所有的会议。每次投票或者表决都以超过参会人数的三分之二为通过。

值得一提的是，有人提出新加入的人员在三个月内没有投票和表决权，但这个建议很快就被大家否决了。

“就这么几个人还搞什么特殊化？等我们的团队扩大两三倍之后再考虑新人和老人的差别吧！”

第二个原则关乎会议本身，首先确定了全体大会应该每个月开一次，主要是像今天一样讨论和确定各种各样的原则性的问题，也可以讨论一些比较重大的需要所有人表决通过的问题。全体大会应该在四分之三有表决权的人员到会的情况下召开才有效，而开会的时候，除了主持人之外，每个人都只有一次发言和一次补充的机会，如果连篇累牍霸着讲台不下来，主持人可以中断他的发言。有人在讲台上发言的时候，下面的人可以轻声地进行讨论，但不能直接打断他的话，更不能谩骂或者是进行语言攻击。每个有表决权的人都可以在发言后进行一次质疑，并要求对方回答，但不能反复地拿已经回答过的问题进行纠缠，更不能把别人已经说过的内容又重复一遍来浪费时间。

发言的时候杜绝口水话和没有实际意义的内容，如果发言者不能做到言简意赅，主持人可以请他先到台下去组织语言，避免浪费大家的时间。

会确定这样的原则是因为仅仅第一个原则的确立就耗费了一个多小时的时间，有几个较真的人反复在一些问题上纠缠，浪费了大量的时间。

“现在七点半，我们休息一下，请提案人收集整理觉得今天有必要讨论的议题，我们八点半开始讨论。每个议题提出之后首先表决，由大家确定是不是要在今天讨论。通过表决的提案再讨论。我们今天先按照座位顺序来发言，以后抽签决定。”张晓舟说道，“我提醒一下大家，我们今天讨论的是最根本的原则，很具体的事情可以以后再慢慢地处理，不要占用今天的时间。”

钱伟、李洪、高辉他们几个原本一幢楼的人都住在同一个宿舍里，包括老王、老孔他们几个也是如此。他们的家人要么留在了原来的世界，要么已经死了。这让他们成为这个七十多人的团队中最特殊的一类人，从某种意义上来说，他们也是张晓舟在团队中少数能够仰仗的人。

张晓舟的房间在他们隔壁的部门经理室里，因为他是整个团队的负责人，有可能会有很多人来找他办事，所以在分配房间的时候，他得以单独占据了整个房间，并且留下了完整的一套办公家具。在现在这个世界里，这或许是身为团队最高负责人所能得到的为数不多的特别照顾之一了。

张晓舟把自己的想法告诉了钱伟，让他们在宿舍里讨论，自己则到不同的房间去听大家的想法，和他们一起讨论，并且帮助他们把那些太过于具体或者是根本就没有可行性的想法剔除掉。

但他遗憾地发现，大多数人根本就没有什么想法，他们早已经习惯了听别人怎么说就怎么做。在最初的兴奋过后，很多人都生出了和之前那个人同样的想法：其实你们几个组长定下来之后告诉我们就行了。

张晓舟不得不一次次地向他们解释自己这样做的理由，大多数人懵懵懂懂，不以为然；少数人表示认可，并且愿意支持；但也有人的表情变得很难看，似乎是被张晓舟的话刺中了心房。

在会议正式开始之后，上台发言的人寥寥无几。

很多人还是习惯性地根本就什么都不说，似乎这些事情与他们完全无关，就只是走一个过场。

当钱伟他们在台上发言时，张晓舟失望地看到，很多人打起了瞌睡。但他对此没有什么办法，只能不时地走过去，轻轻地摇醒他们，请他们注意听台上的人在讲什么。

他几乎在每个提案表决的时候都反复向台下的人强调这些东西的重要性，请他们为了自己和家人的未来真正地负起责任来，但会议最终还是变成了张晓舟、钱伟、刘玉成等少数几个人说，其他人听，少数人发问的表决。会议一直开到了晚上十一点多，很多人都感到疲惫不堪，到后来，几乎不管有人提出什么，台下大多数的人都只是机械地附和。

张晓舟只能安慰自己，不管怎么说，对于他们这个小小的团队来说，他们还是迈出了很重要的一步。

最终，在之前的那两条提案之外，他们形成了五条原则，并且在张晓舟的带领下集体念诵了一遍。

第一，团队负责人由全体大会选举产生，候选人按照自愿、自荐、全体表决的方式产生。每次选举中，得票最多并且得票超过总人数一半以上的候选人成为负责人。第一届负责人暂时由张晓舟充当，三个月之后，再进行第一次正式的竞选。

管理团队由团队负责人全权负责挑选组建，并在全体大会上表决通过。决议一旦形成，所有人必须接受他们的领导，服从他们的管理并全力支持他们的工作。

当三分之二以上的提案人对团队负责人或管理团队的工作不满时，可以发起全体大会对团队负责人的去留进行表决，如果有三分之二的参会人投反对票，则立即解除其职务，在会议中推选临时负责人取代他的位置，并按照流程尽快推选出正式的团队负责人，组建新的管理团队。

第二，除了具有特殊意义且对团队生存不具备重大价值的私人物品之外，现阶段团队中的所有物资都为所有成员共有，委托管理团队进行管理和分配。管理团队应该尽快制订出合理的分配方案，分配时应尽可能合理体现多劳多得、能者多得的原则，并酌情考虑知识和管理在劳动中的价值。不具备劳动能力的老人、病人和小孩应该获得基本的生活保障。

第三，团队中所发生的矛盾、争执，由管理团队负责调解。如果发生严重侵害团队和其他人利益、安全的情况，将视为犯罪，由裁决庭进行审判。裁决庭由九名随机抽出的具有表决权的团队成员组成，被审判者可以要求更换其中的三人，但只能更换一次。裁决庭在充分听取双方的表述并认真调查后进行讨论，三分之二以上成员认定其有罪时，即宣判有罪，并同时提出处罚意见。惩罚从扣减口粮、惩罚性的强制劳动、关禁闭，直至流放、死刑。判决某人流放和死刑时，应当提交全体大会审议，流放必须获得三分之二以上成员表决通过，死刑必须获得百分之九十以上成员表决通过。

偷窃、破坏公物，长期消极怠工，无故对抗上级且拒不执行命令，出卖、泄露团队的机密，因为个人过失对团队或者他人造成重大损害，煽动、发起叛乱的，均视为犯罪。犯罪者的家人如果对他的行为不知情，则视为无罪；但如果明知他的行为而不加劝阻，劝阻无效不及时上报，视为同罪。

未成年人及老年人故意犯罪，由其成年家人承担责任，不因其年龄而做任何区别对待。

第四，在物资相对充裕的前提下，团队接纳新成员的加入申请。申请人必须如实上报自己的职业、特长等基本情况并接受健康检查。申请加入者的家庭成员中有人患有严重疾病或传染病，身上有大块文身及无法说明理由的针眼，或被人指认曾有过犯罪经历的，全家均不得通过审查。申请加入者必须宣誓无条件接受团队的所有原则，自觉接受团队的管理。隐瞒家庭成员的真实情况，在加入团队前故意挥霍或藏匿物资拒不上缴，行为一旦被揭露，视为犯罪。

新加入团队者，三个月内无投票和表决权，半年内无提案权，但专业技术人员不受此限。其他待遇不受限制。

第五，每一个成员都应该以团队的利益为重，尽自己所能为团队的建设和发展贡献出全部力量。团队将向所有成员提供尽可能良好的生存条件、安全和保护，一视同仁。任何成员伤残或死亡后，其本人和家人由团队继续抚养，在他们没有犯罪的前提下，任何人不得以任何理由将他们从团队中逐出。

……

公允地说，这五条原则并不完备，也有着很多很多的问题。如果真的想钻空子，大有文章可做。

但张晓舟想要的并非一部法律，而他们既没有能力，也没有必要去制定一部法律。

他想要的只是一个让大家都能够履行，并且愿意去履行的公约。

跨越了数千万年来到这个蛮荒世界的他们，必然会面临许多挑战、许多危险。

没有规矩不成方圆，哪怕只是简单的公约，也能帮助他们渡过最初这段混乱的日子。

而他也相信，他们必然会克服一切困难，在这个世界上顽强地生存下来。

第17章 新构想

雨终于停了，但随之而来的是又湿又闷的空气，让人几乎无法入眠。

张晓舟白天睡了一天，虽然经过了长达几个小时的会议，但他还是毫无睡意。

没有电，在这样的黑暗中也没有任何事情可做，于是他睁着眼睛躺在沙发上，想着明天要做的事情。

基本的原则是出来了，但很多东西都必须完善，他所要做的事情就是尽快把自己的管理团队建立起来，然后依靠他们去把错综复杂的事情分别抓起来。

他在黑暗中一个个盘点着应该设立的部门以及负责人。

七十几人的团队没办法进行太多的分工，他准备简单地把人员分为四个部分。

首先是后勤组，这个部分由病号、小孩、老人和一部分年纪比较大的妇女组成，他们本身也是需要被照顾的人群，所以张晓舟准备把他们留在大厦中做一些力所能及的事情。最起码，瞭望放哨、生火煮粥、准备燃料、整理和看守物资、打扫卫生、照顾伤员和病号这样的事情他们都能做，这些事情交给他们之后，一部分年轻一些的妇女就能解放出来，从事稍稍复杂的更需要体力或者脑力的工作。

这个组他准备交给刘雪梅，这个在第一个夜晚就失去了家人的中年妇女已经用自己的行动证明了她是一个可以信任的人，目前食堂也是她在管，而且她还懂一些护理常识，应该是这个位置上的最佳人选。

唯一让张晓舟担心的是，她的性格太温和，不知道能不能管好其他人。如果最后变成她自己拼命干而其他人乐得躲懒，对于整个团队的风气来说就会是一个很大的问题。所以他准备再观察一下，替她物色一个性格泼辣一些的副手，这样一来，两人配合应该能够解决大多数问题。

其次是综合组，主要成员应该是年轻一些的妇女和体能比较差的男子，受了轻伤的男子也可以暂时安排在这个部门，除了负责文书、计划统计等事务性的工作之外，包括大楼维护管理在内的所有不属于后勤范围而又在安澜大厦范围内的杂务都将交给他们。现阶段他准备把大楼的安全保卫和接收新人的工作也交给这个组来做，这就意味着需要配置几个年轻一些的男子。这个部门的负责人他准备暂时由自己兼任，因为就现在看来，唯一能够胜任体检工作而且可以把好这道关卡的也只有他了。但他肯定不可能长期待在这个位置上，必须尽快培训出一个可以接任这个工作的人。

第三个组将是安澜大厦所有人当中的精华部分，他将把身体素质和反应能力最好的男子都派在这个组，而他们将负责探索和搜寻周边无主的建筑物，寻找他们所需要的物资，张晓舟准备把它命名为行动组。在他们能够自己生产粮食或者是制造出能够用来打猎的武器之前，行动组将是他们唯一可靠的物资来源。这个组的任务最危险，但也将关系到他们这个团队能否存续，他不得不把自己最好的牌都用在这里。在必要的时候，这个组也将是安澜大厦对外的战斗力量。正是出于这个理由，他决定把这个组交给钱伟来负责，副手则由之前在超市里担任拆墙组负责人的李建业来担任。

第四个组则由剩下的人组成，他们将继续负责把物资从周围搬运到安澜大厦，必要的时候，他们可以退回安澜大厦保卫领地，或者是作为行动组的后援。如果行动组找到了大量的物资，他们要负责尽快把东西搬运回来，如果行动组遭遇了危险，他们将承担起救援的重任。

这个组负责人的最好人选张晓舟觉得应该是老常，作为一个经验丰富的警察，而且是这个地方的片警，他应该能很好地完成这些工作。但他的伤没有三四个月的时间不可能好，张晓舟只能另外考虑人选。

最终他选择了刘玉成。这个商人有些滑头，但很聪明，而且和每个人的关系都搞得不错，如果不是他的知识和专业能力过于欠缺，他或许会是团队副手的最好人选，可以很好地帮助张晓舟处理人际关系上的难题。

不过现在这个阶段，张晓舟还是决定让钱伟来担任团队的副手，虽然认识的时间不长，但钱伟的性格很对张晓舟的胃口。现在这个世界不需要圆滑的人，需要的是愿意站出来承担责任，也有能力承担责任的人。

这样不停地想着，他的精神越发旺盛起来，于是他干脆爬了起来，到设在二楼两端的两个哨位去，想找哨兵聊聊。但还没有走到东边的哨位，他就已经听到了轻轻的鼾声。

那是一个六十一二岁的男子，他靠在一张单人沙发上睡得正香，即便是张晓舟已经站在了他的面前也浑然不觉。张晓舟不记得他的名字，但他的儿子翟彪是之前自己在超市里认识的少数几个人之一。

一阵无名火从身体里冒出来，让张晓舟想要马上发作，但他还是忍住了。

他伸出手轻轻地推了老人一下，老人茫然地摇了摇头，十几秒后才清醒了过来。

“张、张队长！”他惊慌了起来，虽然因为年龄刚刚跨线而没有参加之前的会议，但他还是听自己的儿子说了定下来的几件事情。在他看来，搞这些根本就是多此一举，骗骗人而已。反正这些事情早在开会前就私底下商量好了，开会只是走过场罢了。

但那几个条款里明显是针对所有人的一些东西他还是记在了心里，并且悄悄地让自己的儿子小心。这些条款明显是要拿来树立当权者的权威，搞不好什么时候就要抓几个典型出来杀鸡给猴看。

他只是没有想到，开了一整晚的会，张晓舟竟然还会这么恶毒地跑来查岗。

“我没睡着……真没睡着，就是看没什么事情闭了一下眼，顶多两三秒！”他急忙站了起来，急切地辩解着。

从张晓舟听到他的鼾声到把他叫醒，这个过程也不止两三分钟了，但张晓舟没有马上戳穿他。

“翟师傅，你是不是身体不舒服？”他压着自己的火气问道。

“没有没有，我身体好着呢！”翟大爷急忙说道。

“那以后放哨的时候还是别睡了。”张晓舟说道，“你应该清楚，现在不比以前，以前有人摸上来顶多是偷东西。现在有什么人或者什么东西摸上来，或者是着火，对我们所有人来说都是灭顶之灾。”

“知道知道!”翟大爷连连点头,“张队长,我真没睡觉,就是闭了一下眼睛,周边有什么声音我都听着呢!你放心,这儿交给我,什么事都不会有!”

张晓舟从他的表情看出来他完全就是在敷衍自己,但他不想在这个时候把事情弄得太大,轻轻地叹了一口气之后走开了。

“装模作样……还真把自己当成盘菜了?”他听到老人轻声地嘟囔着。他或许以为自己说话的声音很小,但张晓舟却听得清清楚楚。

他握紧了拳头,但他又能怎么样呢?

因为放哨时睡觉而组建裁决庭让翟大爷成为第一个受审判者?依照刚刚定出的原则而让翟彪这个团队的骨干来代替他父亲接受惩罚?

和这样一个老人争执对他来说没有任何意义,甚至对于他的权威会有一定的影响。对于许多人来说,这样的事情也许只是一件微不足道的小事,但张晓舟心里很清楚,从明哥他们那帮人的话里就能知道,他们所在的这幢安澜大厦已经成了周围幸存者们眼里的香饽饽。今晚没有人偷偷摸进来偷东西或者搞破坏,并不意味着以后也没有。

如果哨兵没有正确的认识,把这么重要的任务当成是之前那个世界里轻松而又容易混日子的工作,那他们团队总有一天会因为他们的疏忽而付出惨重的代价。

他心里憋着一股火走向走廊对面的那个岗哨,那是一名五十来岁的妇女,她倒是没有睡着,看到张晓舟过来马上就站了起来,但同样是满脸的倦意。

“张队长,你还没睡啊?”

“天太热,睡不着。”张晓舟答道。他很不擅长和这个年纪的妇女打交道,但还是和她聊了几句。

大妈姓刘,老伴前几年去世了,她跟着女儿女婿过活,没想到莫名其妙就到了这个世界。不过她倒是没受什么苦,甚至都没看到什么可怕的东西,只是从家里搬过来的时候在路上看到了几具被啃得光秃秃的骨架,心里有些害怕。

“小张啊,”她倒是也不客气,稍微熟悉了一点儿之后就马上和张晓舟从称呼上拉近了关系,“你说我们什么时候才能回去啊?”

“您说什么?”她的问题让张晓舟愣住了,他完全没搞懂她的意思。

“我女儿说,有上万人困在这儿呢!政府总不可能不管吧?”刘大妈却自顾自地说道，“我看以前发生什么灾害的时候，政府不是一两天就开始发救灾物资这些了吗？为什么这次一直都没有动静啊？”

张晓舟目瞪口呆，完全不知道该怎么对她解释。

他一直以为所有人到现在这个时候都应该弄清楚发生了什么，也都应该知道他们将要面临的是什么样的未来。他一直都认为每个人都应该像自己一样有着强烈的紧迫感、危机感和责任感。

但他现在才意识到，或许年轻人都懂“穿越”是什么意思，都知道末日降临时会发生什么样的情况，但对于很多从来就不看小说和电影，对于这些东西毫无概念的中老年人来说，这些东西他们根本就不理解，那些在张晓舟和钱伟等人看来理所当然的事情，根本就不在他们的考虑范围之内。从剧变发生到现在，他们中的很多人只是躲在房间里，根本就没有看到外面发生了什么。对于他们来说，停水停电让生活变得不便，但他们还没有直面过死亡，也还没有饿过肚子，所以他们一直都以自己固有的思维模式来面对眼前的剧变，根本就没有紧迫感，更没有危机感。

他终于明白为什么有那么多人看上去丝毫也没有危机意识，或许，抱有这种态度的不仅仅是这些老年人。

张晓舟彻底失眠了，这样的事情对于他来说是一个全新的难题。要用什么样的办法才能让这些看不清现实的人真正弄明白他们现在所面临的是什么样的现实？

远山市有一句俗语：人教人永远教不会，事教人一次就教会了。

但作为团队负责人，张晓舟却不愿意也不可能任由事情发展，以惨烈的代价来换取他们的清醒。

好不容易等到天亮，他第一时间就把自己选定的几个组长和副组长叫到了自己的房间，把自己的想法告诉他们。说实话，就这么几个人，谁能干什么事情大家心里都很清楚，大多数人对此早有准备。

唯一手足无措的只有刘雪梅：“张晓舟，这事我真干不了……我几十岁的人了，还从来都没管过什么人。你让做什么事都可以，苦点累点都没关系，哪怕是让我负责管管食堂都可以。但你让我管这么多人……这个事情我真是干不了！”

不管张晓舟怎么劝，她都很坚决，无奈之下，张晓舟只能请大家推荐其他人选。

“这个事情确实不容易。”刘玉成摇摇头说道，“说起来是没什么重活，而且也比较安全，可你认真算算，老人、小孩加上女人，再加上老常、王蓁蓁他们两个伤员，这个组差不多得有四十几个人了吧？超过一半多的人在这个组里，而且老的老，小的小，病的病，说得好听一点儿是后勤组，说得难听一点儿是收容所。小孩要人看着，不然就容易惹祸；老人同样要人看着，不然就容易出事；女人也一样……刘姐我不是说你，可女人多的地方容易产生矛盾，遇到事情也多半没什么应对的能力。而且女人、老人和小孩都不容易讲道理，容易跟你对着干，你还拿他们没办法……”他摇了摇头，“难，真的很难!”

大家都长长地叹了一口气，老实说，让他们中的任何一个人去管这么一大摊子事情，他们也都会觉得头疼。从某种意义上来说，这也许比面对恐龙还要让人头疼。

他这么一说，刘雪梅反倒不好意思推托了。

她低着头想了一会儿，道:“要是实在找不到人，那我先顶几天，你们看着谁合适，就赶快把我给换了?”

这样的话听起来让人心里真不是滋味，但张晓舟还是点头答应了。

“我今天全天都在，要是有什么问题，你来找我，我们俩一起解决。”

于是在吃早饭的时候他向大家通报了自己的管理团队人选。大家都觉得这时候出来负责不但没什么好处，反而意味着要更多的付出，承担更多的责任和风险，于是毫无意外地，所有人都鼓掌通过了这个提案。

张晓舟随后布置了今天的任务。

天快亮的时候，雨又开始淅淅沥沥地下了起来，好在并不算太大，他们现在的每一天都很重要，没有条件因为下雨而休息，所以行动组的任务是探索附近的几家单位和工厂，把里面有用的东西都带回来。

而支援组的任务则是把所有家庭之前没有时间搬的物品继续搬到安澜大厦来。这些东西现在暂时还没有人去据为己有，但随着时间的推移，事情就不好说了。这个世界要重新生产任何工业制品都是很久以后的事情，在这以前，只要有时间，任何可能派上用场的东西都要搬运进来。

“你们两个组一定要注意安全，我会安排两组哨位，通过旗帜来和你们传递消息。一切正常的情况下是绿旗，如果在周边发现危险就会马上在楼顶竖起红旗来，你们一定要注意！如果要让你们回来，我会让他们摇动黄旗，上下摇是让支援组回来，左右摇是让行动组回来。你们随身也带两个旗子,需要支援就摇黄旗,遇到危险被困住了就摇红旗,明白吗?"

钱伟和刘玉成都点点头表示清楚,分别带队离开。

张晓舟继续给剩下的人分工。

曾经是公司白领,有一定数据处理和分析能力,头脑也比较清楚的三名妇女被张晓舟抽到了综合组,负责继续收集和整理人员、物资档案,帮助他制订第二天的工作计划,而其他人则全部归入后勤组。

年纪超过七十岁的那几个老人,能保证自己的身体不出什么问题,别给团队增添负担,张晓舟就很高兴了,他也不敢安排他们干什么,干脆让他们都在食堂帮忙,能做就做一点,不能做就休息。

剩下的老人和半大的孩子,他让他们自己选择想干的事情。毕竟,每个人的身体状况他还不是很清楚,他不想因为自己的安排失误而弄出什么问题来。

带孩子,照顾伤员,轮班放哨,打扫卫生,把运到大楼里的物资分门别类地整理出来,放到一个个充当库房的房间里,这些事情是张晓舟想出来能交给他们,不用花很多体力而且应该不会出什么大乱子的工作。

出乎他意料的是,绝大多数老太太都选择带孩子或者是照顾伤员,而大多数老头子都选择值班放哨,搬运整理的工作和清洁卫生的工作几乎没有人愿意干。

"我有高血压,不能弯腰,不能搬东西。"

"我有低血糖,不能蹲着。"

"我有心脏病,医生说要静养。"

"我的关节不好,不能经常上下楼梯。"

"我的手受过伤……"

"我的腰不好……"

"我有……"

有第一个人带头,每个人都提出了充分的理由,甚至还有一位老大爷直接说道:"我今年都六十八了,全身都是病,反正就只差两岁,张队长你通融一下,把我放到食堂去吧!"

张晓舟简直说不出话来。

他从来都没少见六十来岁的老年人旅游、登山、跳广场舞，抢超市的降价商品时把不小心挡了路的年轻人一把推到一边的老年人也不在少数。在某些老龄化严重的国家，六十多岁的老人继续工作的情况并不少见。这也是他把年龄划分到七十岁的原因。

如果是在之前，他们当然是已经退休了，但现在，六十岁到七十岁这个群体占据了整个团队两成的人数，不可能让他们休息。

他让他们自己选择，就是不想因为不了解情况而让身体真的不好的老人加重病情，但显然，他们把这视为一个占便宜的机会，谁也不肯吃亏。

十几个老人就没有一个身体过得去的？这可能吗？

“好。”张晓舟最后点点头，“这些事情就交给年轻人去干，白天让几个大姐先干着，等出去的人回来之后，我们晚上再加加班。你们应该知道，这些事情宜早不宜迟，这几天必须弄完，只能让他们加加班了。”

他开始埋头给他们排班。

一个六十出头的老人看了看其他人，支支吾吾地说道：“要是实在没人，那我跟着干一点儿也可以。”

“东西应该不重吧？那我可以试试……”

“不用了。”张晓舟说道，“你们的身体都这么不好，还是别累着了，到时候反而更麻烦。”

他把值班表递给他们看，七名十岁以下的儿童和两名伤员交给了八个老太太，白班六个人，晚班两个人，白班从吃完早饭之后开始，而晚班从吃完晚饭之后开始。

原本在张晓舟的计划里，这个事情只想让三个人干，而且不分班。因为大人回来之后孩子肯定是跟着大人，其实并不需要什么人照管。只要留一个人在病房睡，听着伤员的动静就行了。

值班的工作则交给了六个老爷子和三个半大的孩子。每次值班都是三个人，白天时都在楼顶的天台上，分三个点，其中一个人同时负责打信号旗。晚上则两个在一楼的两侧，一个在二楼的中间。每次值班都是八个小时。

这个事情原本的安排是六个人，每次值班两个人。

看到张晓舟的脸色不好，老人们没有再说什么。他们其实倒不是真不愿意干点活，但张晓舟问他们的时候，谁都不乐意让其他人占便宜，结果就搞成了这个样子。

“整理和搬运的工作就交给几个大姐了。”张晓舟说道。剩下的妇女还有十几名，但刘雪梅带着其中的两个人负责给几十个人烧水和做饭，这个事情要花费大量的时间和精力。这样一来，真正能够投入工作的比张晓舟预计的少了几个人。

“我会让他们尽快找点小推车之类的东西来给你们，你们分类的时候，尽量统筹安排好，把工作量减少一些，太重的东西等到晚上男人回来之后再搬。”

打扫卫生的问题，现阶段先不考虑吧。

人们按照他的安排分散开来，他临时给每个组或者每个值班组都安排了一个负责人，但他们能把事情做到什么样子，现在他真的没有哪怕一点点的把握。

他看着自己本子上密密麻麻的要做的事情，突然有些绝望了。

依靠现有的人员肯定不行，必须尽快吸收更多的人。

雨在十点的时候就慢慢地停了，那些之前被雨困在家里的人匆匆忙忙地开始跑了出来。

但大多数人的行动都显得很盲目，根本不知道自己能做点什么。他们周边的这个区域本身就不大，而他们也不敢抛下家人走得太远。

没有牵挂的年轻人早就已经离开了这个区域，留下的都是拖儿带女和家里有老人需要照顾的家庭。

速龙被消灭的几天里，周边的环境都已经被他们摸得清清楚楚，任何一家店铺都被人光顾了不知道多少次。派得上用场而且他们也能搬走的物资多半都已经被洗劫一空，剩下的物品多半都不是一两个人搬得动的。

一些人开始学着张晓舟他们这个团队之前的做法采摘树上的嫩叶，但也有人不论好坏大小，不管能不能吃，一股脑地把树上所有的叶子都摘了下来。

这种竭泽而渔的做法让很多人都感到不齿，但那个人看上去孔武有力，而且身后还别着一把砍刀，这让本来想要说点什么的人闭嘴了。

一些人甚至也开始学着他的做法，把所有的树叶都摘下来。

嫩叶能吃，那就说明这种树叶没毒，老叶子应该也可以吃，无非是不好吃而已。

但现在这个世道，能有东西吃就不错了，谁还管口味的问题？

至于树会不会死，反正自己不摘别人也会摘，与其便宜了别人，倒不如自己摘掉算了。

很快地，那些嫩叶可以吃的树都变成了光秃秃的树丫，甚至连树枝都被扳断了不少，看上去完全没有了生气。

但张晓舟他们对此一无所知，因为他们现在有更重要的事情要做。

之前那几个曾经问过能不能加入的男子很快就找上门来，张晓舟趁着支援组搬东西回来的时候让他们留下了四个人负责安全保卫，然后才小心翼翼地在门边支了一张桌子，让这些人过来看刚刚确定下来的五条基本准则。

“这没问题！”第一个提出想要加入的那个男子一目十行地看完了本来就没多少内容的五个条款，“在哪儿登记？”

“找我就可以。”张晓舟仔细地观察着他，把一张白纸和笔递给他，“你把自己家里所有成员的情况都写下来，越详细越好。”

这个男子其实并不是一个很好的吸收对象。

他看上去很瘦，而且很神经质，说话的时候眼神总是飘忽不定，看上去坐立不安。

这样的人很难作为强壮的劳动力使用，也很难分担重要的工作，最糟糕的是，按照他的年龄猜测，他家里的小孩应该还小，但老人应该超过六十岁了。

他匆匆忙忙写完简单的资料，果然，结果与张晓舟预料的没有什么不同。

他本人四十岁，老婆三十五岁，家里有一个十二岁的儿子，六十三岁的父亲和六十岁的母亲。

“健康状况怎么没写上去？”张晓舟微微地皱着眉头。

“都……身体都好着呢！”男子微微有些紧张地答道。

“我没有别的意思。”张晓舟知道这里面一定有问题，于是说道，“你也看过我们的条款了，如果你现在隐瞒了真实的情况，家里的东西都交过来，但被发现有什么问题，按照规定，我们只能让你们离开，东西却没办法退还。你还是考虑一下吧？”

男子一脸的失望，双手紧紧地捏着拳头，让张晓舟紧张了一下，但他最终还是离开了。

一定要让哨兵再提高警惕。

张晓舟不由得想道。

这些被拒绝的人会不会心存怨念，对他们进行报复？

这样的事情并不是完全不可能，不管他们以什么样的方式，哪怕只是把一楼某个房间的玻璃敲碎，让虫子飞进来，对于他们来说都有可能造成严重的后果。

“下一个。”他尽量让自己的担心不在脸上表露出来，面无表情地叫道。

招人的工作就像是以前的招聘。

任何企业都想要招到能力强、业务精、人际关系好、不计较个人得失而且对企业忠诚的人才，但问题是，能够满足这些条件的人，完全可以到更好的地方去求职或者是自立门户，为什么要来你们这里工作？你们提出这么多要求，又能给对方多高的待遇？

大多数人对于他们的五条原则并没有什么意见，但问了安澜大厦里面的大致情况之后，就有三个人扭头就走了，其中一个人还放出话来：“你开什么玩笑，我又不是来给你当长工的！”

愿意加入的人的家庭构成和安澜大厦里的人本身就没有什么区别，多半都是有老有小，但张晓舟还是尽可能地从里面挑选了三个家庭出来，让支援组去帮他们把家里的东西搬了过来。

食物很少，药品和工具之类的东西也不多，人们都有些失望，觉得张晓舟这是在给团队增加负担，只是因为他帮了很多忙而没有说什么。

“这样下去不行。”刘玉成悄悄地对张晓舟说道，“士气越来越低落了，我们得想个办法把大家的信心树立起来。”

张晓舟苦笑了起来。

不用说别人，就连他自己也越来越怀疑自己的选择。

留在这里干什么呢？凭借他的本事，在什么地方不能活得比这里轻松、比这里舒服还少担责任？如果不是因为心中的责任感，如果不是那些还愿意听他的指挥、配合他工作的人们，他真的很想一走了之。

他当然知道应该要想办法提升大家的信心，但在现在这个时候，唯一能够让大家感到兴奋的理由或许只是大量的食物。可问题是，所有人都在做同样的事情，这么多天之后，他又有什么办法变出足够大家吃的食物？

“要是能弄到一些粮食就好了。”刘玉成说道，“哪怕只是十袋八袋的也好啊！”

张晓舟倒是知道什么地方有这么多粮食，但问题是，那个地方同样也意味着危险和死亡。

两人正在说话，钱伟带着行动组的人回来了，他们用两辆小解放卡车拉了两台发电机和两台焊机回来，还有几大包焊条和一大堆钢管。

“发现什么了？”张晓舟和刘玉成一起迎了过去。

钱伟沮丧地摇了摇头。

“什么吃的东西都找不到了，只有这些没人要的东西。”他用脚踢了踢车上的东西，“好歹能像何家营那边一样，把我们的房子加固一下。”

“谁会用焊机？”刘玉成问道。

“我会一点儿，张孝泉也会一点儿，慢慢摸索呗。”

两人心情低落地闲聊着，张晓舟看着人们喊着号子把沉重的发电机从车厢抬下来，心里突然隐隐约约地一动，像是模模糊糊地想到了什么。

“张晓舟？”钱伟和他说了一句话，却没有得到回应，于是轻轻地推了他一下，“你怎么了？”

“等一下！”张晓舟跑回了那张用来给人们填表的桌子前，拿起笔胡乱地画了起来，很快，他就把自己想到的东西画了出来。

“钱伟！”他兴奋而又大声地叫道，“刘哥，你们都过来！”

钱伟看到了他手里画出来的东西，眼睛一下子亮了：“对啊！”他一下子握紧了拳头。

“这两辆车都不行！”张晓舟说道，“材料也不够！”

“这没问题！”钱伟马上说道，“那边有一辆重卡，至少应该有七八吨重！”

“还不够！”张晓舟摇摇头说道。

“我们可以往上面加东西！”刘玉成说道，“重量不是问题！关键是有没有那么多材料！”

“钢管还有很多！我们没有完全搬回来！”钱伟说道，他激动得手都抖了起来。

“我们还要切割机、磨光机，还要更多的焊条！”张晓舟说道。

“没问题。这些东西都没人要，我们下午到那边的工地去找，肯定能找到的！”

“加油！”张晓舟说道。

如果他的想法真的能够实现，也许眼前的一切问题都不会再让人为难。

“一定能实现的，一定！”他对自己说道。

第18章 新的开始

张晓舟的构想在午餐的时候再一次成为大家谈论的话题，而绝大多数人都认为，这应该是可行的。

他们要建造一个移动堡垒。

从理论上说，这个东西非常简单。

张晓舟最初在纸上画出来的那个宛如刺猬一样的东西当然不可能实现，结构、强度、工艺和材料都是问题，但在经过一番讨论之后，他们很快就拿出了更加可行的方案。

这个移动堡垒将以钱伟他们之前见过的那辆重型卡车为基础，一名曾经在工地当过监理的成员证实，那样专门用来拉运工地渣土的十轮自卸型重卡的自重应该在十吨左右。

这个重量让人感觉安心不少，大多数人认为暴龙的平均体重应该在七至八吨，少数比较大的个体体重或许能够达到十吨以上。但按照道理来说，前肢已经高度特化的暴龙应该没有能力推翻比它自己还要重三分之一以上的重型卡车。

尤其是在卡车上还有很多尖刺的时候。

他们还有更多的考虑。

依照暴龙的体形，重卡周围其实没有必要设置如张晓舟一开始画的那么多尖刺，但考虑到途中有可能遇到诸如恐爪龙那样有着超强弹跳力和破坏力的猎食者，他们最终还是决定在重卡周围用钢管焊上一个结实的钢架，钢架外面则都是长二十厘米左右、用切割机和磨光机打磨锋利的尖刺。钢架的网格尺寸应该在十厘米左右，这样一来，无论是它们的尖嘴还是爪子都无法伤害到躲在里面的人。

但仅仅是这样没有办法满足他们的需要，毕竟他们造这个东西是为了去获取更多的粮食，而不仅仅是躲在里面。于是钱伟在钢架的一侧设计了一个可以向上提起的活动门。卡车贴近商店大门停下之后，车上的人可以拉起这个活门，站在门里面撬开卷帘门之类的东西，进入店铺把里面的东西都搬到车上。活动门两侧各有一个侧向的四十厘米宽的防护网。

"车子要考虑上坡下坡，还要防止轮胎被那些东西的爪子扎破。"一名成员继续补充着意见。

于是，最终设计出来的钢架应该把整个车体都包裹在里面，布满二十厘米长的钢刺，并且有一定的防护能力。侧面有能够打开的活动门，按照张晓舟的建议，顶部也应该完全封闭。

"工程量很大。"钱伟和张孝泉这两个半吊子焊工一下子感到有些压力。

"行动组和支援组手上的工作都停掉，我们现在要全力完成这个计划！"张晓舟说道。

在现在这种又湿又热的气候下，大米之类袋装的食物如果保存不当容易发霉变质，但更紧迫的理由是其他团队也有可能想到同样或者是类似的办法。

说到底，无论是从技术、物资、人力，还是从与副食品批发市场的距离等因素上看，何家营那个地方都远比他们有优势。如果对方在张晓舟他们之前想到了这个办法，那大家一场辛苦之后很有可能什么都捞不到。

大家匆匆吃完午饭就行动了起来。

在这样湿热的气候下，人的体力其实很容易消耗殆尽，但抢在别人之前获取足够他们所有人生存的食物，这样的目标让所有人都开始努力工作。

他们很快就遇到了第一个问题。

"那辆重卡的油箱被人撬开，油都被抽走了。"钱伟脸色阴沉地说道。

卡车的油箱比起轿车的油箱要容易破坏得多，那个弄走了油的人根本就没有考虑过可能有人还要用到它，把油箱破坏得很彻底。但想想办法，也许可以找到一些材料把它重新焊起来。

车子一直停在那个工地的空地里，谁也没有关注过它，谁能想到会有这样的问题。

“工地上没有其他工程机械了？”

“有一辆轻型挖掘机，但油箱也是空的。”钱伟说道，“我们把工地找了一遍，没有发现油桶。”

发电机和焊机所用的汽油并不难找。虽然这片区域里没有加油站，但那些停在路边的车子里多半都还有油，砸破车窗玻璃，直接从汽车里面把油箱拆开就能把车里的汽油都抽出来。刘玉成已经带着支援组的人用这样的办法弄到了不少汽油，用各式各样的容器装着，小心翼翼地放在一楼一个远离食堂的房间。

但柴油却不容易找，虽然大多数卡车、大客车和重型机械用的都是柴油，但他们这个区域偏偏没多少这样的车子。

钱伟他们之前找到的两辆轻卡都是汽油发动机。

“先想办法找找看有没有其他卡车，如果没有重卡，中卡也行。”张晓舟说道，“收集材料的事情不能停。”

基础没有确定，钢架的尺寸就没有办法最终确定，好在可以干的事情并不少，他们把一些不锈钢管在切割机上斜着切开，形成一个尖锐的角，然后用角磨机把它打磨得更尖锐。

层面的防护也很快得到了解决，他们把一些没有人居住的房子的防盗窗拆了下来，这些东西几乎不用怎么修整就可以直接派上用场。即使是这一次派不上用场，这些钢材或者是角铁以后也一定会有很大的用处。

人们都为了这个新的目标而努力工作着，精神面貌焕然一新，但钱伟他们却一直都没有回来。

直到天色擦黑，他们才开着之前的那辆小货车回来了。

“没有合适的目标。”钱伟有些沮丧，“仅有的几辆重卡要么被康华医院拿去堵门了，要么是在地质学院里面。外面只有一些小货车。柴油倒是弄到了一点，但是不多。”

“怎么办？”所有人都看着张晓舟。

“有没有大巴或者是中巴车?”张晓舟问道,“那个应该也是烧柴油的。”

钱伟摇了摇头。

“我们去和他们谈谈?”李彦成说道。

“怎么谈?把我们的想法告诉他们?”不知道是谁讥讽地说道,“那他们不会自己去吗?为什么要把车子借给我们?”

“不然明天我们到南边去找找。”钱伟说道。

张晓舟摇了摇头。

南北两个区域之间的那条高速公路从某种程度上说对他们起到了很好的保护作用,现在北面几乎没有肉食动物在活动,南边却有着为数不少的肉食恐龙在活跃着。

从副食品批发市场逃回来的那天晚上,一直沿着下水道走到很远的地方才终于有机会回到地面,这中间他不止一次地听到那些动物在地面上跑来跑去的声音。他不知道为什么它们还没有向北面移动,但到南面去的危险性非常大,不到万不得已,他不想让任何人冒险。

还有另外一种更糟糕的可能性,为什么他们把其他车子都带走了,却偏偏留下了这辆重卡?如果他们千辛万苦把油箱修好,又找来了足够的柴油,然后才发现它其实早已经坏掉了,那时候该怎么办?

“我们现在还有多少粮食?”他问刘雪梅。

刘雪梅说了一个数字,相对于他们现在的总人数来说,这个数量已经少到让每个人都提心吊胆了。如果不是在安澜大厦地下的食堂里找到了那两百公斤大米,他们根本就支撑不了多长时间。

“我明天去一趟地质学院,看能不能和他们交换一辆车子出来。”张晓舟说道。

有人焦急地咂了一下嘴,但却没有把想法说出来。

“其实我们没有选择。”张晓舟看着自己身边的人说道,“我们现在只找到少量的瓜果种子……都是从之前找到的水果和蔬菜里弄到的,即使是种出来也不够我们所有人吃的。钱伟他们已经把附近的区域都找遍了,已经没有什么地方还有吃的东西。我本来指望能够从新吸收的那些人手里弄到一些吃的东西,但愿意加入我们的家庭本身都没多少存粮。我们也许可以挖草根,吃树皮和树叶,但周边有多少树木大家都看得到,还有其他人也在和我们争这些东西,又能顶几天?”

“我们唯一的希望在副食品批发市场那边。因为被恐龙盘踞，所以里面的东西都还在，能拿到哪怕只是其中的一小部分，我们都有希望活下来，至少活到我们种出第一季农作物的时候。”他摇了摇头，“这是我们唯一的希望。”

“但如果他们不把车换给我们，或者是抛下我们自己去弄呢？”有人躲在人群里说道。

“那我们就改装一辆小一点的车子，跟着他们过去。”张晓舟说道，他的思路突然慢慢地理顺了。

什么时候自己也变得这么自私、这么狭隘了？以他们这点微不足道的力量独自去驱赶那只暴龙，哪怕是按照他们的想法把那辆重卡改装成功，其实还是有着巨大的风险。一旦车子中途抛锚或者是出现某种他们之前没有想到的情况，整个团队也许就葬送在了那个地方。

这个想法看起来很美好，但也有着很多不确定的因素。即便是他们成功了，运回了很多很多的粮食，他们又依靠什么来保护这些粮食？依靠这些男人和几十个妇孺老弱？

真的到了断粮的那一天，他们真的有本事去面对成百上千饥饿而又绝望的人？

那里的东西他们吞不下去，既然是这样，为什么不干脆把这个想法彻底抛开呢？

“那里的食物很多，够很多人吃。我们只能拿走其中的一小部分，同样地，他们也不可能把所有的东西都拿走。”他的思路突然一下子就完全通畅了，“只要能赶走盘踞在那里的暴龙，哪怕只是跟着他们抢到百分之一甚至是千分之一的粮食也足够我们支撑一段时间。同样是冒险，收益不会有很大的差别，但风险却小很多。我们还能够因为这件事情而和他们结一个善缘，何乐而不为？”

人们沉默不语，随后，一个个地点起头来。

“我们来主导这个事情。”钱伟突然说道，“不要去找地质学院。”

“我们来主导？”张晓舟愣了一下。

“对，我们来主导。”钱伟点了点头。

人类终归是群居性的动物，在经历了那么多天之后，绝大多数人都已经开始正视现实。最起码，绝大多数稍稍年轻一些的人都已经知道了这座城市的命运。

不会有任何来自外界的援助，所有一切都只能依靠自己了。

高速公路将本就不大的城市一分为二，一些人向南而去，却再也没有回来。

他们死了？或者是加入了某个团队，留在了那里？

剩下的人们对此不得而知，但他们渐渐摸清了城北的情况。

单身者或者是没有多少负累的家庭多半加入了地质学院，它已经成了城北最大，看起来也最有前途的团体，据说里面已经有将近六千人，学校周围的街道都已经被他们划为自己的势力范围，并且开始在那里设置街垒。钱伟跑遍了城北也没有办法找到多少卡车或者是客车，正是因为这些东西多半都已经被他们弄走了。

而康华医院虽然规模远远比不上地质学院，却成了一个让人谈起色变的地方。

那天发生的血案早已经传遍了城北，很多幸存者对那个地方充满了仇恨，但却拿它没有丝毫办法。那个地方已经被密密麻麻的钢构包围了起来，越发像一个堡垒。

医院周边的区域也被他们清理了出来，整整一个街区都成了他们的领地。任何人想要靠近都会遭到武装暴徒的驱逐，这让人们对那个地方谈虎色变。

钱伟白天的时候曾经远远地从门口经过，里面有许多人正在辛勤地工作着，看上去就像是一个规模空前的大工地。

这两个团体一个占据了城西北的广大区域，一个盘踞在城东北。在它们中间，散落着数千个茫然无措的幸存者。

他们中的一些人曾经尝试着想要加入地质学院，却以种种理由被拖延了几天，当他们终于认清现实，却又无力闹事，只能忍气吞声地回家时，却发现自己的家园早已经被洗劫一空，什么食物都没有留下。

这个区域已经没有食物可以给他们吃了，他们开始到处寻求帮助。一些人幸运地被吸纳进了某个小团体，但更多的人却一次次地面对拒绝，甚至被粗暴地赶走。

迫在眉睫的生存问题让这些人很快就成为目前城北最大的不安定因素，他们中的一些人组成了好几个小团体，开始抢劫那些拒绝分享或者是接纳他们的邻居。而这迫使那些居住在同一幢楼的人们迅速地联合在了一起，以此来对抗他们的抢劫。

现实就是这么奇怪。

许多人之前根本不愿意和别人组团，生怕被别人分走自己辛辛苦苦弄到的粮食。但在更大的威胁面前，他们却又很快联合了起来。

“这我们怎么不知道？”这个消息让张晓舟有些惊讶。

“我们这里之前是速龙的领地，没有多少人出来活动，冒险到外面去的人不多。而且他们这些团队也是刚刚才建立起来的，我也是今天白天才和另外一个团队交换到了这些情报。”钱伟答道，“那些团队都在北面和西面的那几个小区活动，我们今天和他们远远地打过照面。他们人不多，但看上去很团结。”

“你想和他们合作?”张晓舟问道。

钱伟点了点头：“和地质学院合作，我们根本就没有什么条件可以谈。他们丢什么给我们，我们就只能吃什么。但和这些小团队比起来，我们不算是巨无霸，也可以说是一枝独秀。我们给他们吃什么，他们就只能吃什么。”

他的想法其实和张晓舟的想法很相近，唯一的不同在于，张晓舟希望有人出来挑大梁，自己不用冒太大的风险，甚至希望鼓动更多的人一起行动，从而让风险变得更低。

这当然就意味着收益的降低。

而钱伟则希望自己来挑大梁，由此获得最大的收益。

不同的付出当然会有不同的收益，钱伟提议的这种做法，意味着他们这个团队必须要在行动中付出更多的努力，承担更大的风险。

这样的话却迅速获得了大家的认同，张晓舟之前的意见虽然有一定的道理，但听起来真的太憋屈了。就像是自己辛辛苦苦种了一年的麦子，却突然冒出一群强盗，把自己绝大多数的收成都拿走了一样。

而钱伟的意见则完全不同，不是跟着别人混，而是带着别人混，由被动变主动，这让很多人都振奋了起来。

这个转变背后的不同压根就不在他们的考虑范围之内。

“和他们合作还有一个好处。”钱伟说道，“我们现在是没有多少力量可言，很多事情都没有办法做。但如果这次能够成功，我们就能在他们心里留下一个好印象，而且获得一定的话语权。如果运作得好，相当于多了很多潜在的盟友。这些人不用我们来养，也不用我们关心他们平时活得怎么样，但如果我们要做什么事情，完全可以联合他们一起来干！只要能够让他们看到好处，又有这次成功打基础，他们不会拒绝，而且我们还能继续占据主导地位。”

其实还有更多的好处，那就是大家都有吃的，他们这幢楼就不会显得太突出，也不会有太多人惦记。而他们也能够在行动中观察其他团队的成员情况，想办法把那些真正临危不乱、真正能派上用场的人吸收进来。

这样的好处让张晓舟最后也不由得心动起来,这个想法比起他们最初独自上路的风险已经小了很多,他不觉得自己有反对的理由。

"这个消息会不会被地质学院的那些人打听到?"有人担忧地说道。

可能性当然有,但并不大。他们想要合作的这些人多半都是被地质学院拒绝接纳的人,他们不太可能拿这个消息去讨好对方。

"他们现在好像在集中精力完善自己的区域,到外面来的人不多。"钱伟补充道,"只要我们不把这个事情拖得太久,应该能够抢在他们之前得手。"

"如果有足够多的人参与,我们其实就没必要把车子弄得很大。"刘玉成这时候说道。因为钱伟等人一直外出寻找车子没有回来,他一直在琢磨这个事情。

如果始终找不到重卡或者是中卡,那用小货车、皮卡或者是运货的中型面包车行不行?

想方设法减少成本几乎是他这样的小商人的本能。

用重卡改装的钢铁堡垒当然让人感到兴奋和安心,但那同时也意味着更大的工程量、更多的物资消耗。

车子的重量和外面的钢框、尖刺其实是双保险,这在他看来多少有一些浪费。就像是他所售卖的那些一次性用具,其实没有必要把质量做得多好,好卖相和低价格才是根本。

暴龙真的会不顾那些尖锐的钢刺来推翻他们的车子吗?

刘玉成觉得可能性不大。

而且他们可以把车子上面的钢框做得很大,用色彩鲜艳的布料或者是塑料布蒙在上面,制造出一个庞然大物的假象。当有很多这样的怪物一起按着喇叭出现时,那头暴龙真的还会不顾一切地冲上来发起攻击吗?

"你说的有道理。"张晓舟听了之后不由得点了点头。

自然界的动物也不乏这种欺骗的手段,很多毛毛虫和蝴蝶都会让自己有鲜艳的色彩,或者是让自己看起来像是一个什么巨大动物的头部,以此来让鸟类不敢以它们为食。牛蛙能够通过吸气让自己鼓起来,变成一个庞然大物以吓退攻击者。

这种手段应该是行之有效的。

“但我们没办法加高，只能往两边扩张。别忘了，高速公路下面的道路限高四米。”他对人们说道。

但依然有着不小的风险。

“我们有多少玻璃瓶？”张晓舟再一次问道。

“按照你的话收集了不少了，今天应该就有五六十个。”钱伟答道。他们在外面一看到玻璃瓶就作为一种战略物资收集起来，几天下来已经达到了一个很惊人的数量。

“那就没问题了。”张晓舟说道，“到时候每辆车都配上几个燃烧瓶。”

如果运气足够好，也许他们能够杀死那只暴龙？

这样的想法在他的脑海里只是一闪而过，很快就被他抛到了脑后。

计划被迅速修改，却向着成功更进了一步。

第二天天刚亮，他们就把附近的一辆中型面包车给推了过来，准备进行实际的装配试验。

车的体形变小之后，工作量也小了很多。当然，这仅仅是就一辆车而言，为了有足够的载货量，他们计划改装三到五辆中型面包车或者是越野车，总工作量算下来反而增加了。

要求没有改变，依然是能够把整辆车子都包围在里面的框架、大量长而锋利的钢刺、可以让乘员在保护下搬运物资的侧门。为了增加装货量并且方便使用燃烧瓶，他们决定把车顶统一拆掉。

第一辆“钢铁怪物”很快就出炉了。

粗大的钢管杂乱地焊接在一起，然后焊接在车架上，白色的车体配上银色和黑色的钢管，加上那些在阳光下闪闪发亮的尖刺，充满着一种怪异而又粗犷的美感。

工艺当然说不上好，只能保证一定很牢固，但那粗大的钢管和尖锐的钢刺却给人很大的安全感，粗犷的风格甚至大大增加了这种安全感，让人感到格外安心。

整个金属框架长将近六米，宽将近五米，高度也达到了三米，这让面包车看上去就像是一个用金属搭成的巨大的正方形。

“车子能开动吗？”

人们不由得担心了起来。

刘玉成把车子发动了起来，车子颤颤巍巍地在街上以三十码的速度行驶起来，缓慢地掉了一个头。

很稳。

人们欢呼了起来。

“我们开着这辆车去找那些人吧。”张晓舟对钱伟说道。